百年乡愁

张丽军 主编

中国乡土小说经典大系

19

一潭清水

——当代山东乡土小说

山东城市出版传媒集团·济南出版社

图书在版编目（CIP）数据

一潭清水：当代山东乡土小说/张丽军主编.--
济南：济南出版社,2023.6
（百年乡愁：中国乡土小说经典大系）
ISBN 978-7-5488-5732-7

Ⅰ.①—… Ⅱ.①张… Ⅲ.①乡土小说–小说集–中
国–当代 Ⅳ.① I247.7

中国国家版本馆 CIP 数据核字（2023）第 107299 号

一潭清水——当代山东乡土小说
YITAN QINGSHUI

张丽军/主编

出 版 人	田俊林
责任编辑	贾英敏　林小溪
装帧设计	郝雨笙　张　倩
出版发行	济南出版社
地　　址	山东省济南市二环南路 1 号（250002）
编辑热线	0531-86131722
发行热线	0531-86116641　87036959　67817923
印　　刷	济南龙玺印刷有限公司
版　　次	2023 年 6 月第 1 版
印　　次	2023 年 7 月第 1 次印刷
成品尺寸	145 毫米 × 210 毫米　32 开
印　　张	11.25
字　　数	222 千
定　　价	58.00 元

（济南版图书，如有印装质量问题，请与出版社出版部联系调换。电话：0531-86131736）

编委会

总　序

记录百年中国乡愁　传承千年根性文化

　　面对急剧迅猛的乡土中国城市化、现代化、高科技化浪潮，我们惊讶地发现，曾被认为千年不变、"帝力于我何有哉"的中国乡村根性文化正面临着从根源深处的整体性危机。"谁人故乡不沦陷？"千百年来，孕育和滋养乡土中国文化、文明的乡村及其根性文化正以某种加速度的方式消逝，甚至被连根拔起。这不仅是乡土中国城市化、现代化的问题，而且是一个全球化、人类性的整体危机。早在20世纪60年代，法国社会学家孟德拉斯就提出，在工业文明入口处，数十亿农民向何处去的问题。而在1948年，中国学者费孝通就在《乡土重建》中提出传统的乡土社会所面临的现代性失血危机，进而提出了"乡土重建"的深邃思考。显然，在21世纪的今天，思考乡村、乡土、农业、农民乃至整体性人类向何处去的问题，显得无比重要而迫切。

　　作为一个从事乡土文学研究二十多年的研究者，我在苦苦思考：中国乡土文学向何处去？乡土中国社会向何处去？乡土中国农民向何处去？新时代乡村如何振兴？……苦苦思考之后，我突然意识到，既然看不清去处，何不回顾自己的来路？未来的道路，并不是冥思苦想来的，而是从过去的来路而来。历史的来路，决定了我们未来的去处，即未来的去处正蕴藏在历史来路之中。这让我重新思考百年中国乡土文学，重新回顾晚清以来中国仁人志士的文化选择和文学审美思考，乃至从更远的历史、文学中寻找智慧和启示。正是在这样一种文化思考中，我与济南出版社不谋而合，立志从众多乡土中国文学中选编一套"中国乡土小说经典大系"，来为21世纪的新一代中国青年提供一个关于百年乡土中国心灵史的文学路线图，慰藉那些因完整意义的乡土中国乡村消逝而无从获得纯粹乡土中国体验的21世纪中国读者。此外，从中汲取智慧和灵感推进新时代中国乡村振兴，也是本套丛书的应有之义。简单归纳之，《百年乡愁：中国乡土小说经典大系》（以下简称"大系"）具有以下特点：

　　一是强烈的经典意识。文学、文化的传承与经典的建构是由一个个经典化的环节与步骤完成的。从古代文学的"选本"，到20世纪中国新文学大系，在中国文学经典化中，"选本"文化起到了某种极为重要的，乃至核心的作用，为经典化提供了不同时代不断接续的核心动力源。本套"大系"选编了现当代文学史中具有重要影响的作家作品，力图使"大系"具有乡土中国现代化思想史的重要功能，展现中华民族的百年心灵史。

二是浓郁的地方气息。乡土文学是最接地气的文学，是"土气息、泥滋味"的文学，是由不同地域文化包孕、滋养的文学，又是最能显现和表达乡土中国各个地方独特文化的审美形态的文学。本套"大系"就是百年中国各地民俗文化最大、最美、最迷人的表达。齐鲁、燕赵、三秦、三晋、江南、东北、西北、岭南等不同地域的文化，在本套"大系"中得到了较完整的展现。从这个意义上而言，本套"大系"既是一部百年中国民俗文化史，也是一部最精彩的地方文化志。

三是典雅的审美意识。文学是审美的艺术。言之无文，行而不远。文学性、审美性是文学的自然属性。文学应该是美的，是诗，是生命舒展的自由吟唱。正是在这个审美维度上，我们来选编百年乡土中国小说，让读者、研究者在美的文字诗意流动中获得对千年中国乡村根性文化之美的感悟，从而思考人与自然、人与大地、人与世界的精神建构问题。因此，本套"大系"是"乡土中国最后的抒情诗"，是千年乡土中国根性文化的当代吟唱，是具有深厚乡土生命体验的文化乡愁。

乡愁是感伤的，是一种甜蜜优美的感伤。不是每个人都有乡愁的。乡愁是一种深厚的文化情怀，是对大地、故乡、世界的一种深刻的生命眷恋。而《百年乡愁：中国乡土小说经典大系》就是让我们这些具有乡土中国完整经验的最后一代人，以文化传承的方式，把这种纯粹、完整、具有审美意义的文化乡愁，传递给21世纪中国青年，乃至未来的中国青年。我们曾有过这样一种乡土生活，这样一种乡土中国乡村根性文化——这就是我们的文化根基、我们的精神基因，它蕴含未来的路径和种种可能性。

我们常言，越是民族的，就越是世界的。而我想说的是，越是地方的，越是中国的，也越是世界的。中华文化是一个整体，是由一个个具有地方文化特性的地域文化组成的，是千百年来文化交融凝聚而成的。地方性文化的丰富和多样，恰恰是中华文化的活力与魅力所在。《百年乡愁：中国乡土小说经典大系》就具有鲜明的、浓郁的地方性文化特征，不同地域的读者不仅可以从中读到自己家乡的影子，而且可以由一个个乡土文化而建立起丰富、感性、美美与共的中华文化世界。

本套"大系"适合研究乡土文学文化的学者、学生阅读，也适合对中华文化、地域文化感兴趣的读者阅读。事实上，这套"大系"对于世界各国读者而言，是理解和思考千年中国根性文化、百年中国社会变迁的最佳读本，是具有世界性意义、最接中国地气、最具中国民俗文化气息的文学读本。

是为序。

张丽军

2023 年 7 月 1 日凌晨于暨南园

导　读

　　从改革开放后到世纪之交，山东当代乡土文学的发展历程在整体上给我们呈现出的是一幅繁花烂漫的"齐鲁青未了"图景。以李存葆、王润滋、张炜、矫健、尤凤伟、莫言、刘玉堂、苗长水、李贯通、马瑞芳、毕四海、刘玉民、左建明、赵德发等为代表的"文学鲁军"作家群，成为引领中国文坛的重要力量；新世纪以来，以张继、刘照如、刘玉栋、路也、王方晨、东紫、常芳、王秀梅、艾玛、宗利华、王月鹏、方如等为代表的"文学新鲁军"，成为赓续"文学鲁军"之路并再创辉煌的重要力量。身处孔孟之乡的山东作家，诸多作品的创作呈现出明显的"道德理想主义"色彩。

　　王润滋的作品，多是在民族性上开掘，描写具有传统美德的人物形象。他的小说《卖蟹》《内当家》都具备这样的特点。以《鲁班的子孙》为例，作品讲述了一个发生在 20 世纪 80 年代的现实农村故事，小说围绕一场"父与子"的纠葛以及深层的伦理文化冲突展开，既表达了对传统优良道德品质的赞许，也呈现出对现代化进程中道德颓势的批判。

张炜是山东文学的一面大旗，出版有《古船》《九月寓言》《刺猬歌》《外省书》《你在高原》等作品，至今仍笔耕不辍。早在20世纪80年代初期，张炜就开始在文坛崭露头角并表现出极强的创作能力和创作激情。他在1982年发表的《声音》和1984年发表的《一潭清水》就曾分别获得1982年、1984年全国短篇小说奖，作品也展现出较强的文化意味和较高的思想深度。真正奠定张炜文坛地位的是他1987年发表的史诗性长篇小说《古船》。《古船》是一部历久弥新的，饱含着古老中国的文化密码、百年乡土中国的精神境遇，以及现代中国人多舛的苦难命运，充满着灵魂深处的现代性呐喊和生命"天问"的"大书"。

赵德发是当代著名作家，著有《君子梦》等表现中国传统文化的作品。赵德发早期创作的《狗宝》《赶喜》《通腿儿》等作品，书写了大量沂蒙地区的风土民情和普通百姓生活生产场景，展现了极具地域性的民间风格。《通腿儿》是赵德发的成名作。《路遥何日还乡》反映的不只是墓碑碑刻的技艺传承问题，还有时代变迁所引发的精神传承与文化革新问题。

"70后"作家刘玉栋青年时代开始进入城市，他最初的创作是书写身边的城市日常生活，但随着时间的变化，城市生活的艰难、困顿与无根状态，使刘玉栋开始重新思考自我创作的道路，并开始重新审视乡村的历史、现状与未来。《我们分到了土地》《年日如草》等作品对时代的把捉，对从乡土中国到城乡中国转型中的精神追问和审美表达已经达到了很高的水平。

"60后"作家王方晨在20世纪90年代已经开始崭露头角，近年来越来越受到学界关注。早期他的文学创作重心主要在乡土文学领域，代表作《老大》《公敌》明显受到先锋文学的影响，以形式上的创新表达乡土中国复杂的精神变迁。《牛为什么会哭》呈现出先锋叙事特征，将写实和寓言化融为一体，充斥大量夸张、变形和幻觉等主观性意象，折射出当代乡土中国所遭遇的怪诞、苦难和变化。

"文学新鲁军"新近崛起的女作家常芳、东紫、艾玛等，大多受过良好的文学训练，一方面有着较深厚的文化底蕴，另一方面还有着很深的理论功底。常芳的《告诉我哪儿是北》表现了她对乡土文学的理解和拓展。小说从文成卓的寻找写起，面对快节奏、欲望泛滥的社会，人真的可以保持本性吗？《芝麻花开》塑造了一个栩栩如生的母亲形象，更流露出作家的女性意识，展现着女不逊男的独特魅力品质。法学博士艾玛的作品擅长将法律知识融入创作中。《一只叫得顺的狗》遵循艾玛一贯的"和解"路线，体现出刚强而又温和的慈悲，富有精神深意。

目录

百年乡愁：中国乡土小说经典大系

鲁班的子孙 / 王润滋　001

一潭清水 / 张炜　078

父亲的海 / 张炜　096

通腿儿 / 赵德发　112

路遥何日还乡 / 赵德发　132

我们分到了土地 / 刘玉栋　157

一只叫得顺的狗 / 艾玛　188

牛为什么会哭 / 王方晨　209

芝麻花开 / 东紫　244

告诉我哪儿是北 / 常芳　286

长篇存目　345

后记　346

鲁班的子孙

/// 王润滋

陈年旧话

很多很多年以前，中国出了个有名的木匠叫鲁班。据说，是他发明了木作工具，以后才有了木匠这个行当。世世代代以来，凡干木匠这一行的，都尊他为祖师。

黄家沟的木匠似鲁班。

黄志亮是黄家沟的木匠头儿。他学徒的时候，师傅给他上的第一课是讲鲁班的故事。他教徒弟的时候，第一课讲的也是鲁班的故事。他说要成个好木匠得有两条，一条是良心，一条是手艺，少了哪一条都不成。旧社会出门耍手艺，身边总是带一尊椿木①

---

① 椿木：传说椿为百木之祖。

雕刻的鲁师像。过年过节烧支香供一供，磕个头，以示崇拜和尊敬。解放以后说这是迷信，就不再供了，却舍不得丢掉，藏在箱子底下。

说起黄志亮的手艺，那可是方圆百里没个敢比的。他打出的家具，传三辈儿，木头烂了榫不开。年轻的时候他有个外号叫"黄老磨"，只是这几年才没人叫了。问问村里上去点岁数的人，谁都会给你讲一个"黄老磨"的故事，不过免不了有点演义。说的是邻村一个财主，愿出高价请木匠做女儿出阁的嫁妆。不过必得让他满意，不满意分文不给。别人不敢登门，老亮敢。谁知无论怎么下功夫，那财主总是不满意，总是嫌柜面粗，说得像他的手杖那样光滑才行。老亮笑道："中。"就把推刨什么的都放到一边去，专心致志地用手磨起来。一直磨了三年，硬是把财主的闺女磨老了。财主草鸡①了，付给他三年的工钱打发他走，他依然嘿嘿笑道："还早着呢，你的拐杖都磨了三十年了。"从那时候起，黄老亮的软性子脾气算是出了名。

他做出的那大立柜，不用装镜子就照得出影儿来。

一晃，大半辈子过去了，凭着一身好手艺，硬是没过上个富裕日子。老亮知足，说人哪，八尺的命难求一丈，只是有一件不顺心：没儿子。

六〇年上，老婆得了水肿病，一伸腿去了，只留下个五岁的丫子跟他做伴儿。

---

① 草鸡：方言，认输之意。

他骑一辆除铃铛不响、浑身都响的破自行车，走村串户打营生做。车前架上装个小木座，把丫子放上去，丫子手里摇个拨浪鼓，南庄北畎响个遍。那年月，三尺肠子空着二尺半，谁还有心思打箱做柜？可一听见拨浪鼓响，都你争我抢地把老亮往屋里拖，不是叫他修修小板凳，就是叫他勒勒风箱里的鸡毛。其实谁心里都明白，那是乡亲们可怜父女俩，有意留他吃顿饭。在那些好年月里，老亮不也是这样。这家里修修小板凳，那家里钉钉锅盖、勒勒风箱，谁曾听他说收过乡亲们一分钱的工钱！好心总有好报！人在落难的时候，最品得出人情的滋味。

有一天，在邻村的大街上，一群人围着一个外乡孩子唉声叹气。正好黄老亮走这里看见了，便停下车问个究竟。原来这孩子是跟他妈出来要饭的，妈妈狠心去了，把孩子留下了，留给这儿的乡亲们了。老亮心里好难受。罢，罢，罢！领下吧，一头牛是牵，两头牛也是牵。丫她妈活着的时候，就巴望着有个儿，好接他的木匠家什，可老天爷不睁眼，四十岁上才开怀。还是个丫头。这，就顶了吧！于是，在黄老亮的后车座上，又多了一个五岁的男孩子。两个拨浪鼓一齐摇。摇过山，摇过水；摇过春，摇过秋。摇得老亮心里悲一程，喜一程，坎坎坷坷总算过来了。他老了，两个孩子也长大成人。丫子秀枝水灵灵的一朵花，惹得小伙子们蜜蜂似的围着转；儿子秀川翠生生的一棵苗，姑娘们都想攀他做女婿。黄老亮嘴里不说心里道："你们这些傻闺女、愣小子，谁也别想在俺秀川秀枝身上动心思，不见人家俩儿好成了一个头？

白天里照面红红脸儿，黑夜里说话不论钟点儿。嘿！……"老木匠乐得心都醉。最称他的心的，是秀川这孩子心灵手巧，二十岁头儿上，就把这木匠行里的十八般武艺学了个八九不离十。小伙子性高，要自个挑旗子开个木匠铺。爹说别犯资本主义，他不怕，硬是开了张。结果是三天没到黑就叫大队封了门，还开了批判会。书记官在会上指名道姓把他好批一通，连老木匠也挂上了，说是黑后台。批得老头子大半年不敢在人眼前里露脸儿。亏得他手艺高，不然的话还要把他从大队木匠铺里开除呢！小木匠气得三天没吃饭，光是骂。老木匠对小木匠说："孩子，出去躲躲，窝在家里抔锄把子，别荒了手艺。古语说得好，名师出高徒。爹是个土木匠，不想把你掖在翅膀底下，出去闯荡吧！别恋秀枝，别恋家，回来就给你们成亲。那工夫，俺就是死了，也闭得上这双眼……"说着，老木匠眼里涌出泪水来。小木匠扑通跪下了："爹，俺这辈子忘不了你的恩！混不出个样儿来，俺不回来见你！……"那天晚上，老木匠让秀枝炒几个菜，他要破例地跟儿子喝几盅。一盅烈酒下肚，老木匠又给儿子讲起鲁班的故事来……

第二天，下着雪。老木匠和女儿到村头的停车点去送他。他穿一件老式布扣棉袄，是秀枝一针一线亲手做的；戴一顶新崭崭的"三片瓦"式棉帽，是爹借钱刚从供销社买来的。他不嫌冷，帽耳朵冲天挽着，让风吹得直忽闪，像两只鹰翅膀。雪花落在脸上，立时就化了，化成热腾腾的水汽。当他背起那只沉重的祖传三代的工具箱挤进车门的时候，老木匠的眼窝又热了。他后悔不该叫儿子一个人走，他还年轻，筋骨还嫩，自小没离开过山沟旮旯，世上的路又这么不平……可当他看到儿子把头探出车窗，坚定、自信地向他招手时，他放心了。十五岁的时候，他自个儿不是已经走上了这条路么？

儿子走了，在离家很远很远的省城里干临时工。不断地寄信来，寄钱来，只是一直不肯回家来。老木匠照旧在大队木匠铺里干，秀枝照旧在家里绣花。天复一天，年复一年。工分虽说不值钱，日子还凑凑合合过得下去，只是觉得生活中少了许多什么。这些，都在心里，谁都不肯说出口。那是思念，是担忧，是希望啊。终于秀枝憋不住，开口了："爹，写封信给俺哥，叫他回来吧。"老木匠说："别，别分他的心，别扯他的腿，该回来的时候，他就回来了。"秀枝噙泪花儿点点头。

秀川离家的这几年，世道翻了好几个个儿。翻得又叫庄稼人高兴，又叫庄稼人担心。就在今年的腊月头上，秀川突然捎信来，说是要回来过小年。老木匠和秀枝自然是欢喜得不得了。也就在这时候，大队木匠铺倒闭了。这对老木匠来说，真是致命的一棒子。那个木匠铺是入社时他一手创办起来的，风里雨里苦撑了二十多个年头，如今终于倒闭了！……

好！陈年旧话不去说它，我们的故事就从黄家沟木匠铺倒闭说起吧。

倒闭

进了腊月的门儿就下雪，纷纷扬扬不开天。

炉里的火快要熄灭了，这是一盘用土坯和黄泥抹成的土炉，用来熬胶的，现在胶锅子放在一边，锅子里的胶凝成了冰一样坚硬的固体。不再需要用它来胶合板隙和样缝了。三间草屋，四面土墙，一地散乱的木头木屑，几条工作凳，几只属于个人的已经收拾好了的工具箱……这些，便是远近闻名的黄家沟木匠铺剩下的全部财产了。二十多年，什么也没留下，风卷着雪从破碎了的窗棂间吹进来，落在老木匠的脊背上。他蹲在窗台下边，一动不动地抽着旱烟袋。

"师傅，那边冷。"

富宽老汉抬抬屁股，腾出一块小木墩。他是个矮矮瘦瘦的老头，只小老亮三岁，跟着学了二十年木匠活儿，至今也没多大长进，不敢自己动手打只柜。人笨心可诚，老了也不肯离开他的师傅，鞍前马后地干下手活儿。他逢人就说："跟着俺师傅干，没亏吃！"老亮说："都一大把岁数的人了，别师傅师傅地叫，往后叫俺老亮哥。"他急得直摇头："哪能呢？哪能呢？一日为师，终身为父……"眼下要散伙了，他像个没娘的孩子，更觉得师傅是靠山了。砸了饭碗，一家六口子上哪儿去打食儿呀！

……

雪沫从背后扬进来。老亮觉得冷得厉害，胸口憋得厉害。一到冬天就犯的老咳嗽病又顶上来了，暴发出一连串的难以忍受的咳嗽声，像涌上来的一股湖水，好一阵工夫才平息下来。他伸出一只大手，在地上划拉了一把碎木块，塞进炉膛里。先闷了一会儿，残存的火星渐渐引上了，才冒出一股黑色的浓烟，一直升到屋顶，又弥漫开来；突然，呼呼几声响，火终于又燃烧起来；炉口是敞开着的，火苗蹿起来老高，给这阴暗、寒冷的小屋带来几分光明和温暖。老亮抬起头，依次看着他的几个伙计，眸子里闪着异样的光：大个子李忠，你一身的牛力气，为咱这木匠铺，硬是把背给累驼了。这工夫，怎么黑着脸一句话不说呢？你有啥章程能叫咱的木匠铺起死回生？黄兴，你又在眯着眼想什么鬼点子？这里边数你手艺高，也数你刁，白天上班来歇身子，晚上回家去干私活儿。你够不上好木匠，凭天地良心说，够不上！小金子，你是咱木匠铺里的小秀才，心灵手巧，再有半年就能出徒了。可你年轻啊，还不知道做一个好手艺人有多难。富宽哪富宽，这里边就苦了你了，散了伙你可怎么办？一个八十岁的老爹，一个病殃殃的老婆，一个上大学的儿子，一家六口要你养活，不累断你筋骨才怪呢！……唉唉，明儿是腊月二十三，过小年了，今儿是咱们一个锅里磨勺子的最后一天了，也算不上是开什么会，一块掏掏心里话吧！咳咳咳咳……老木匠忍着心里的酸楚，把早就灭了的烟灰磕掉，从口袋里掏出一盒带嘴儿的"大前门"香烟，挑开封条，分给他们每人一支：

"抽吧，抽吧。俺请客。"

他自己也点着一支，狠命地抽着，都吞下了。

天近黄昏，屋子里落下黑影了。外面的风雪还没有刹下来的意思。不知是谁家屋顶上的草被揪落了，撒到这边院子里。屋后的电线呜呜地尖啸着，好像立刻就会断裂开来。五个人都默默地抽着烟，谁也不肯说一句话，仿佛一开口这小屋子就会立时塌下来。

"都怨俺。"老木匠终于说，"俺没本事，没后门儿，买不来便宜木料，打不出时兴的家具，年年赔本儿，大队受损失，社员分不到钱。这不，连大伙的饭碗也给毁了。咳咳咳咳……都怨俺，怨俺……"老木匠眼里淌下浑浊的老泪。他抬起袖子擦，擦也擦不干。

富宽慌了："师傅，你这是怎的？怎么能把刀子往自个儿心头剜！问问黄家沟的老少爷儿们，谁敢说你对木匠铺不上心，俺黄富宽撕他的嘴！要说怨，怨俺！俺熊，他娘的驴百岁干不出一手好活计！是俺拖了大伙的腿，怨俺！……"富宽也哭了，孩子般地哭出了声。

"也怨俺。"李忠瓮声瓮气地说，"干活光知道出死牛劲，没点心计，费工费料。"

"也怨俺，干活不尽力。"黄兴使劲低着头，小声说。

"也怨俺。"小金子说。

老木匠激动起来，心里像烧起一把火。他又掏烟，可手哆哆嗦嗦没个准头儿了："这些天，俺心里就憋着句话，俺想去求求支书，再宽限咱一年，过了年好好干个样儿给大伙看看！这么大个村子，没个木匠铺怎么成呢？家里家外，地里场上，离不了砍砍锯锯，推推凿凿，咱散了伙，大伙再找谁呢？伙计们，得挺起骨子干哪！"

"要再干，俺他娘的豁上不吃饭、不睡觉！"富宽第一个响应。

小金子说："那，咱得交给大队五千块钱呀！不然就得罚咱。"

老亮说："咱们拼上劲儿，兴许交得上。"

"亮叔，"黄兴开口了，"现在办事得讲究点实际性儿，五千块钱不是吹口气吹出来的。巧妇难为无米之炊，上面不批给咱木料，——别说咱，连公社木器厂都背着海参海米出去求爷爷拜奶奶，咱有啥？撅屁股给人家踏？上市场去买，五六百块一立方，贵疯了，你手艺天高，也得赔血本儿！再说，现时人家开木匠铺，都机器化了，锯料刨平打眼儿，电扭一按就中，咱凭两只手，挣屎吃也没屙的！"

"求求书记官，也给咱置一套。"小金子说。

"美你的！"李忠顶上了，"置不置对人家有啥益处？人家儿子结婚，从县里拉回一套洋式箱柜，听说是后门货，便宜着呢！"

李忠话音一落，黄兴接上了："亮叔，今儿当侄儿的劝你几句话，听由你，不听也由你。凭着你的名声，你的手艺，哪儿捧不上个金饭碗？何苦还揽这摊子烂瓷器！这年月，亲娘顾不上热舅了，还顾什么集体！咱也赚大钱去，上东北，俺有个朋友在那儿干上了，一天十好几块，还有三顿酒菜伺候。你想去，过了年咱一起走，光打你的牌子，年底保你腰包满！"

"兴哥，领着俺！"小金子说。

"领着！"黄兴慷慨激昂。

这边，富宽眼巴巴地看着黄兴的脸，嘴张了几张也没吐出句话来。黄兴却并不看富宽：

"亮叔，帮头儿大了可不好办哪！"

"师傅……"富宽有点儿急。

老亮低着头，什么也没有说。雪在他背后落着，整个脊梁已是冰冷的一片了。

这一回，黄兴划拉一把木块，把炉火又一次烧旺了："忠大个儿，你呢？也去吧！"

"俺？不去！穷死不离黄家沟。俺爷闯关东，死在那里；俺爹闯关东，要着饭回来的。大雪天，十个脚趾头冻掉九个。发财的梦，俺没做。爬上崂山顶看看，中国人多得像蟹子爬，就那么一湾子水，就那么几条小鱼崽子，都去争，都去抢，还不知是谁嘴里的肉呢！咱个老实虾，趁早别去凑那号热闹，啃咱的乌泥算了。木匠铺倒了，俺下庄稼地，凭力气，饿不死！"李忠站起来，把一副沉重的工具箱轻轻地背在肩上，走到老亮跟前：

"师傅，俺走了。"

老亮没有抬头。

李忠的心颤抖了，声音压得很低很低："师傅，俺走了，明儿过小年，平儿他妈叫俺早点回去挑几担水。"

老亮抬起头，哆哆嗦嗦递给他一支烟，又哆哆嗦嗦给他点着了。李忠不敢看师傅的脸，背转身去，心一横，推开门，一头扑进风雪中去，止不住的泪水雨点般地落了下来……

黄兴也背起了工具箱："亮叔，俺也走了。"

都走了，只剩下老亮和富宽。天黑下来，谁也看不清谁的脸，谁也没有说话，就这么默默地坐着。

"富宽，你知道咱木匠行里的祖宗是谁？"老亮突然问。

富宽不明白他的意思："是鲁班，学徒的时候你就给俺说过。师傅，你？……"

老亮徐徐地讲起鲁班的故事来："鲁班年轻的时候，上终南山求师学艺，老师傅提出一个问题考他：有两个徒弟学成了手艺，师傅给他们每人拿把斧子，大徒弟拿这把斧子挣一座金山，二徒弟拿这把斧子把名字刻在人们心中。老师傅问鲁班，你跟哪个徒弟学？鲁班说，跟二徒弟学。老师傅高兴得哈哈大笑，就把鲁班收下了，后来把什么手艺都教给他了……"他只是说，像是说给富宽听，也像是自言自语。

连他自己都不明白，为什么在这个时候又讲起他讲过几百遍的这个古老的故事。讲着，心境似乎平静了些。他站起来，摸摸索索从泥墙上摘下那只生了锈的冰冷的大锁：

"富宽，记着，天底下最金贵的不是钱，是良心！走，咱也走。"

他锁上门，又开了，不放心火，进去摸了摸。火灭了，炉壁还是热的。

风雪搅动着，旋转着，怒吼着，铺天盖地而来，仿佛要把小小的黄家沟填满、扫平。家家户户都掌起灯来。在这样的夜晚，那些亮光显得那么微弱而且摇动不定，却是扑不灭的。

走到街心该分手的地方，师徒俩不约而同地站住了，背着风，谁也不肯离去。

"师傅，听说川侄儿要回来了。"

"来信了，说是明儿。"

"回来就好，你有这么个儿子，年轻力壮，又有一身好手艺，不怕了。"

老木匠心中顿时涌起一股不可遏制的热潮。是啊，儿子成人了，还怕什么呢！

"俺不怕，你也甭怕！"

他把一包什么东西塞进富宽手里，顶风冒雪地走去了。

"师傅！……"富宽大声喊着。

师傅塞给他的，是那盒没有抽完的烟。

盼子

第二天，雪还没有停。

黄老亮坐在热炕头上，吧嗒着旱烟袋，眯着眼睛望窗外，这腊月雪，层层叠叠压满他心头。耍了一辈子手艺，跑了一辈子外，年年都是腊月里往家走。遇上大雪封山，常常隔到年关那边去。

那工夫，家里有个女人火烧火燎地等他、盼他，这阵子轮到他等别人、盼别人了……

昨天晚上，他一宿都没睡好。思前虑后，老是觉得黄家沟这个木匠铺不能倒，自己二十多年的心血不能白花，社会主义不能半途而废。共产党领着呼隆了这么好几十年，莫非真的叫大风刮跑了？后半夜他做了一个梦：许多许多人把一辆车子往大沟里推，他在前面顶着，顶啊顶啊，终于顶不住，连人带车一起翻进沟里去了。

他出了一身冷汗，醒来了，眨眨眼睛一想，心里倒得到些安慰。都说后半夜的梦是反着的，木匠铺还有救！……他想到儿子。他巴望着儿子快点回来，回来扛木匠铺的大梁。黄兴走了，小金子跟去了，自己老了，富宽是个埋汰人，儿子一回来，再把李忠拖出来，就去找支书，签字画押，订合同，五千块就五千块！照说也该给大伙挣几个钱了，社会主义也不能光吃柞树不绣茧儿！像以前那样开木匠铺，也没劲……

"秀枝，上官道看看，汽车通么？"

正在拌饺子馅儿的秀枝不知想什么，发着呆呢，听见爹喊她，脸腾地红了：

"爹，你说啥哩？"

老木匠说："上官道接接你哥。"

秀枝说："俺去两回了，兴许是下晌那班车。"

"怕不通了吧？泊石那个坡儿，刀切似的陡，当年俺就是在那儿……"他本想说当年在那摔断过手腕子骨，可嫌过年过节不吉利，就把下半句吞回去了。

秀枝说："俺早看过了，汽车轱辘上缠着铁链子，连冰碴子都碾得咔嚓咔嚓响，俺哥只要是能坐上车，跑一千里地也不怕！"

"唔……"老木匠似乎放心了。他嘱咐闺女："不切那水白菜，多下些葱花儿，多剁些肉，包囫囵馅饺子。包好了，放着，先别煮。"然后，又眯起眼望那窗外的大雪。

下晌，老木匠坐不住热炕头了。他穿上光了板子的老羊皮袄（那还是秀枝妈活着的时候给他吊的），没跟闺女说一声，就悄悄地出了门，朝离村三里路远的停车点走去，怕脚底下不牢靠，拄着根一人来高的辣木棍。路上雪很厚。没人扫，脚落下去没过小腿肚子。路面有人踩下一行脚窝，不然连个道眼儿也看不清。

老木匠埋着头往前走，雪窜进裤腿子也顾不上了。快到停车点时，他打个眼罩朝前边看，只见那块歪斜的站牌下面站着一个人，呵着手，跺着脚，不时朝远处看，全身都成白色的了，像一个会动弹的雪人，老木匠抹抹眉毛上的雪沫仔细看，原来是秀枝。他心里一阵痛惜：这闺女，只寻思不叫她来受这场罪，却走在了俺前边。

唉，也难怪，想她川哥呢！这些天睁开眼就趴在窗上，看外面雪住没住。这痴心的样多像她妈……

一想起下世的老伴儿，老木匠心里就酸溜溜的不是个滋味。可看看眼前水灵灵的秀枝，就又觉得对得起下面的人了。秀枝妈死的时候求他两件事：一是别饿别冻着孩子（她自己便是饿死的啊），二是秀枝要给她寻下个好主儿。他流着泪应下，流着汗去做。两个孩子他是有点偏心眼儿的，偏谁？偏儿子。两口吃的，分开，一人一口。只一口，给秀川！他还有脑筋，觉得接他木匠家什，支撑门头过日子的，还指望男子汉。他这样做，还有另外一层只可装心里，不能说出口的意思，他不愿听那些吃饱没事干的人在背后里咬耳朵根子、嚼舌头尖子。夜里睡不着，他黑天里对老伴说："枝他妈，原谅俺，你活着也得这么做不是吗？……"孩子长大了，哥知道疼妹，妹知道疼哥，哥妹都知道孝顺爹，老木匠欢喜得抹眼泪呀！

飘飘扬扬的雪，不知什么时候把老木匠的脚盖上了。再看时，闺女还站在那里朝远处望。他咳嗽了声。

秀枝转过脸，一看是她爹，就赶紧跑过来扶住他，怨道："爹，你怎么也来？不知道你那老咳嗽病这会儿又犯！"她冻得脸儿红了，嘴唇青，说话都咬不清音了。

老木匠抬起手，头上脚下地扑打着闺女身上的雪，边扑打边说："看看，成个雪娘娘了！你家去烧水煮饺子……"

秀枝委屈极了："俺烧开两遍，又都凉了，谁知什么时候来！"

老木匠哄孩子似的说："再烧开锅他就来了，三遍为满么！当初你妈等俺都七遍八遍哩！"

秀枝有点不好意思："爹……"

老木匠嘿嘿笑着推秀枝走。秀枝不肯，硬要叫他走。父女俩推推搡搡在雪地上打起转儿来了：

"爹，你走！"

"秀枝，听话！"

一阵风卷起一团雪，劈头盖脸地扑向他们。老木匠有点站立不稳，秀枝赶紧去扶他。父女俩抱在一起抵着。风过去了，他们摇摇头上的雪，睁开眼，你看我，我看你，禁不住都笑了……

不再争讲了，闺女扶着爹走到站牌下了，一会儿工夫又是两尊雪人……

很少看见走路的人。偶尔过几个骑自行车的也都下面推着，低着头，顶着风雪朝前拱。走一气儿停下来避避风头，将大口罩捋到下巴底下，喘几口再捂上，再朝前面走。他们都是些急于回家过年的客儿，货架上大包小卷地载着猪头、羊杂之类的年货。看着他们在风雪中跋涉、搏斗，老木匠忽然有些激动，他想起了年轻的时候……

"哦！——伙计，加把劲，别落下过年的饺子！……"他用手卷个喇叭筒，放开粗犷的嗓门儿喊起来。

秀枝忙用胳膊肘碰碰他："爹，你看……"

远处，隐隐约约传来汽车马达声。

秀枝惊喜地喊起来：

"爹，你听！"

老木匠侧过耳朵，用手掌遮住风，大气不喘地听。渐渐地，他脸上层层叠叠的皱纹间堆起了笑容："嗯，嗯，听见了，听见了！嗯，过马石口了，两袋烟的工夫就到了……"

父女俩急盼盼等来的，是一辆卡车。它老牛般地吼叫着，慢吞吞地开过去。车轮甩出的雪沫子，打得他们睁不开眼。

砰——叭！……

村子里传来脆生生的"二踢脚子"（炮仗）的响声。俱乐部那伙小青年们，仿佛非要把锣鼓敲破才过瘾不可。你听，咚咚锵！咚咚锵！火爆透了。家家户户都坐在热炕头上吃年饺子了。过小年虽说比不上过大年，可是年关的开始呀！一年一度，入了腊月二十三，生产队住了工，庄稼人就过起福日子来了。杀猪，宰羊，蒸饽饽，做豆腐，缝新衣裳，排新戏……一气儿闹腾到正月初十，过了拾掇日①才换上粑粑地瓜，才扶起锄把子，撅着屁股再干下一年……

这样的好日子，谁不盼着出外的亲人回来团个圆啊！

老木匠站不安稳了。他拄着棍子，转了一圈儿又一圈儿，把四周的雪都踩平了一片。他不由得在心里嘀咕起秀川来："这小子，硬了翅膀忘了家？不，不，看想到哪儿去了，自个儿一手拉把起来的孩子，沙里淘出来的金豆子，还有个啥不放心的！要不，是遭到啥难处了？手头没钱了？粮票不足了？受城里人欺负了？这都难说呀！一个乡小子进了城，走路怕都转不过向来呢！刚去的那一年可苦孩子了，干临时工都没人要，只得走门串户，给人家打家具。白天干活，夜里花五角钱宿在澡堂的湿铺上，天没亮就得把铺盖卷起来，免得妨碍人家营业。头几个月挣下点钱，还让

---

① 拾掇日：按地方习俗，正月初十要将过年剩下的节食全部吃完，故称拾掇日。

那可恶的小偷掏包了……噢，不会的，不会的！那为啥说回来还不回来呢？这鬼天气，真叫人不放心，泊石那个坡儿刀切似的陡，会不会……"

"爹，来了！……"秀枝呼叫起来。

老木匠抬头一看，一辆大篷车，铁甲虫似的爬来了，车身上下裹着冰雪，像个冻僵了的白馒头。它跑得太累，哼哧哼哧喘着粗气，慢慢停在站牌下。

老木匠和秀枝不眨眼儿地等在车门旁。

车门"吱"地打开了，提大包小卷的旅客们一个挨一个地挤下车来。可是没有秀川。

车门"吱"地又关上了。

老木匠急了，丢下棍子去扒那车门。可怎么扒得开呢？扒不开，也扣住不放！

秀枝去拖他，拖也不放！他腾出一只手使劲拍打着门玻璃，拍得积雪唰唰落……

"开门！开门！……"他大声地喊着。

驾驶室窗口的玻璃落下了，探出一张气凶凶的脸吼骂着："你找死啊！"

老木匠松开手，磕磕绊绊走到驾驶室窗口下，赔着笑脸道："师傅，俺秀川没坐这班车？"

司机愣了："什么？……"

"秀川，俺儿，在外面做木匠营生，捎信说来家过年，可这时候还没，没……"

窗玻璃吱吱往上拧，末了拧出三个字："老疯子！"

老木匠呆住了，张了张嘴巴说不出话。

汽车开动了。车轮上的铁链哗啦啦响着，碾碎着冰雪，驶向远处去了。老木匠摇摇头，自我解嘲地笑了："俺是疯了，疯了……"

雪还在下着，已是黄昏时分。爷儿俩最后失望了，都不说话，默默地往回走。

唉！这个年过的，木匠铺的事还等着儿子回来定呢！……

忽然背后响起汽车的喇叭声。回头看，一辆一三〇型小卡车树叶似的刮到他们跟前，"吱——"刹住了。还没等他们转过向儿来，驾驶室的门"咔"地打开了，一闪身跳下个虎生生的小伙子，奔上前来抓住他们每人一只手，热乎乎地喊了声："爹！妹！……"

老木匠傻眼了："……"

还是秀枝先喊起来："哥哥！……"她眼里闪着又惊又喜的泪花儿，一颤一颤都快掉下来了。

老木匠仰起脸，好长工夫端详着儿子，像认不出来似的摇着头。他记得，在这个小车站送他走的时候，没这么高，没这么胖，没这么体面。现在儿子回来了，不再是那个土里土气的乡巴佬，是条体体面面、威威武武的汉子了！大翻领的蓝涤卡制服棉袄，新锃锃的呢料压舌帽，腕子上的手表闪着亮光，大冷天脸上红扑扑地冒着热气儿……好小子，抖起来了，算你有种，混出个人样了，是你爹个争气的儿！……

　　老木匠光是笑，光是哆哆嗦嗦摸儿子那只热乎乎的大手掌，竟没有一句话说。

　　小木匠问："爹，你那老咳嗽病，今冬没犯？"

　　老木匠心里一热，直觉得嗓子眼里有股又甜又咸的水流儿往上涌。他咽咽喉咙吞下去。大老头子了，不愿在孩子们面前动感情。这真是，儿女一句贴心话，暖透父母半世心。

　　秀枝说："爹吃了你捎的药方，见强多了！"

　　小木匠热辣辣地看着秀枝，看得她怪不好意思，忙低下头。

　　又一阵风雪扑向他们，老木匠这才意识到，还站在雪地里，忙道："秀枝，快回家下年饺子！"

　　儿子说："爹，上车吧！林局长怕我耽误了过年，给县里挂了电话，一下火车县里就派车来送我。"

　　老木匠连连后退："不不不，俺走，走……"

　　儿子笑了，上前扶住爹，硬是把他拥进驾驶室里。那根辣木棍子长，放不下，小木匠将它一把扔到外面雪地上，老木匠生气地瞪他一眼："你这孩子，好好的一根镢柄材料，就撂了？"说着，非要下车去捡不可。小木匠不肯惹爹生气，自己下车去捡来，扔到车厢里，老木匠这才露了笑脸。

　　司机笑着发动了车子……

　　路不熟，车子开得很慢。秀川指点着，左拐右转。老木匠父女肩挨肩坐在旁边，挺直着身子，一动也不动。软绵绵的沙发，轻悠悠颤动。风雪隔到外面去了。散热器散发的暖气扑面而来，使他们冷透的身子热起来。一直到家门外，秀枝都紧紧地抱住爹的一只胳膊，怎么颠也不松开。

发财了

家里有手艺人，不愁没酒喝。

老木匠酒量不大，可爱淋两盅。只是这几年上岁数了，常犯咳嗽病，加上儿女们又夺瓶子又抢盅的，就咬咬牙忌了。有时候帮乡亲们干点零星八碎的活儿，都知道他不肯收工钱，就送些烟酒来答情。他不收。硬倒下的叫秀枝再送回去。管它南酿还是北曲，人家的东西不馋。回家打点走司机，老木匠去开碗柜门："秀枝，过八月十五待客那瓶酒，还剩下不？"

秀枝埋头在锅下烧火说："俺五爷来，拿给他喝了。"

老木匠咂咂嘴，笑眯眯地摇摇头，表示出一点儿小惋惜。

秀川说："爹，俺带的酒，俺陪你喝两盅！"在家时爹管得挺严，平日不准他沾烟沾酒，说要管他到娶媳妇。

秀枝埋怨道："你也沾上了？"

老木匠打断秀枝的话："手艺人出门在外，喝点儿就喝点儿，只要别过量、别耽误干活就中。"

秀川胜利地朝秀枝眨眨眼。

秀枝一噘嘴："爹，就你惯着他！"

老木匠嘿嘿笑着："川，拿酒来，俺今儿心里欢喜。秀枝，炒几个菜！……"

说话间，秀川已经把一个重重的木箱搬到炕沿上，拿钳子撬开封箱的铁片。盖子打开了，露出各式装潢的一箱酒来，金帖子银帖子的、长瓶子短瓶子的……

老木匠看得眼花缭乱。

秀川问："爹，喝哪一种？兰陵呢，还是景芝的？这威海二锅头，挺冲；这即墨老酒，舒筋活血……"

老木匠沉了脸："买这么多酒，得花多少钱！"

小木匠说："没花一个子儿，人家送的。"

"送的？咱城里头没亲没故，谁肯送！"

"俺给人家干活呀！"

"干活不给你工钱？"

"给工钱也给这！现时，兴。"

"哼，兴！这年头儿，净兴坏规矩。城里乡下都兴吃'小匠儿'①！是俺，就不送给你，看你能怎的！能抢？能夺？"

"不抢，不夺，锯子下面见分寸！"

老木匠眉头一皱："川哪，可不兴学那一套！咱家老辈子都是安分守己的手艺人，你爹，你爷，你老爷……"

小木匠笑了："爹,过去,咱太老实了,吃了没鼻子的亏！你看，送给咱的不过是些杂牌子货，可送给林局长的是啥？是茅台，是老窖……"他拿出一瓶子酒，"咔嚓"一下用牙咬开瓶盖："爹，

① 小匠儿：方言，指吃请受贿。

你尝尝！"说着，就把瓶口往爹嘴上凑，老木匠躲不过，喝了一小口，呛得直咳嗽。秀川慌了，放下瓶子给爹捶脊背，捶了好一会儿才息下来。

老木匠抬起涨红的脸，亲昵地笑了："咳咳，你这小子！"

酒满上了，菜端上了，爷俩你一盅，我一盅，喝得有滋有味。小木匠讲着在外面的事儿，滔滔不绝，唾沫星子直飞，老木匠心里惦着木匠铺，几次想开口都找不到插话的缝儿。秀枝做好了菜，坐在炕前的凳子上，不插言不搭语儿，安安静静地听，听得高兴的时候，就一抿嘴笑笑，只笑不出声。她是个温柔的姑娘，像她死去的妈，知里知外，知厚知薄，长这么大没跟爹红过脸儿，哥性子强，她从都谦，都让，拌舌头吵嘴的事儿没有过。邻居们谁不说，黄老亮的两个孩子是可着心捏出来的，小子龙睛虎眼，是他的撑门棍，闺女贤贤慧慧，是他的小棉袄儿……

不知不觉，小木匠有三分醉意了。

老木匠说："川哪，咱大队的木匠铺……倒了。"

"倒了好，省得你……操心！"小木匠脸儿红成个小关公，"妹，你……你也喝一盅！"

妹妹按住哥的盅，眼望着求他："哥，别喝了，你都醉了！"

哥望着妹，笑："哥没醉！哥在局长家喝八九两都没醉！……"

老木匠嘴里不说，心里却好一阵不舒服。可看看儿子那高兴样子，也就没再往心里去。他端起盅，把满满一盅酒都喝下去了：

"秀枝，给你哥再炒个豆腐干儿，他爱吃这……这一口，咳咳……"

秀枝夺过了老木匠的盅："爹，看你又咳嗽……"

老木匠嘿嘿笑："俺也没醉，俺心里欢喜呀！你们都长成人了。要是你妈能活到今天……咳咳，秀枝，给你妈倒一盅酒，俺替她喝……"

秀枝眼泪汪汪擎过盅，让秀川倒满了酒，双手放到爹面前："爹，你慢喝。"

老木匠端起杯，看看女儿，看看儿子，止不住的老泪唰唰落："枝她妈，今儿过年，孩子们敬你一盅酒，俺替你喝……"说罢，一仰脖全喝下去了，呛得他又是一阵咳嗽。

秀枝下去炒豆腐干儿了。

秀川说："爹，为拉把我和妹妹，你吃苦受累，俺知情。往后的日子再也不用你操心了，俺大了，有手艺了，能挣钱了！俺要回来开个木匠铺，置上电锯、电刨子，做大衣柜、五斗橱，都是新式的，都卖顶高的价码儿！……"他嫌热，把帽子摘了，棉衣脱了，只穿件棉背心。他发红的眼里闪着自信的光，将满满的一盅一饮而尽，酒滴在嘴角。

老木匠摇着头，笑："孩子心儿，净想高的！爹干了一辈子没……没发过财……"

"俺太老实了！局长说，现在是新时期、新政策，八仙过海，各显其能！……"

老木匠摇着头笑："你个毛孩子，会有啥能耐？"

"俺有手艺！不是吹，俺的手艺在城里是……是这个！——"他挑起大拇指头，在自己眼前晃着。老木匠也有几分醉意了，不眨眼地望着儿子，望着那一只晃来晃去的指头。

秀枝在外间屋递进来一句话："哥，你小点声儿，都经宿半夜了。"

小木匠故意大声说："你怕啥？不再是'文化大革命'的时候了，看看谁还敢斗咱？妹，上炕来，喝，喝一盅……"

锅里滋滋啦啦响起来。

小木匠忽然把嘴凑到老木匠耳边，压低声说："爹，实话跟你说，俺在城里有……靠山！"

"谁？"

"林局长！权硬着呢！"

"嗨！人家在朝为官的，认得咱是老几？"

"咱凭手艺他凭权，半斤八两地换呗！"小木匠得意得很，"刚上城，谁瞧得起俺？后来俺给他儿子、闺女打了三套家具，捷克式的，日本式的，全是新图纸，没要他一个子儿！往后他就……就按公价批木料给俺干私活儿，嘻，一张纸条就是一个立方……"

老木匠醉中有醒："川哪，咱吃饭靠力气，做人凭志气，用不着出去求爷爷拜奶奶！"

"爹，你也太……"

"太怎的？咱家老辈儿这规矩！"

小木匠只笑笑。

老木匠沉了脸："笑啥？爹不能叫你背个屎罐子出去做人！"

小木匠依然笑："爹……"

热腾腾的炒豆腐干儿端上来了。不管秀枝怎么阻拦，又是几盅烈酒下肚。

"川哪，咱那木匠铺倒了，倒了……"

"爹，俺敬……敬……敬你这一盅……"

细心的秀枝觉察得出来，刚才还明朗朗的天，这会儿飘来几缕乌云，洒下几颗雨星儿。只是一阵儿的工夫就过去了。欢乐依然在酒花儿间澎湃。外面，断断续续的鞭炮声终于消逝了，嘶叫的风雪似乎也累了，息下来。小木匠腕子上的表针，不知不觉间跑到了年那边儿。爷儿俩都"探着湿泥儿"① 了……

小木匠说："爹，俺忘不了你的恩，你净等着跟俺享……享福……"

老木匠道："川哪，俺待你又当儿郎，又当女……女婿！等俺有个孙子，不，外孙，还叫他学木匠……"

"爹！……"秀枝羞得脸儿通红，上去夺了酒瓶，到外屋下饺子了。

秀川摇摇晃晃地下了炕，拿过一个大提包，嗤地拉开了，掏出一张皮货料子，抖了抖说："爹，把你那光板子老皮袄扔了，

---

① 探着湿泥儿：指快要醉了。

穿这！”

老木匠接过来抱在怀里，抚过来摸过去，高兴得不知说啥好。要知道，这是儿子头一回用自己挣的钱买东西来孝奉他呀！为人做父母的谁能不欢喜。

“秀枝，秀枝！……”老木匠喊起来。

“爹，等等，饺子刚下锅！”

老木匠等不及，还是喊：“你来呀！看看你哥给爹买的皮袄，快，快来呀！……”

秀枝带着一身水汽跑进来。

老木匠把皮料擎到眼前，鼓起嘴巴吹着：“看看这毛儿，多光滑，多密扎，多细软，多……多……”

秀枝避开爹嘴里喷出的酒气，笑着瞟了秀川一眼：“看把爹高兴的。”

秀川也笑得合不拢嘴：“这是上……上等的新疆货，走后门买……买的！”

秀枝说：“爹，俺给你吊起来穿上过年。”

老木匠把皮料翻过来覆过去，轻轻揉摸着：“看看这板儿，多紧实，多软和，俺这辈子穿不烂……”

秀川还要从提包里往外掏什么，可两只手已经有点不听使唤了。他急了，扯着包底“哗啦”倒了一炕头：处理胶鞋，减价布料，尼龙袜，花枕巾，爹的帽子，妹的围脖儿，过滤嘴香烟，雪花膏瓶子……哈，成了百货摊了！老木匠跑了一辈子，从根儿没置办上这么多花哨东西。秀枝只是看，只是笑："哥，你买这么多东西，要花多少钱？一百块够吗？"她的一双好看的杏儿眼里，闪动着惊讶、欣悦的光亮。

在一个乡闺女心目中，一百元是个多么大的数字呀！

秀川热辣辣的目光直盯着她："还……还有你的呢！……"他从裤前腰带下那个小口袋里，摸出个什么东西，握在手里，嘻嘻笑："妹，你猜，猜着了，就给你。"

秀枝抿嘴一笑说："俺猜不上来。"

"那你，伸出手。"

秀枝看看爹。爹从那一摊子里挑了一本新出版的家具书，凑在灯底下看。

秀枝畏畏缩缩把手伸出去，脸扭到一边。她觉得手被握住了，握得那么热烈。

随着，一个冰凉的东西滑落在手腕上。她忍不住回眼看，竟是一只亮闪闪的手表！

她吓了一跳，像戴了烧红的铁环，冷不丁把手伸回来，将手表塞进哥的手里："俺不戴，俺不戴！……"

秀川傻眼了："咋？……"

秀枝捂住那一只被"烧"痛了的手腕："俺不戴！俺怕人家笑话，说俺'烧包'①；俺怕下地弄脏了；俺怕掉地下跌坏了……"

---

① 烧包：方言，显示自己富有、穿戴美的意思。

秀川哈哈大笑，笑得东歪西扭，站不稳脚跟了。秀枝要去扶他，他却将那手平伸出来，一松，表"叭"地落在地上了。秀枝惊叫着抢过来，小心抹去表蒙上的泥尘，擎在眼前看，凑到耳朵上听……

老木匠在一边也大气儿不敢透一口。

渐渐地，秀枝脸上露出了惊喜的笑容。表里面嘀嘀答答跑得正欢呢！

小木匠扶住炕沿，歪着头，得意地看着秀枝："妹，你戴……戴呀！城里的姑娘都……都戴呢！还有这些，都给你！"他拿过纱巾，拿过雪花膏，拿过花枕巾……

"城里的姑娘都……都……"他舌头有些拿不过弯儿来了。

老木匠说："枝，你哥买了就戴！戴给俺看看。"

秀枝喜爱地看着表，只是不肯戴。突然她惊呼了一声"哎呀饺子！"，放下表就朝外屋跑……

老木匠拿过表擎在手心里，看那带红点子的秒钟跑了一圈又一圈儿："这小玩意儿，恐怕也得好几十块钱吧？"

"一百八，进……口货，不……不贵……"

"你也舍得？一套箱柜价儿！"

小木匠"哗"地扯开棉背心的纽扣："爹，俺有钱，在这儿，俺挣……挣的，都给你，俺忘不了爹的恩……"他哭了，呜呜号啕，泪珠下雨般地落。他埋下脸，"嗤"地咬破了背心里儿，里面落下几张纸来。老木匠抓起来一看，分明是几张揉折了的十元钱票子！他愣了地看着儿子："川，你……"

小木匠一手擦着泪，一手抖着背心。票子雪片般地掉下来，落在地下、炕上，落到老木匠怀里……

"两千元……元哩，都给……爹！……"

秀枝端着一碗饺子进屋来，一见眼前的情景吓呆了，手一松，碗落下来摔碎了。

她急忙弯腰去捡……

老木匠唰地出了一身冷汗，像从水里捞出来。就在这一刹那间，他从醉中醒了。

他感到浑身瘫软无力，止不住地暴发出一长串的咳嗽。他抓起两手票子擎到眼前看。

这真的是钱，是儿子挣回来的钱，这不是梦！"噢噢，俺又喝酒了，又喝醉了……"

儿子倒在他的身边，睡着了。他把他扯开的怀掩上，又给他盖一床补丁摞补丁的、他小时候盖过的被子……

儿子回来了。儿子发财了。

谁和钱都没有冤仇。老木匠高兴哪！叫谁能不高兴？走南闯北一辈子，空留下个好名声，归其了穷得连个老婆都给饿死了。可儿子，一把儿给他拿回两千块，还不算格外的花销，你说玄不玄！想想当初在街头上找妈、哭得鼻涕泡一抓一大把那情景，老木匠心理安慰着呢！唉，他亲娘老子也不晓得在哪乡哪县，要是知道自己身上掉下来的肉出息到这个样儿，不羞死才怪！不过话又说回来，这能怨他们吗？

要不是撩下，恐怕早喂狗了呢。天下做父母的，哪个不疼儿和女？都叫"穷"逼的呀……

老木匠睡不着，一宿起来数三回，那实实在在是两千块呀！往后可以享福了，可以下小馆吃蒸包猪头肉了。儿女们的婚事么，要办得排场点儿，座钟、收音机、自行车、缝纫机……都给置办上，打点他们熨心！去买点儿好楸木，结婚的箱柜俺动手，雕上龙，刻上凤，把最后一把老力气留给他们，俺就是去见枝她妈，也用不着落埋怨了。唉唉，枝她妈，你那苦命的人哪！

老木匠像是睡着了，又像是没有睡着。他拿着那一大包钱，找到一个荒凉的地方，四周围都是坟。他喊着："枝她妈……"一座坟忽然裂开了，里面走出一个破衣烂衫的女人，挎着要饭篓子。那不就是她？模样一点没改。他把那一包钱给她，说是女婿挣的，说再也不用挨饿了。她欢喜得不得了，扔下要饭篓就解那裹钱的包袱。钱，那么多的钱！忽然一阵旋风吹来，把那钱都卷到半空里去了。他俩喊着，叫着，伸开两只手在空里抓挠着，可是一张也抓不到……

老木匠醒了。一场虚惊，钱还在枕头底下压着呢！可他心里鼓鼓涌涌不安宁起来。为啥呢？连他自个儿也说不明白。他心里骂自己道："你穷小子没见个花火食！没钱想钱，枕着钱又睡不着觉，就花呗！还穷寻思啥？钱又不咬手！……"

不啊，不啊，有一股神经使老木匠本能地感到不安。为啥呢？

为啥呢？……噢，他悟过来了：秀川咋能挣这么多钱？一天的工钱按规定是二元八，就打三块，刨去饭圈子、零使费，刨去寄回来交生产队的，刨去买手表皮袄杂七杂八的……这三刨两扣，不拖一腔饥荒就烧高香了，哪还能剩这么多钱？他说他认得个啥局长，那顶屁用？又不是他亲老子，还能给他个三头二百的？那么钱打哪儿来？

　　老木匠心里像揣进个小老鼠，蹦一会儿，跳一会儿，七上八下的，好焦急哩！

　　不成，得问他个清楚，不明不白的钱花不得！他爬起来，披上衣服，拉开灯。小木匠睡得挺沉，酒色消退了，脸上涌动着美丽的红润，要不是那一圈儿黑乌乌的小胡子，简直会使人觉得他是一个睡得甜甜的姑娘。许是嫌热，一只胳膊搭在外面，鼻子尖上沁着细细的汗星儿。老木匠心里顿时涌上一股热酥酥的滋味，当初领来家的时候，像个又脏又瘦的小猫，光是哭着闹夜，找他妈，怎么哄也不睡，哭急了，老木匠解开怀，让那只小手捏住他豆粒大的小奶子，这才不哭了。哄好了小子，闺女又哭着争怀，就一只胳膊搂一个，直搂到十岁上，才给他们各自搭起个小被筒。孩子们长大了，他也老了。人老了的时候，看一手拉把大的孩子，格外亲。在儿女们身上，有做父母的心血和希望。

　　老木匠不忍心推醒儿子，在外面跑了几年，也不知睡没睡个囫囵觉，让他再睡会儿，天还早，鸡才叫头遍哩！他轻轻地拿起儿子的胳膊，想放进被窝里，可当触着他的手时，心一动，不由得捧着细细看起来。这哪里像一只小伙子的手：又粗又短的手指，简直像一排磨秃的石钻，每一道指节都凸起老高；虎口间堆了重重叠叠的老皮，手掌几乎全是一块硬茧；拇指让锤头或斧顶打过，指甲死去了，只留下难看的一团肉疗……老木匠心哆嗦了，这是下过苦力的手，是和自己一样的手啊！孩子，爹错怪你了，你是俺摸着头顶长大的，不会去干那些丧良心的事儿，俺信得过！钱是你挣来的，就凭这手，你该挣得还多，还多！怎么就该那些吃饱饭没事儿干的人挣大钱，咱们也该！该挣两千，该挣两万！……可是，俺干了一辈子，没得过这号祭，能说俺没手艺？没力气？你比俺多三头六臂？现时这些青年人，现时这世道，没深没浅，真叫人吃不透哩！唉唉，还有木匠铺的事儿没跟儿子商量。明儿吧，他走累了，别惊醒他。

第二天早晨，老木匠把儿子拉到一边，压低声问："川，这钱真个儿的都归咱了？"

小木匠笑了说："爹，你真小心眼儿，两千块算个啥？以后俺给你一万块！"

老木匠脸一沉："爹问你真格儿的，你又吹！"小木匠还笑着："爹，你就撒手花吧，俺一没偷，二没抢，你怕啥！"说着，转身要走。老木匠一把拖住他："川，等会儿，俺跟你商量个事儿。"

"啥事？爹说吧。"

"大队木匠铺倒了，俺寻思……"

"倒了好，不然的话咱开木匠铺赚谁的钱？爹，往后你别去操那份穷心了，也不用你干活，有钱你花，有福你享，还愁啥哩！"

老木匠直愣愣地看着儿子，半晌说不出一句话。

"爹，吃过早饭俺上公社生产资料门市部去看看有没有电锯电刨子，没有，明儿上县去。"

"过年哩！"住了好一会儿，老木匠才说出三个字。

"啥年不年的，木匠铺得早开起来，一开春活路就多了。"

儿子去了。老木匠呆呆地站了好一会儿，然后走到外面去。雪住了，只是还没有人扫。天还早。他拉出一张木锹，在街心铲开一条小路，弯弯曲曲一直通到木匠铺。

当他抬头看见那把冷冰冰的大锁时，愣了：我怎么到这儿来了呢？……不知为什么，他又想到了那两千块钱，想到儿子酒醉中说过的那些话……他的心猛地颤抖了一下，生了一个奇怪的念头，好像觉得木匠铺的倒闭跟儿子的发财有关系似的。他回转身朝家里走去。

晨光照耀着雪地，眼前的一切都变得明亮起来。家家户户的门都开了，许许多多的人都到街上扫雪了……

打鼓开张

过了小年过大年。

正月里头上，男男女女都穿上新衣服忙着走亲戚。乡间道上，自行车铃铛响个不停，红包袱闪来闪去，大闺女小媳妇花花绿绿映得雪地都格外鲜亮。这是胶东半岛老辈子留下来的习惯。其实，那包袱里也没啥金贵东西，两斤点心两瓶酒，加上八个白面大馍馍。到亲戚家吃一顿喝一顿，回来时包袱里还是那么多，只是换了换样。这样转来转去，有时候竟会转回来，不过点心已成了粉末了。啥意思？热火。

那些没亲戚走的小伙子们凑在一起打扑克，什么"够级""拱猪牵羊""抓特务"……没白没黑，玩疯了。泥水里滚了一年，难得乐个痛快！小木匠可没这些心思，憋了几年的劲儿，恨不得一朝使出来，过了年初一就动手筹建木匠铺。

爹说："秀川，跟你妹去看看你姑吧，咱就那么一家穷亲戚。今年手头宽绰了，去扯件衣服买点东西送去，都倒下，别让她换来换去的。"

小木匠在翻看一本木工书，没抬头，说："我没空儿呢！"

老木匠从来不叫儿子做他不愿意做的事。他出门去了，穿着闺女赶做出来的新皮袄，去找富宽说话了。往常年，富宽总是头一个来拜年，今年没来，老木匠不放心，料到他没过一个顺心年。愁啥哩，人走到哪一步说哪一步的话，没有过不去的火焰山。儿子要开木匠铺，他捏把汗，大队都开不起来，你能行？心里这么想，可没对儿子说。他不愿意泼儿子的冷水，让他试试看，巴不得他能干出个景儿来呢！……

晚饭后，秀枝说："哥，大操场上放电影，《刘三姐》，咱去看看吧。"

小木匠在绘制一张电锯安装图纸，没抬头，说："我没空儿呢。"

秀枝低下头，悄悄地坐在他身边。

秀川仍然没抬头："妹，你去吧。"

"俺也不去，看过好几遍了，再看没意思。"

外面的电影开映了，刘三姐唱起了好听的歌儿。小屋里静悄悄地、热烘烘地。

秀川趴在小饭桌上，旁边放一摞念中学时的物理课本，他画一会儿翻一会儿，眉头皱一会儿、松一会儿。陪在一边绣花的秀枝可真替哥哥着急，好几次针扎了手都不敢吱声，只是悄悄地放在嘴里吱吱。按照老辈子的规矩，过年时不许动针线的，说动了针线一辈子都不得安闲。可没个活口，干坐在一边多不好意思。绣几针抬头看一眼哥哥，看着脸就红，那么长工夫连个花瓣儿都没绣起来。她在心里怨："这么多年没回家，就不想俺？就没句话跟俺说？怕是把俺忘了呗……"

电影散了。里间屋传出爹翻来覆去睡不着和抽烟、咳嗽的声音。今夜月光好，照着雪地，映着窗，很亮很亮。一丝风没有，一点声音没有，只有几只不怕寒冷的小虫子吱吱叫。终于，秀川抬起头长长地出了口气。秀枝望着他，舒心地微笑。她悄悄下了炕，把一碗冲开的点心端到他跟前，小声说："哥，你喝。"

小木匠愣了一下，仿佛忘记了妹妹一直陪在身边。他接过碗，没有喝，放在桌子上。他看着她的脸，看得她低下头。他的一双有些疲倦的眼睛渐渐闪出青年人的火热来。突然，他抓住她的手，放在嘴上热烈地亲。他把她往怀里拉，一双大手那么有力气，像两只老虎钳，谁也别想挣脱。他亲她的嘴唇，呵出紧张的、粗热的气；她不让，去捂他的嘴，露出掖进袄袖里面亮闪闪的手表。悄悄地，谁也不敢出声，爹还没有睡。小饭桌被碰着了，点心洒了。他们赶紧松了手。秀枝什么也没顾得就去抢哥哥画好的那张图纸。

"没正经，啥时候学得这么坏……"她小声埋怨他。

"城里头……都这样……"他说。

他们默默地坐着，让心中的火焰消熄些。

妹问："省城大吗？"

哥说："很大很大，比十个县城加在一起还要大。"

"你吹！"妹笑了。

哥红了脸："不信你去看，楼房比县里发电厂的烟囱还要高！"

妹说："知道俺去不了是不是？那得花多少路费！"

"几个路费算啥，等木匠铺开起来钱挣多了，俺就领你去。林局长说要把俺的户口转到城里去，还有你的。他门子可硬呢，光是亲戚朋友就转出去好几十。"

"给你个棒槌当针（真）了，咱算人家的啥？"

"哼！俺给他打过好几套家具，一个子也没……"

"咳咳咳咳！……"传出爹的咳嗽声。

都不说话了。秀枝接着绣那片没有绣完的花瓣儿，绣着，轻轻地叹口气，压低声说："能转俺也不去，俺在家守着爹，他老了。"

秀川说："爹也去，没有户口就吃高价粮，反正俺能挣钱。妹，你真傻，你不知道城里的姑娘有多幸福，人家林局长的女儿穿的是啥，用的是啥？可你……"

"俺没那福分，也不强求。"秀枝打断哥的话说，"咱在家里不也过得挺好？"

"好？好个屁！吃的啥？穿的啥？人家城里头……"

"反正爹不去，俺也不去！"

"爹是老思想，保守、不解放，咱也不能啥都依着他。就说开木匠铺这码事儿，别看他嘴里不说，心里就不支持，老是抱着大队木匠铺的想头不放，这是啥年头？大锅饭开不上了……"

"小声点儿！"她碰碰他，"爹是不放心你。"

"有啥不放心的？俺高低干个样儿给爹看看！"他并没小声点儿，其实，是说给老木匠听的。

初三，秀川让爹和妹把东厢屋腾出来，老辈子传下来的那些陈箱旧柜、破筐子烂篓子掀到一边去。老木匠舍不得，说破家值万贯。小木匠笑了：

"留它做啥？旧的不去，新的不来，要四个现代化哩！"

墙用石灰水刷过，雪白的。接了电线，置了电锯电刨子，都是小木匠自个鼓捣着安装的。那些门门道道，老木匠眼花缭乱看不懂。正月初五，小木匠跑了趟县城火车站，拉回两大卡车木料，是从省城按批发价拨下来的，才一百九十块钱一个立方。满村里，谁看了都眼红。

正月初十，黄秀川木匠铺打鼓开张了。

大清早，满村的老少木匠都来看光景儿。小木匠神采飞扬，忙着给大伙递烟递茶。不抽烟不喝茶的，有满满一箩筐糖果，随便抓。人们都屏住呼吸，看小木匠那一双有力气的大手充满信心地按下了电闸。

小电锯欢乐地呐喊起来，给这古老的小院带来了生气和希望。小木匠抱起一截又粗又重的圆木，放在工作台上，老木匠想帮他扶一把，可两只手挖挖挣挣不知放哪儿好。

"爹，扶后面点儿！"儿子喊。

扶后边了，可不知为啥颤颤抖抖扶不稳。

"爹，小心手！你闪开！"

老木匠退到后边去了。外面飘着雪花。小木匠嫌热，扒了棉袄，露出秀枝给他织的那身花纹好看的毛衣。他瞅准墨线，将那圆木扭动了一下，然后有力地推过去，推过去……

哗——哗——

木花儿飞扬，扬在地下，扬在对面看光景儿人的身上、脸上。谁也没有躲闪，只顾不眨眼地看。木板裂开来，裂开来，像切萝卜那么痛快呀！抽袋烟的工夫干的活，足够两个壮木匠干一整天。小木匠熟练地操作着，每一个动作好像都带着节奏感，不抬头看围在他身边的人，鼻子眼里却盛不住心中的得意。脸儿涨得那么红，胸脯子掀得那么猛，他激动、自豪，他知道自己的身价多么高，在这一群老老少少的土木匠当中，他出头，他是个小圣人！

老木匠在一边看得出了神。他笑，笑得落泪。欢喜的泪水淌进嘴里是甜的。怎能不欢喜呀，二十年的心血没白淌。不求他功名，不求他权势，只求他成个好木匠。金子贵，银子贵，金子银子不是庄稼人贪的，学身好手艺就是打不烂的铁饭碗！眼见得儿子成材了，黄家的事业有人传了，老木匠死也闭得上眼了。儿子说不支持，冤枉他老头子，闺女说他担心，实情话，是的，像儿子说的那样，他做梦都想把散了架的大队木匠铺再撑起来，他希望儿子回来能助他一臂之力。然而，看得出来，听得出来，儿子跟他想的不一样，而且谁也难能改变。莫非自己真的落后了？跟不上趟了？像儿子说的那样保守、不解放？也许是吧……儿子出门在外，经得多，见得广，对上面的新精神领会得比自己快。就算是，也不能睡一宿觉就把过去的都忘掉啊！丢一块钱还好几顿吃不香呢，别说一个苦心经营了二十多年的木匠铺！川哪，别怪你爹老脑筋，爹支持你开木匠铺。过去把这叫作资本主义，扯他娘的淡！咱凭劳动，凭良心，走到天边也说得过去，可爹还是为你捏着把汗，这些木料用完了，你还能说来就来？台好开，戏难唱，大头还在后面呢！还有，咱开木匠铺没请示书记官，能行么？人家有权，管你哩。世道不管怎么变，这号人照常是土皇上……

果然，木匠铺开张的当天下午，书记官来到了他们家。当年老亮父子挨批判，多亏黄兴拿章程，送上了两条香烟四瓶酒才算了结了这场灾难。这码事儿，多会儿提起来老木匠多会儿脸红。他骂自己没骨头、下贱。黄兴劝他说："亮叔，认这壶酒钱吧，现如今，骨头哪有'权'头硬！"他认了，只是不住地叹气："唉，唉，这世道……"

这是旧话。打从那时候起，书记官从没登过门，今儿他来做啥？不知怎么地，见了他的影子，老木匠头皮就发麻，像按了电钮。他认透了一条，在黄家沟，天老大，他老二，平头百姓得罪不起！

老木匠不安地迎上去："支书，你抽烟！"他赔着笑脸，呈现上一根"大前门"。人家没接，没应声，黑着脸走进院子里来，密密匝匝的胡子花儿，一根根都是竖着的。听人说，秀川出外发了横财，回家来还开起了木匠铺，还用上了电机器！一听他心里就火，大队木匠铺倒闭了，你个体户倒兴隆起来了！社会主义不吃香啦！哼，这世道！

他带着一股气来了。

"支书，你吃糖。"

人家不吃，一脚插进木匠铺里来。他巡视着屋里：一排排锯好的木板遮住了四周的墙；墙旮旯生个大铁炉子烘木头，都烧红了；温润的、暖烘烘的木香扑面而来，直往鼻孔里钻；电锯响，木花儿飞，一屋子生机。小木匠一心干他的活，竟没见支书官驾到。

他越看越气，照直冲小木匠开了火："秀川，你开木匠铺怎么连个招呼也不打，哎？黄家沟这二亩三分地里还有个管事儿的没有，哎？"

小木匠不慌不忙地将那块木料锯完，摆好，关了电闸，然后拍打拍打身上的木粉，拿起毛巾擦着脸上的汗，抬起头笑道："俺不懂乡下的规矩，这……这用得着谁来批准吗？城里头自由着呢！"

"哼！城里头叫乱啦，男的女的大白天抱着啃不是，唉？黑市买卖又疯起来不是，啊？工厂里不发奖金不干活不是，唉？咱乡下不能乱，咱黄家沟不能乱！我们这儿，谁也不能隔着锅台上了炕，我这个支部书记还不是块木头牌位！"

小木匠点着一支烟，抽得火头儿一闪一闪的，然后他吐出一个烟圈儿，依然笑道："你书记去管社会主义吧，俺这儿是资本主义！"

"哦，你搞资本主义还有理喽？你开黑工厂还有理喽？唉？！……"

"啥理？啥主义？有饭吃就有理，有钱花就是好主义！这年头，谁先富起来谁就是好汉子，大官儿都说了！怎么，你反对吗？唉？……"

五十岁的汉子被小木匠堵得无言可对，脸憋得青一阵、紫一阵。他转向老木匠："师傅，听听你儿子说的啥？"他曾跟老亮学过徒，没成，就改行干别的了。老木匠愣在那里了。这突然袭来的一场暴风雨把他给打蒙了。他万万没有想到，几年前那个生人眼前说句话都脸红的儿子，会说得出这么一番有板有眼的话。他为儿子高兴么？不，他感到不安。人老了，心钝了，啥社会主义资本主义，分不出个曲直了，可也不能这样得理不让人哪！老实说，他看不惯这位书记官，他那德行，他那作风，够损的了。照他那主义，庄稼人不都得穷死、饿死么？可儿子也太过火了，不看僧面还得看佛面！孩子，爹知道你心里有气，谁没气？挨批判那滋味你受过，爹也受过。站在台上，当着乡亲们的面，就跟斗地主一样啊！可咱说活办事得讲分寸，过去的那一套做错了改过来，总不能鸡蛋大粪一锅煨呀！总不能说谁富谁有理，那地主老财、富农、资本家不也有理么？那还要共产党做啥？人哪，走到哪一步都得讲良心。穷也好，富也罢，得长副好心肝。你小子，心野了，野得收不住笼头了，出了几天外，不知道天多高、地多厚了，不知道吃了几碗高粱米了，满口狂话，拿大帽子压人哩！中央的大官儿你亲眼见过了？他们咋说的你亲耳听过？庄稼人本分为重，就算是支书他不对，也该忍着点儿，他是领导，咱是平头百姓，官和民能一般大小么？说是平等，爹活六十多岁，见得不多。再说，今儿这个场合，有爹，用得着你指手画脚？

老木匠生气了："秀川，你胡说些啥！"

他一边批评儿子，一边端水给人家消气："支书，你喝茶；孩子话，别往心里去。"

儿子一把夺过爹手中的杯，将茶水泼了："爹，用不着跟他低三下四，不是'文化大革命'那时候了，咱开木匠铺，一没偷、二没抢，凭本事挣钱，老天爷也管不着！"

支书说："好，我管不了你，我找公社，找县委！"

小木匠道："好不好你去找省城里的林局长？木料是他批的，木匠铺是他叫开的。怎么样？不认识门儿我告诉你！"

"你，你……"支书涨红着脸，一跺脚转身朝外面走，迈出门坎儿，扭头又丢回那句没说完的话："你，你等着！"

"等着呢！"

小木匠满足地看着支书走出大门口，嘴一撮，吹起了流行的小曲，转过身来却吓了一跳，老木匠晕坐在一块木墩上……

"爹，爹！……"

老木匠两眼直直地看着儿子，半晌说不出话来。

小木匠赶紧蹲下来，半跪着一只腿，给爹捶脊背："爹，你怎么了？用不用去找赤脚医生来？爹……"

好长工夫老木匠才恢复过来，长长地出了一口气，缓缓地说："川哪，爹怕要出事哩。"

小木匠笑了："爹，你怕啥？出事儿有我，看看谁还敢欺负咱！"

儿子要主事

日头照常从东边出，照常往西边落。日子顺顺溜溜过了十天，书记官没再来找麻烦，木匠铺照常开。老木匠心里渐渐安生下来。"看来世道真的变了，私人开木匠铺真的不算资本主义……"

木匠铺里的主事人不再是他了，是儿子。机器上的活儿他外行，只能当当下手听儿子吩咐。儿子让他站在电锯的对面拖拖锯好的木板，他便拖。儿子让他熬木胶，他便将炉火烧得旺起来。儿子说："爹，把那几个三分的榫眼凿好！"

"噢。"他拿起了凿子和斧头。斧顶敲打凿顶砰砰地响着。不知为什么，他感到一阵说不出的怅惘和酸楚。儿子代替了他，他将退出这个行当的主宰地位。不是嫉妒，不是的！儿子成材他高兴。为什么心里难受，他说不明白。兴许人老了都这样。机器干活快，锯，刨，锯，刨，积下的手工活很多，老木匠累得腰酸腿痛，还是忙不过来。他忽然想到了富宽，让他来合伙子不正好么？帮了木匠铺的忙，救了他的难，挣的钱三一三剩一地分，比他挣工分合算多了。唉，也可怜他，去找队长要活干，队长说，听说要责任制了，地又少，农业劳力还分不过来呢，你是大队工，去找大队吧！他去找书记，书记说，不是现在兴做小买卖么？挣钱着呢，你去吧，大队养活不了那么多吃闲饭的。他去买了二十斤山楂，在糖锅里熬了，扎个草靶子，趁着新鲜正月，卖糖枣去，草靶一打出门，就围了一群孩子，这个叫大爷，那个喊叔叔，没出村子就分了十几支。扛到大集上一看，光糖枣靶子就摆出半里地长，跟龙门阵似的，你吆喝他喊，乱嚷嚷的一片。他傻呆呆地在雪地里蹲了半天，冻得流鼻涕，卖了八角钱。回家来，他把没卖完的糖枣往院里一丢，坐在门坎上就哭，大把鼻涕小把泪。一边哭一边骂自己没本事，他哭，老婆也哭，哭得左邻右舍都替他犯愁、难过。这一回，他赔了十五块钱，病在炕上至今还没爬起来……

老木匠把这想法先跟富宽说了，富宽自然是乐意。又跟儿子商量，小木匠一愣，立刻又笑了："爹，这事你别管了，我去跟富宽叔说。"

老木匠说："你宽叔有难处，咱不拉他谁拉他？人哪……"

"爹，你放心，我准让宽叔满意！"

"唔……"

老木匠不多言了。儿子大了，要主事了。

吃过早饭，秀川到富宽家里去了。那是一座他十分熟悉的小院子，院子的中间长着一棵合抱粗的柿子树。那树已经很老了，铁一般的树干上，落满了斧痕，据说砍得越狠，柿子结得就越多。小时候秀川偷偷地爬上墙头摘柿子吃，那金黄的柿子没经霜打，咬进口里是涩的，涩得他眼都闭在一起了。一只大手揪住了他，是富宽。他吓得哭了。富宽把他拖下墙头，按在树下一只小草墩上坐好，从南墙根下的大瓷缸里捞出两只青皮大柿子，擦了擦水，给他吃。他不敢吃，青的一定比黄的还要涩，这是主人要惩罚他，富宽硬是把柿子塞到他嘴边，他横下心咬了一小口。啊，多么甜哪！他破涕为笑了。富宽也笑了，告诉他这是用开水浸过的柿子，不涩的。以后每年，他都像小客人一样坐在大树下吃柿子了，一边吃一边听富宽讲故事。讲来讲去老是那么几段，什么鲁班学艺呀，鲁班造桥呀……要不是为了吃柿子，他才不坐在那儿受那洋罪呢！总之，这小院子留给他的印象是温暖而亲切的，不管走到哪里，一闭上眼，就会想起那满树的柿子和墙根下面那只大瓷缸……

胶东半岛的气候，早春比三九天还要寒冷。柿子树的树杈在寒风中抖动。大瓷缸不在了，兴许是怕冻裂，搬进屋里去了，估计那里面也不会有浸柿子了。富宽起来了，坐在炕沿搓草绳，脸色难看得很。炕头上的被窝里面，躺着八十岁的老父亲。屋里很脏很乱，简直没个下脚的地方。像虾子一样弓着身子的富宽老婆，不住地咳嗽着，坐在灶前烧火焊猪食。里间外间都弥漫着水汽和烂地瓜的气味。小木匠的到来，给这痛苦沉闷的小屋带来一丝喜悦的气息。

"哎呀，大侄子来了！咳咳咳咳……"

"婶子，来吃你的柿子了！"

"留着呢，留着呢！……"虾子欢喜得什么似的，扶着锅台站起来，什么也没顾得就到橱子里端出一盘柿子。那是早准备好的，个挑个拣出来的，通红透亮，不是热水浸的，是熟透了的。

"就等你来，就等你来呀！……"富宽脸上露出了多久不见的笑容。他手忙脚乱地把稻草掀到外屋去，一边喊着老婆拿烟，一边拍着炕沿说："坐呀坐呀，大侄子！年前你回来就想去看你，可听说你忙，家里人来人往挤不下，就……就……大侄子，别见怪，你大叔人笨心也笨，不愿凑热火头儿，往常年都给师傅去拜年，今年也没呢！……"

只有躺在炕上的老人毫无反应，眼睛紧闭着，眼窝深深陷下去，像长眠了一样没有一点声息。

富宽把老人的被子往里掖了掖说："大侄子，俺爹他耳聋，又睡着了，没听见你来呢！嗳嗳，吃柿子呀，这可不是热水浸的，是霜打熟的，都稀了，你戳一个洞眼用嘴吸，就跟喝蜂蜜一样……哎呀，怎么停着呢，吃呀，吃呀！……"

那柿子一定很甜，又有许多年没吃上，他想吃，可是不肯吃，他不再是爬墙头的孩子了，他长大了，懂事理了。吃人家一口，还人家一顿，眼前的这些个柿子是万万吃不得的。

"宽叔，我在外面得了个胃寒病，怕凉呢！"

"不凉，不凉呢，俺家里人多烧火多，温乎着呢！咳咳咳咳……"虾子扔下烧火棍到里屋里来，抓起一个柿子就往小木匠嘴里塞。小木匠紧闭着嘴，推来推去说什么也不肯吃。柿子挤破了，金红色的柿汁溅在小木匠身上。富宽急了，一把推开老婆，拿毛巾给小木匠擦着，擦也擦不净。

"没事呢，没事呢！"小木匠涨红着脸，笑着说。

沉默了一会儿，都没有说话。

虾子唠叨开来，伴着那有节奏的呼嗒呼嗒的风箱声和紧一阵缓一阵的咳嗽声："大侄子，你出门在外走南闯北，你说说现时这章程对么？共产党变心眼儿了，不顾咱贫下中农了！……"

富宽阻止她："妇道人，穷唠唠啥，国家大事你懂个屁！"

"咳咳咳咳……俺是不懂，可扯着骨头连着筋呢！木匠铺倒了，又不给活儿干，一家六口子喝西北风呀？还不知老天爷刮不刮呢！这手打鼻子眼就见的事儿，俺能不往心上去？唉，这年头儿，就好了那些有权有势、那些没良心的人！"

"话怎么能这么说！"富宽冲外间屋反驳老婆，"就说大侄子，人家凭技术，凭本事。这叫按劳分配，不吃大锅饭，你懂么！中国要搞四个化，中央下了新条文，要学外国人哩！咱不能光想自个儿，国家兴亡，匹夫有责，是不是这话，大侄子？"

被窝蠕动了，老人慢慢地把脸转向墙壁，依然闭着眼睛，依然没出一点声息。

"咳咳咳咳……"

"呼嗒呼嗒……"

又是一阵沉默。比先前那一阵子还要长，还要闷。

小木匠难堪极了，富宽婶子的话似乎是冲他来的。他嘴里不说心里觉得可笑：这年头儿，乡巴佬、锅台转儿①也谈什么国家大事！经过"文化大革命"，胆子都大过天，中央里的大官也敢指名道姓说三道四，放五七年，十亿人不打上九亿"右派"才怪呢！他不想参加他们的争论，没那穷心思。他想的是木匠铺里做不完的活，想的是赶快把该说的话说完，好早早离开这里。可这种情绪、这种气氛，他插不上嘴。坐不住也得坐。火烧得多，炕燥热得很，屁股底下小虫咬般地难以忍受……

"大侄子，怎么干坐着？不吃柿子你抽烟，孩子他姨捎回来的关东叶子，比现时那些长价烟卷儿强多了，不信？你尝尝！"

① 锅台转儿：指乡下妇女为锅台转儿，即绕着锅台转的意思。

这一回是富宽打破了沉默。

"咳咳咳咳……"虾子接上了，"唉！俺先头说的是气话，其实呀，天底下管多会儿都是好人多。大侄子，该怎么谢你们呢？过去你爹拉把俺，这会儿又叫俺进你家木匠铺干，说是帮助，俺心里清亮，他笨得两手对不起个捧来，找谁不比他强？明摆着，这是救俺哪！"

小木匠顿时紧张起来，心里直叫苦："糟了，爹把话说死了！"

富宽又有几分激动了，先前是坐在炕上的，这会儿蹲起来了："大侄子，你放心，进了你家木匠铺，俺听你吩咐！俺手艺低不错，可俺肯下力气，荒活、粗活你尽管交给俺，保准误不了。你爹说算咱合伙开，挣的钱三一三剩一地分，俺不同意，俺富宽没本事，还有脸皮！机器是你家的，木料是你家的，俺凭啥，到时候你给多少算多少，一个子儿不给俺也干，不冲别人，冲俺师傅，拼死累死俺报答他的心！大侄子，你说俺啥时候上工吧！听到师傅给的这个信儿，俺病立时就好了，身上也长力气了……"

小木匠身上冒汗了。事情到了这个地步，再也不能犹豫了。

说实在话，听了富宽两口子那些话，他的心动过，软过，怜悯过，觉得应该照父亲说的那样去做，可是不行啊，富宽大叔，你要进了木匠铺，往后的账谁能算得开？要真像俺爹说的那样去分，荒算你一年要分走俺八千块！八千块能买多少木料？能做多少家具？里外里又能赚回来多少钱？这个账能算么？吃点小亏中，亏这么大不能干，爹干我不干！他老了，往后的日子是我们的，盖新房子，结婚，电视机、录音机、"嘉陵"摩托……用钱的地方多着呢！要是照城里雇临时工的价码那倒合理，国家规定顶高一天一块七角六，满打满算一年给你八百块。八百块，不少个数儿了，你到哪去挣？可是，人家要是说俺雇工剥削呢？其实啥剥削，国家能雇，私人就不能雇？人家日本、美国开大工厂都是雇人，爱雇谁雇谁，自由着呢！不过眼时还不能出这个头儿，照林局长那话味儿，大头儿还在后面……宽叔啊宽叔，别怪我秀川不留情面，人在哪时随哪时。往后你日子真过不下去了，看在咱两家老关系的面上，再来帮你吧！这一回顾不得了，木匠铺你不能进！

主意一拿定，小木匠立时镇静下来。话该怎么说呢？怎么说才能不伤宽叔的心？

"宽叔，"他终于开口了，"你病了，当侄儿的该早来看你，可整天价穷忙，来晚了，你别往心上去，啊！"

富宽欢喜得咧着嘴笑："大侄子，这咋说的，你有这心，大叔的病就该好一半儿！"

说话间，小木匠已经从口袋里掏出一张揉褶了的十元钱票子，塞进富宽手里。

富宽愣了："大侄子，这钱？"

外间的风箱声骤然而止。

小木匠笑道："侄儿孝敬叔叔的，买点营养品补补身子，好寻思过日子的道儿！这年头，挣钱的门子多着呢，何必非干木匠不可？拿着，叔，往后有啥难处，你尽管找我开口，侄儿忘不了叔的大柿子！哈哈，拿着呀，叔……"

富宽的嘴张了几张说不出话来。

该走了，小木匠站起身来。

虾子走进来，迫不及待地问："那……那……那木匠铺里还要俺吗？"

小木匠说："婶子，宽叔有病，养好身子再说吧！"

富宽终于迸出一句话："大侄子，俺……俺……俺好着呢！"

小木匠依然笑道："叔，急啥呢，留得青山在，不怕没柴烧。再说，这是俺爹的意思，让我转个话儿。"

"师傅？不，不！……"

"哎哟，九点半，耽误活儿了。叔，婶子，我走了！"

他走了，走到院子了，富宽两口子还呆在那儿，不知怎么办好。

被窝掀开了，露出老人愤怒得扭曲的脸："钱……钱，把钱还给他！"他几乎在吼，吼给儿子儿媳听，吼给院子里的人听。

富宽这才意识到手里还拿着人家的钱。他不顾一切地冲出门去，追上小木匠，把钱坚定地塞进他的口袋里：

"大侄子，俺不要你的钱！"

整整一天，老木匠的心浸在开水中、燎在烈火上。儿子到富宽家去的事他知道了。他想指着儿子的鼻子训斥一通，他想到富宽家去安慰一番。然而没有，他默默地忍受着，把想说的一切都凝聚在斧顶和凿顶上。

砰！砰！砰！……

他一刻不停地干着，饭也不肯吃一口。秀枝端着碗站在爹身边，凉了热，热了凉，爹连看也不看一眼。秀枝长这么大，没看见爹气成这个样子，吓得心口乱蹦，也不敢问一句话。她知道爹生哥的气，她也生哥的气，怎么能那样对待老实巴交的富宽叔。她给哥丢眼色，让他给爹赔个不是，让他改变自己的做法，再去跟富宽叔说。他不，这件事硬是要主到底。他认准了，谁的话也听不进去。

两天后，小木匠突然对老木匠说："爹，俺妹别绣花了，点灯熬夜挣几个钱？让她下木匠铺帮忙吧！"

老木匠吃了一惊："你听谁说大闺女学木匠！"

小木匠笑道："城里头木器厂里多的是呢！"

老木匠的心像被咬了一口："不，不！我的闺女不叫她学木匠。你妹的事你……别管了！……"

"可木匠铺里的活多得干不完，总不能把到手的票子往人家口袋里塞呀！爹，你别老脑筋了，干什么不一样？能挣钱就行！"

"不，不！……"

门突然开了，秀枝站在他们面前。她显然听见他们的话，温柔的眸子里闪动着从未见到过的那么明亮的、那么热烈的光：

"爹，哥，你们别再争了，从今往后俺不绣花了，俺跟你们学木匠！"

老木匠直愣愣地看着女儿，老半天说不出话来。

秀枝眼里涌出了晶亮的泪珠："爹，哥，你们放心吧，俺能学会的，俺能！爹年纪大了，往后能干多少就干多少，别出过头力气，俺跟哥哥替你。"

老木匠眼睛模糊了，不知为什么刹那间眼前出现了秀枝妈的影子，他慢慢地低下头，沉思了许久，许久。又慢慢地抬起头，直盯盯地望着女儿的脸："孩子，你真的愿意？"

秀枝点点头："嗯！"

"这活儿是男人们干的，又脏又苦，你受得了？"

"嗯！"

"好孩子，早去做晚饭，吃过了，爹给你讲咱们的老祖师鲁班的故事。"

"嗯！"

"秀川，你也去，帮你妹烧把火，让她再炒几个菜……"

忍不下

那天晚上借着酒力，老木匠好言将儿子劝说了一番，可儿子听不进去，还不软不硬地顶撞了他几句。这是秀川进黄家门来的头一回。小伙子帆头正猛，十二级风浪挡不住。老木匠不愿把这些家务事说给外人听，怕人家笑话，憋在心里难受，就走了一趟穷亲戚，跟老姐姐唠了一晚上。老姐姐是个开通的老太太，有儿有女自己"蹲"^①着过，图个心静、气儿顺。她劝老木匠说："兄弟，你是个明白人，怎么净办糊涂事？现在这些小青年儿，跟我

---

① 蹲：方言，指和女儿分开过日子。

们那时候不一样，老礼道不论了，老规矩不讲了。自己的骨血都生分，秀川不是咱黄家根，怎么能可着你的心儿长？往后他的事你少管就是，给他们成亲，分出去过，不就一了百了了？土埋半截子的人了，还图个啥？图了一辈子好心眼儿、好名声，老天爷也没睁开眼看看你，倒落得咱黄家断了烟火，绝了后人……"说着，老太太就抹眼泪儿，抹得眼圈儿通红。

第二天，老木匠摇摇晃晃回黄家沟去。傍晌的春日头，晒得棉袄里面暖烘烘的。他像多喝了酒，脑子里昏沉沉的，啥事儿也想不出个头绪来，索性啥事也不去想。望见他的村子了，望见村子上空做晌饭的炊烟了。站在这儿，他能分得清哪一股烟是从自己的屋顶上冒出来的。年轻时外出做工回来，总要在这儿停一停，只要看见那屋顶冒烟，心里头就顿时涌上一股不可遏制的暖流。然后，他屏住激动的心跳，大踏步地走进村子里，扑进那个温暖而亲切的家……然而现在，他不愿回那个家了。那个家过去是那样贫穷而和谐，现在是这样有钱而烦恼。就这样站了许久，望了许久，他觉得有些累，就在一块向阳背风的大石砌上坐下了。石头是温热的，他又慢慢地躺下来，闭上眼，把耀眼的太阳和外界的一切都闭到眼睛外面去。噢，多么安静，多么舒坦！他真想永远永远这么躺下去，永远永远不再睁开眼睛，永远永远不再为人世间的事烦恼。然而不行，又想起了儿子，想起了老姐姐的话：秀川不是黄家的根……给他们成亲分出去过……自己也像老姐姐那样孤苦伶仃地打发晚年……老木匠的心颤抖了，悲哀的老泪夺眶而出，淌过两颊重重叠叠的皱纹，落到石头上，渗进石缝间。这样的悲剧会真的落到自己的头上？老天爷会真的这样瞎眼？人会真的这样无情无义？他突然想，在和儿子的关系上，是不是自己太过分了？儿子对自己有什么过不去的地方么？没有，没有啊！说到底，是他看不惯儿子，自他从城里回来的那天晚上就有些看不惯的地方了。儿子变了，一只看不见的手把他捏得走了样儿，这只多么大多么有力量的手。他自知扳不过这只手，谁也扳不过这只手。这也许不能怪儿子，得怪自己，怪自己脾气犟，认死理儿，不能顺潮头儿。如今谁不见钱眼开，人情值几个钱？为争财产，打爹骂娘的多得是，可儿子将几年挣的两千块钱一把儿交给自己，还能要求儿子啥，天上刮风，地上树动，儿子不过是片嫩树叶子，能不摇？能不动？随了儿子吧，顺了世道吧！老姐姐说的是，土埋半截子的人了，还图个啥？随了，顺了，他娘的！有钱吃了喝了，啥话不问，啥事不管，权当聋了瞎了！权当这个家里没有我黄老亮！……

老木匠懒洋洋地伸了伸胳膊腿儿，迷迷糊糊过去了。像是睡着了，又像是没有睡着，脑子里老是转着几十年前、几十年后的事儿。他老爷是黄家头一辈木匠，老爷死了传给爷，爷死了传给爹，爹临死的时候嘱咐他两条：一条是别丢了黄家的手艺，一条是别败了黄家的门风。回顾大半辈子走过的路，可以毫无愧心地说：他对得起老祖宗的在天之灵。如今他老了，在他要把这祖宗遗训传下去的时候，却没有人接了……不，不，不能随儿子！随他一桩，就要随他两桩三桩，长此下去，我黄老亮活着没脸见乡亲，死了没脸见祖宗。俺黄家子子孙孙在世为人、下地为鬼，没出过一个孬种！旧社会也好，新社会也罢，提起黄家沟老黄家的木匠，哪州不知，哪县不晓！今天，你黄秀川也不能破这个规。不错，你不是黄家骨血，可你是在黄家长大的，俺对你比自己的骨肉还亲哪！进了黄家的门儿，就得长黄家的心术。论手艺你长进得比爹强，俺听你的。这人情世故，你还得听爹的。别以为你什么都懂得。说到底你还年轻，爹走过的桥比你走过的路还长啊。你不让富宽一起干，不让就不让呗，你拿十块臭钱往人家手里塞，这不唾人家脸上么！晚上睡觉你耳朵根子就不发热？满村里谁不在背地里骂你！大队木匠铺倒了，庄稼人家什多，锄镰锨镢样样不方便，求到咱门下了，看你是啥态度？动动你的斧子你嫌砍钝了，使使你的锯你嫌拉弯了，用你巴掌大的块木头你心疼得要跟人家算钱……乡里乡亲，低头不见抬头见，你怎么就好意思？你心肠啥时候变得这么硬？忘了灾荒那一年，爹用自行车驮着你和你妹挨村挨户地吃百家饭？不然的话你们都得饿死，哪还有今天呀，孩子！……不，不能随儿子，不能啊！不管你是哪家根，俺都要管你，俺是你爹！

老木匠再也躺不住了，呼地爬起来。睁开眼睛一看，富宽不知什么时候蹲在眼前，旁边放一担湿柴火。他棉帽摘在手里，手上冒着热气；棉裤被后山没有化的雪湿了半截子；脸被树枝划得横一道、竖一道，血迹还没有来得及凝干……

"嘿嘿，师傅，俺当是个醉汉，看看是你。你咋跑这儿来睡觉？家里炕头热，烧得慌？"好心的富宽哪，就跟什么事情没有发生一样，快活地开着玩笑说。老木匠不敢抬头看富宽的眼睛，只小声回他的话："这石头上挺温乎……"

"风凉啊，师傅，你得当心。俺知道你那老咳嗽病一受凉就犯，跟俺虎儿他妈一样。亏得大侄子给你捎回好药来……"富宽一边说，一边伸出一只手上上下下摸那石硼。

老木匠心里一热："你……砍柴烧吗？"

富宽顿时变得兴奋起来："师傅，俺有活儿干了，给大队砍柴火，送给五保户、烈军属，还有支书、大队长家。包工活儿，五百斤记十分。没想到俺这斧子上的工夫还真用着了，昨天砍了八百，今天要过千哩！看把虎他妈高兴的……"

老木匠慢慢地闭上眼睛，很久很久才终于抬起头，直直地看着富宽的眼睛，看得他愣神了：

"师傅，你？"

老木匠还是直盯盯地看，要穿过他的眼睛，看透他的心。

"嘿嘿，师傅，嘿嘿，师傅……"富宽像个被看羞了的小姑娘，两只粗裂的大手对在一起搓来搓去，简直没地方搁了。在师傅面前，他永远把自己摆在一个不及格的小徒弟的位置上。师傅身上有一股巨大的威慑力，足以使他折服，使他顺从。师傅说一句话，他从来不会怀疑这句话的正确性；师傅要他做一件什么事，他从来不考虑这件事该不该做，而只是全力以赴。秀川不让

进他家木匠铺，还说是传师傅的话，他不信；那十块钱足足使他
难受了好几天，可这与师傅有什么关系！假如秀川传的真是师傅
的话，假如那十元钱是师傅给他的，他马上会改变原来的想法而
欣然接受："师傅是为我好的！"因为师傅从来没有害过他，也
没有害过任何人。在他的心目中，师傅是圣洁无瑕的。他说不清
征服他的是一股什么力量，只知道这力量来自师傅心中，那样亲
切，那样温暖。他从来没有怕过师傅。在几十年的陪伴中，他把
师傅当成年龄不相称的慈爱的父亲。这也许就叫崇拜。师傅，你
为什么这样看着俺？俺做错了么？那码事算个啥，俺都快忘记了
呢。俺没生你的气，真的没！这阵儿连大侄子的气也不生了。凭
啥生人家的气？凭啥人家非得拉把着俺？该你的？欠你的？想起
来俺自己都脸红，五十多岁的人了，还像个孩子！从今往后，俺
照你过去说的话做，挺起脊梁骨儿，自个儿去找过日子的道儿，
有啥本事吃啥饭，不怨不攀。师傅你放心，以前俺是跟你跟惯
了，一离开就觉得离了靠山，上不够天，下不着地。再惯了，就
好了，俺会好好过下去的。这几天俺才琢磨出个理儿来："海水
深了什么鱼都有，林子密了什么鸟都有，天下大了什么人都有，
哪能都长师傅你一样的心肠……"

　　老木匠嘴唇动了动，似乎想说什么，可是什么也没有说出口。
他缓缓地抬起一只手，放在富宽的手背上。放了一会儿，又轻轻
地拍了三下，然后起身朝村子里走去。

　　"师傅！……"富宽喊着。

他停下了，却没有回头。停了一会儿，又朝前走去。

富宽惶恐起来："师傅怎么了呢？"他急忙挑起那担至少也有二百斤重的湿柴火，拼力地朝着追去。

"师傅！……"

师傅再也没有停下。他走得那样急，逃似的。脚底下踉踉跄跄，真担心他会摔倒。看后影儿，完完全全是一位老人了。

富宽追不上，气喘吁吁地停下了，心里难过得想哭："师傅生俺的气了。师傅，那码事儿俺真的没往心上去，真的呀！谁撒谎是个王八！往后，你要是还用得着俺，就尽管打招呼吧！……"

老木匠进了村，老远就看见自己家门口围了好多人。他的两只脚挪得慢了，心里也不由得一紧："怎么，又出事了？"

东胡同黄老和的大儿子"洋相包"黄小和，扛着一把镢头挤开人群走出来。立刻又有一群人围住他，七嘴八舌地问：

"小和，打个镢扎真的要两角钱？"

小和说："这还有假？收钱的时候人家手里连哆嗦都不哆嗦一下！"

"嗨嗨，怎么就好意思？大材上锯下来的下脚料，留着不也烧火了！真他娘的抠到腔眼儿了！……"

"这有啥不好意思，杀不得穷人，做不成财主！旧社会是这样，往后瞧好吧，脱不了也这样！"

有人冲门里骂起来："他小子白吃了黄家沟二十年大粑粑（饼

子）！当初俺就说，别人的肉贴不到自己骨头上，老亮哥不信。这会儿怎么样？听说把老头子给气跑了！……"

有人出来阻止："小点声儿，叫人家听见多不好！"

"听见就听见，不看着老亮哥的面子，叫他在黄家沟过不安稳！"

小和一边往人群外面挤，一边拉长腔道："穷咋呼啥？吃饱撑的不是！有本事你开木匠铺！有本事你找当官的走后门！合理合法，正大光明！要是俺开木匠铺，打个镘扎要八角！"

"你小子更狠！……"

"狠？嘿嘿。无狠不丈夫！……"

人们轰地笑起来："这家伙，乱拉茶壶盖儿！"小和也不纠正也不笑，摇摇摆摆朝外面走，口中念念有词：

五十年代那个人帮人哪，登格里格愣；
六十年代那个人学人哪，登格里格愣；
七十年代那个人整人哪，登格里格愣；
八十年代那个，那个……

下边没词了。"登格里格……"一抬头看见了老木匠，吓得他扭头就跑。

"和侄儿，你等等，等等！……"老木匠喊着。

小和头也不回地逃走了。门口那些人也悄然而散。大街上只剩下老木匠孤零零的一个人。太阳光把他的影子歪斜地拉长在铺着石块的凸凹不平的街道上。他茫然地站着，站了那么久，才一步一步往家里走。门口左手的砖墙上，就挂了一块炕桌大小的方木牌。那木牌用各种广告色精心描画过，很像城里街头巷尾那些商业广告牌，只是少幅美人画儿。左上角画着个圆圈，圈里写了两个半圆形的美术字："黄记"。

木牌上方写着"为您服务"四个仿宋体大字，字下面配着曲曲折折的颇像外文码子的汉语拼音字母。木牌的正中间打满了横横竖竖的格子，格子里填写着各种项目的价钱。老木匠眼花，朝前凑了凑，仰起脸，眯起眼睛，依次看下来：

捷克式大衣橱：250元；

日本式双人床：185元；

三扇门立柜：190元；

打镢扎：0.2元；

换镰柄：0.5元；

勒风箱：1元；

小桌凳：0.8元；

其他项目，量料量工而定，价钱合理，技术先进，实行三包，欢迎光临！

老木匠想摘下那木牌，可那木牌的挂钩是用铁丝扭在墙缝间的大铁钉上的，怎么也搞不下来。埋得很久很久的一腔怒气，藏得很深很深的一腔痛苦，终于像火山一样爆发了。都说老实人发火儿，天老爷挡不住，可真是！老木匠双手把定木牌的两边，眼珠子瞪得充血，"嗨"的一声将木牌扭动起来。这双拉过五十年大锯却无法掌握自己命运的大手呵，在那暴起的青筋上面到底凝结了多少力量！木牌被扭动了一圈又一圈，三股合在一起有指头粗的铁丝发出"吱吱"的响声。那些离散而去的乡邻们，不知什么时候又回聚而来，站在老木匠身后稍远的地方看着他。

"嗨！吱——，嗨！吱——"

人们都被老木匠的举动惊呆了，谁也不敢说出一句话。

"嗨！吱——，嗨！吱——"

多么结实呀！老木匠冒汗了，胳膊担得酸疼了，可他不肯住手，扭啊，扭啊。

终于铁丝发出清脆的断裂声，木牌扭下了。他站着喘了一会儿，然后一步步走进院子里。

"秀川！"他吼叫着。

秀枝出来了！眼圈儿通红。她哭过。

"爹……"

"你……哥呢？"

"……"秀枝委屈地看看屋里。

"秀川！"老木匠又吼了一声。

屋里依然没有动静。

　　老木匠颤颤抖抖举起那木牌，用尽平生力量朝屋门上摔去。站在门口的秀枝吓得"哇"地惊叫了一声。躲闪来不及了，木牌的一角擦过她的左额角，落到风门上。玻璃碎了，秀枝捂住额角的指缝间渗出了血，木牌在一边，只是裂开了一条缝儿。

　　老木匠呆了，也似乎清醒了："我这是怎了呢？疯了么？疯了么？……"他在心里问自己。他看到了满地亮晶晶的玻璃渣儿，看到了秀枝淌下脸腮的鲜红鲜红的血。他想走过去，抱住心爱的女儿放声大哭一场。他想对女儿说："爹的不是，爹的不是，爹对不起你，对不住你埋在地下的妈……"然而不行，脚下那么重，想迈一步都抬不起来，头胀得很大，眼前飞着数不清的金星，这房子、这小院子摇晃起来，渐渐变成混沌的一片，胸口也憋得厉害，透不过气来。一股热漉漉的东西涌上喉头，吞下了。他支撑不住，要倒下……不，不！心里明白，想喊，却喊不出来。

　　他突然睁大眼睛，朝女儿惨然一笑，张开两只手臂，向前跟跄了两步，在惊魂未定的女儿刚要上前扶住他的那一刹那间，沉重地倒下了……

　　"爹——"

　　秀枝哭喊着，不顾一切地扑过去。

　　看眼儿的人们涌进院子里，围住老木匠，七嘴八舌地喊着：

　　"老亮哥！"

　　"亮叔！"

　　"师傅！"

"亮爷爷！"

老木匠直挺挺地躺在院子里，像是沉沉地睡去了，怎么喊也听不见了。

小木匠这才慌慌张张地从屋里冲出来，扑在老木匠身边儿，双手抱起他的头，喊着："爹！……"

依然没有回声。

小木匠的脸顿时变得苍白，汗水雨点般地淌下额头。他抓起爹的手，手冰凉得吓人，呼吸没有了，只剩下喉间断断续续的呼噜声……

小木匠哭了，秀枝也哭了，兄妹俩你看我、我看你，慌得不知怎么办好了。

不知是谁喊了一声："还不快找医生！"

小木匠飞身而起，发疯般地冲出门去。一边跑，一边哭……

唉，这个家呀，这座小院子！……

儿子在哪里

毕竟是春天了。

高山背坡的雪也化尽了。富宽上山砍柴火已经用不着穿那条又厚又笨的老棉裤了。一个春天他从山上砍下来 50 万斤柴火，硬是磨秃了两把新斧头。大忠开始在他承包的八亩麦子地里拉锄头，冻了一冬天的泥土，真暄透呀！他敞开棉袄怀，一边拉一边哼几句老京戏，东一处西一处，无数把锄头牵动着无数团泥尘，在绿地毯般的原野上滚动。黄兴和小金子从东北捎信回来，说那儿还是冬天，新近还落了一场雪。信是捎给大忠的，要他马上到那里去。干了两个月，他们每人已经挣了八百块。

真个犟大忠，说挣一千块他也不离开黄家沟！……

生活就是这样艰难、这样乐观地向前走啊走。何必自寻烦恼？何必自取忧愁？过了今天就是明天：贫穷也好，富有也罢，明天离你同等远近。木匠铺倒闭的那个寒冷的黄昏，大家凑在一起唉声叹气，为明天的生计犯愁。可是今天不就是昨天的明天么？人们都重新找到了各自不同的生存方式。古语说得好：天无绝人之路。胶东老乡说得更白：老天爷饿不死没眼的野鸡。人生在世应该有这样的勇气：不管命运安排在你面前的是幸福或是苦难，走上去承担它就是。

老木匠承担得已经太多了。在他倒下去的一刹那间，心里什么都明白：留恋他的草房小院子、他的女儿、他的斧头和锯，留恋给了他这么多苦难（也有欢乐）的人世间。同时他又感到从未有过的轻松：倒下吧，放下这沉重的担子吧！我……再也挑不动了……

挑不动也得挑啊，为了你没成家的女儿，为了儿子开起来的这个木匠铺，为了明天的日子。儿子走了，许是又到省城里去了。没告诉爹，没告诉妹，就在把住了两个月医院的父亲接回家的当天晚上，拉开门悄悄地走了。什么都留给他们了。一个多月过去了，不见信来，也不见人归。老木匠想儿子想得如痴如呆。穿上皮袄就落泪，听见电锯响也落泪。他不知问过邮递员多少次，问儿子有没有信来，也不知到停车点等过多少回，常常从早晨站到黄昏，秀枝怎么拖也不肯回去。他逢人就唠叨，说儿女对他多么孝顺，在医院里怎么给他端屎端尿；说儿子什么好东西都买给他吃了，病床旁边那个小柜里总是塞得满满的；说医生、护士还有一块住院的老哥们、老姐们怎么当着面夸他有福气，儿女双全，又都这么知道疼老人……

"唉唉，是俺不对，不该那样对儿子，不该呀！俺老糊涂了，白活六十多岁。

孩子有不是，说说就是，怎么还用得着动肝火呀！再说，现时的人差不多都这样顾钱，还能求儿子两样，这会儿俺想开了，年轻人有他们的路啊！儿子生俺的气了，他走了，不愿意跟俺这老头子一起过了……"

说着，又落泪。

人们都惊讶而悲哀地发现，老木匠不再是过去那个老木匠了，他真的老了，人老了，心也老了。儿子把他的魂儿带到很远的地方去了。他是个死而复生的人。他对重新回到的这个世界感到格外温存，格外亲切。他的心境变得无限平和，像春天湖里面的水。一个人性格的形成多是在他童年、少年时期，而要改变这种性格往往在垂暮之年。

儿子又走了。他无法将这个木匠铺开下去。老木匠住院前卖出了头一批家具，那是儿子设计、机器加工、他亲手安装起来的。

乡下人从没见过这么新鲜漂亮的式样，又有老木匠严丝合缝的手艺，自然出手容易。头一炮打响了，黄秀川木匠铺出名了，订货的人蜂拥而来。那些到了好年龄的青年男女，宁肯不要公家木器厂的家具，宁肯多花几十块钱，多跑几十里路，也得到黄家沟黄秀川木匠铺来，买一套结婚的嫁妆。

"哪个黄秀川？"有些做父母的老人问。

"黄老亮的儿子！"

"哦，知道知道，老亮师傅的手艺，那准错不了，鲁班的真传！"

"鲁班早死几百辈子了！"

"你们年轻不知道，黄老亮八岁就上终南山拜鲁班为师，起先鲁班不肯收……"

"那是故事，说的是鲁班上终南山……"

"不对，是真的！老亮上终南山！"

"鲁班！"

"老亮！"

……

卖出头一批货就挣回三千块。小木匠红眼珠子了，爹住院期间，拼死拼活地干。五分的料改成三分，家具后面该开榫的地方改用铁钉钉；木料不干也顾不得烘烤，带湿上……

第二批家具又出手了，那些天是木匠铺的鼎盛时期，大街上来运家具的汽车、拖拉机、马车、手推车从早到晚来往不断。这些看上去很漂亮的家具，经过装车卸车几折腾，又让大春的干风一吹，有的散了骨子，有的裂了缝。庄稼人只有结婚成家才勒紧腰带置办一套新家具，一辈子的事儿，有的还要传给儿孙后代，又是好几百块钱的大件子，实在不容易，自然是不肯罢休，就来找小木匠退货。小木匠不认这壶酒钱，说一手交钱一手交货。出了门儿不管，这是买卖场上的规矩。买主们火了，三五成群地串通一块儿，把那些损坏了的家具都拉回来，骂骂咧咧地搬进屋里、院子里，人也赖着不走，要吃大户了！小木匠吓得连面都不敢照，秀枝又是个女孩子，拿不出章程来，只得跑到医院去找爹。老木匠出院回来的那一天，尾巴已经甩到大街上了……

小木匠就这样走了。爹出面请了三桌大客给人家赔不是。当着众人的面，老木匠惭愧得说不出话来。倒是秀枝趁端菜的工夫，壮了壮胆子说了爹的意思：不想要货的当场退钱；想要货的留下重修重做，保管大家满意。买主们见是这般诚心，火气顿时消了，都说冲着老木匠，要货不退钱。散了席老木匠就去抓斧头，秀枝把住他的手说：

"爹，医生说你病还没好利索呢！"

老木匠亲昵地摸着女儿的手，恳求说："好孩子，让爹干一会儿吧，啊？摸着斧子锯，心里有底，爹的病就好利索了。"

秀枝松开了手。

"砰，砰，砰……"

大病后的老木匠，手下竟还是那么有力量。

　　秀枝开了电锯，小心翼翼地锯开了头一块荒料。是哥教给她开电锯的。哥在的时候她害怕，不敢动。哥走了，她不开谁开？……

　　富宽来了："师傅，俺来帮你忙了。干完这些活儿，俺还上山去砍柴火。"

　　大忠来了："师傅，俺来帮你忙了。地里还冻着，麦子还锄不上呢。"

　　秀川把挣来的钱全部留在家里，自己是空着口袋走的。老木匠把这些钱大半都用在重修重做这些家具上。他对秀枝说：

　　"剩下的钱留着。等给你哥捎去。他出门在外，没亲没故……"

　　秀枝点点头，扭过身去，悄悄地抹眼泪。哥在哪儿呢？……

　　毕竟是春天了。

　　老木匠到停车点去接儿子，站了多半天也不觉冷。急盼盼望来一辆班车，又失望地送走了。儿子在哪儿呢？

　　他拍打着驾驶室的窗口："师傅，俺秀川没坐这班车？"

　　"什么？"

　　"秀川，俺儿，在外面做木匠营生……"

　　留下笑声、骂声，留下滚滚的烟尘，车子跑开了。

　　老木匠一天比一天消瘦，头发、胡子几乎全白了。六十几岁的人，看上去七十还多。本来一开春就转好的老咳嗽病，今年也不见强。咳嗽得腰也弓下来，行走需得拄拐杖。眸子里的光一天天暗淡下来，像雾蒙蒙的天空。只有在别人提起他儿子的时候，才会突然迸发出明亮的火光来：

"秀川？俺儿？在哪儿？"

"就会回来的。"人们安慰他。

"唉唉，是俺不对，不该那样对儿子，不该呀！……"话没说完，就又急急忙忙点着拐杖朝东南走，到停车点去了。不管刮风或是下雨，谁也阻拦不住。

日子一天天熬下去，忧伤的云霾始终遮掩着老木匠心中的太阳。木匠铺荒废了，日子没人打算了。秀枝急得团团转，又担心哥在外面受罪，又担心爹会熬垮。没办法，去把老姑姑搬来了。好个老姐姐，软话硬话，兄弟长、兄弟短，把老木匠劝说了大半宿，还留下来陪他两三天。可就像中了邪，怎么劝也劝不过来。可怜的老木匠啊，一提起儿子就眼泪汪汪，饭水也下不去了。老姐姐疼兄弟，心里煎熬得受不了，拾掇拾掇回家了。走的时候嘱咐秀枝，看着爹点儿，别出事儿。秀枝扑进姑姑怀里，哭成个泪人儿。

一天大清早，老木匠接头班车落空了，却见车上走下来个陌生的乡下女子。这女人五十开外，黑瘦脸儿，大脚片，头上蒙着条白毛巾，手里提个小包袱，一打上眼就看得出是个外乡人（本地妇女是不蒙那白毛巾的）。那女人下了车，两只脚像没地方搁似的，东转转，西望望，老半天没挪出一步，显然是不知道往哪里去好。

老木匠一是看她作难，二是站着无聊，就走上去搭话：

"大妹子，你？"

那女人忧虑不安的脸上机械地皱出些笑容来："大哥，俺……

唉——"显然有话，只是不愿说出口来。

老木匠不安起来："你有啥难处？掉了东西了？让小偷掏包了？"

女人苦笑着摇摇头："没呢，大哥。俺……"

"咳咳咳咳！……"他急得咳嗽起来。"嗨，有啥难处就说嘛，出门在外谁不兴许用着谁？远乡亲、近乡亲都是穷乡亲，还客气个啥！"

女人被说得动了心，鼓起勇气说："大哥，俺跟你打听个人。"

"谁？说吧！"老木匠用手指着周围的村子说，"这南庄北岭二十多岁往上的，俺差不多都认得。"

"他是个有名的老木匠。"

"嘿，俺们这儿是木窝，多着呢！"

"他是黄家沟人。"

"哦？……"

"他叫黄老亮。"

"啊？……"老木匠愣了。她是谁呢？老黄家没有这么个外乡亲戚呀！……他不由得上上下下打量着这女人，忽然觉得有些面熟，那眼睛、那鼻子像一个人，像谁一时又悟不出来……

"大哥，你认识他？"

"噢，认识，认识……"老木匠支支吾吾地答应着，心里越发奇怪了。

那女人一下子变得激动起来，双手将小包袱擎到老木匠眼前：

"大哥，托你把这点东西捎给他。听说儿子惹他生气了，他病在医院里，俺庄户人家，没啥金贵东西，托人到东北买了点人参，给他泡酒喝。都说喝它长寿。他那样的好人活一百岁也不多！大哥，你千万千万捎给他，你就说俺今生难报他的恩德，来世再报答他……"

说着，那女人流下泪来。

"你……是谁？"

"俺是个没有良心的母亲！"

"母亲"紧咬住嘴唇，不让自己哭出声来。她猛地将小包袱塞进老木匠怀里，转身就走。

什么都明白了。老木匠喊起来："你等等！"

她奔跑起来，放声大哭了。

老木匠点着拐杖就追："大妹子，你等等，俺就是黄老亮啊！"

她猛地站住了，也不再哭。她慢慢地转过身，嘣！跪倒在地。老木匠慌忙上前去扶，可她怎么也不肯起来："黄大哥，俺不是来找儿子的！儿子长大成人了，俺不再牵挂他，也不再想见他。俺是来谢你恩德的。二十多年，俺什么都打听清楚了。俺不知到这儿来过多少回。儿子小时候，想给他送点吃的、穿的，送几个钱上学念书，可俺只能在这儿站着，猜想哪一座房子是儿子的家。俺不敢走进去，不敢登你家的门槛。俺是个有罪的人哪！这一回是听说你病得挺重才来的，今生今世见你一面比什么都好。黄大哥，儿子是你的，俺不是来找他的，真的不是！……"

她又哭起来。

老木匠的眼睛也湿润了。他理解这个可怜女人的心。是的，作为一个母亲，她曾经是有罪的。可她的罪已经赎完了。二十多年心里的折磨是难以忍受的，这样的惩罚还不够么？现在，她有做母亲的资格了，能让她见到自己的儿子该有多好！可是儿子走了……老木匠忽然觉得自己也有罪，觉得自己不如这个跪在地上的女人——儿子的母亲。这些年来，老实说他想到她的很少。即使想到了，也多是怨恨，少有可怜。他甚至担心过，担心有一天她会找上门儿来，哭着闹着要儿子。他想过，倘若真有那么一天，他将和儿子、女儿，还有黄家沟的乡亲们一起将她赶走。而她，原来是这样一个人。她来过，来过许多次，竟然不肯进村，不肯进他的家门。今儿个她来了，不是要领走儿子，是来报恩报德的。天有眼，地有心，恩德在哪儿！……

老木匠的心颤抖了。他生了一个奇怪的念头：人都有罪。有的人罪重，有的人罪轻；有的人罪在行为上，有的人罪在心里面。谁心里有罪，谁自己知道……

"大妹子，快起来！咱们……回家去！"

老木匠双手把她扶起来。然而她不肯去。

"去！咋不去？儿子的家，又不是两厢旁人，往后，咱们是亲戚啦！"老木匠温和地笑着说。

她终于犹豫地挪动了脚步。

老木匠拄着拐棍在前面引路。他积满悲伤的心中涌起一股说不出的兴奋与激动。

到底没有白等，儿子没接来，接来他的母亲。哦，往后别叫大妹子，叫亲家！

老木匠把秀川妈接回家来的消息，没半天的工夫就传出去好几个村子。睡前饭后，家家都在议论这件事：

"咳！在世为人，能做到老亮这个样子，就算是不容易了！"

老亮待秀川妈当高客，似乎只有这样才能减轻心中的愧疚和对儿子的思念。

第二天秀川妈要走，他从银行里取回那两千块钱给她。她怎么肯收呢！

"黄大哥，俺成什么人了？"

"亲家，这是儿子挣的钱，你当妈的该花！"

秀川妈双手捂住脸，又哭了。

秀枝在一边儿帮着爹说话："大妈，俺哥走的时候说了，这钱存银行里留给你。"

她撒了个谎，脸都红了。

老木匠说："亲家，儿子是这么说的。你要不收下，他回来俺要落埋怨的。"

推来推去推不出去，秀川妈收下了："也好，留给他们结婚吧！"

老木匠和女儿把秀川妈送到停车点。上车前，老木匠说："等儿子回来，俺让他再去接你来。"

自那以后，人们发现老木匠的心境好多了，脸上偶尔露出些淡淡的笑容来，眸子里有了光亮。木匠铺里又响起了"砰砰"的敲打声和小电锯的呐喊声……

深夜，在女儿睡了的时候，老木匠屋里的灯悄悄地亮了。他从箱子底下拿出那尊椿木雕刻的斑驳碎裂的鲁师傅，恭恭敬敬地放在小炕桌上，长时间出神地凝望着，心里说着些只有他自己才明白的话。从很多日子以前开始，他就悄悄地这样做了……

儿子还没有音信。

明天的故事

有人说小木匠在城里又发了大财，林局长招他做养老女婿了；有人说根本就没有这回事，林局长门槛也不让小木匠进了，他家具打足了，不再用小木匠卖力气了；有人说林局长下台了，小木匠又靠上了另外一个李科长，在一家建筑公司当工头，动嘴不动手，一个月能挣一百来块；有人说小木匠又宿澡堂子，又当临时工挣"豆西拉"（1.76元）了；有人传得更吓人，说小木匠让电锯截断了一只胳膊，不敢再回黄家沟，怕老木匠不肯收留他。前两天还有人来告诉老木匠，说他亲眼见过小木匠，如今他在城里租了一间房子，开了个家具修理部，买卖挺好。小木匠反对那个人说，他不重新干出个样儿来，不回来见爹和妹，不回来见黄家沟的父老乡亲。看样子挺难过，说着说着就哭了……

现在听了这些传说，老木匠似乎不那么激动，只是默默地毫不动摇地做着心里想做的事。他花高价上市场买来上等的好楸木，给儿女们打结婚的箱柜。没雕龙，没刻凤，老古样子儿女们看不中，给他们打捷克式的，嫌木面粗，上上下下用手掌磨过三遍。秀枝想哥，常常流着眼泪问爹："俺哥还能回来吗？"老木匠笑着安慰女儿："傻孩子，不回来他能上哪儿去？别看天底下这么大，离了黄家沟，没他立脚的地场！"

小木匠一手开起来又毁掉的木匠铺，渐渐恢复了生机。买不到木料就承包外料，打箱打柜，做门做窗……虽说不能发财，却也买卖兴隆。活儿多得做不完，老木匠又想到了富宽。富宽说："师傅，俺老了，干一辈子也是个撸生①木匠。让俺刚下高中的老三跟你学个徒吧！"

老木匠想了想，一拍大腿说："好，死前俺再收这个徒弟！可千万别像他老子那样笨。今儿晚上你领他来，别吃饭，让秀枝炒几个菜，喝点酒，咱讲几段鲁师爷的故事给他听……"

富宽说："今儿晚上大侄子能回来该有多好！"老木匠抬起头，望着高远的天空，喃喃自语道："秀川，回来吧……"

哦，这个家，这座小院子，明天将会发生什么呢？明天的故事谁来讲下去？

……

---

① 撸生：指手艺不到家。

一潭清水

/// 张炜

　　海滩上的沙子是白的，中午的太阳烤热了它，它再烤小草、瓜秧和人。西瓜田里什么都懒洋洋的，瓜叶儿蔫蔫地垂下来；西瓜因为有秧子牵住，也只得昏昏欲睡地躺在地垄里。两个看瓜的老头脾气不一样：老六哥躺在草铺的凉席上凉快，徐宝册却偏偏愿在中午的瓜地里走走、看看。徐宝册个子矮矮的，身子很粗，裸露的皮肤都是黑红色的，只穿了条黑绸布镶白腰的半长裤子，没有腰带，将白腰儿挽个疙瘩。他看着西瓜，那模样儿倒像在端量睡熟的孩子的脑壳，老是在笑。他有时弯腰拍一拍西瓜，有时伸脚给瓜根堆压上一些沙土。白沙子可真够热的了，徐宝册赤脚走下来，被烙了一路。这种烙法谁也受不了的，大约芦青河两岸只有他一个人将此当成一种享受。

　　一阵徐徐的南风从槐林里吹过来。徐宝册笑眯眯地仰起头来，舒服得不得了。槐林就在瓜田的南边，墨绿一片，深不见底，那风就从林子深处涌来，是它蓄成的一股凉气。徐宝册看了一会儿林子，突然厌烦地哼了一声。他并不十分需要这片林子，他又不怕热。倒是那林子时常藏下一两个瓜贼，给他送来好多麻烦。那树林子摇啊摇啊，谁也不敢说现在的树荫下就一定没躺个瓜贼！

种瓜人害怕瓜贼哪行！徐宝册对付瓜贼从来都是有办法的，而老六哥却往往不以为然。白天，徐宝册只这么在热沙上遛一趟，谁也不敢挨近瓜田，而老六哥却倒在铺子上睡大觉。如果是月黑头，瓜贼们从槐林里摸出来，东蹲一个，西蹲一个，和一簇簇的树棵子混到一起，趁机抱上个西瓜就走，事情就要麻烦一些。有一次徐宝册火了，拿起装满了火药的猎枪，轰的一声打出去……天亮了，徐宝册和老六哥沿着田边捡回几十个大西瓜，那全是瓜贼慌乱之中扔掉的。老六哥抱怨地说："何必当真呢？偷就让他偷去，反正都是大家的，偷完了咱们不轻闲？你放那一枪，没伤人还好，要是伤着个把人，你还能逃了蹲公安局？"宝册只是笑笑说："我打枪时，把枪口抬高了半尺呢！嘿，威风都是打出来的……"

一些赶海人都知道，老六哥的确是个大方人，所以常在瓜铺里歇脚。每逢这时，宝册由不得也要和他一样大方。有一次他烧开了一桶桑叶子水端上来，被一个满脸胡子的海上老大提起来泼到了沙土上。老六哥哈哈大笑着，便到瓜田里摘瓜去了。他一个腋下夹着一个熟透的西瓜，仍然哈哈大笑说："反正都是集体的瓜，吃就吃吧，只要不在夜里偷就行。"宝册也来了一句："人家把开水泼了，咱就乖乖地摘来瓜，威风都是泼出来的！"说完也哈哈大笑起来。他接过老六哥腋下的一个花皮大西瓜，顶在圆圆的肚子上，转回身子，来到一块案板前，放手摔下去。西瓜脆生生地裂成几块儿，红色的瓜瓤儿肉一般鲜，赶海的每人抢一块吃起来。

有个叫小林法的十二三岁的孩子常来瓜铺子里。这孩子长得奇怪：身子乌黑，很细很长，一屈一弯又很柔软，活像海里的一条鳝。他每次都是从北边的海上来，刚洗完海澡，只穿一条裤头儿，衣服搭在手臂上，赤裸的身子上挂着一朵又一朵泛白的盐花。盐水使他周身的皮肤都绷紧起来，脸皮也绷着，一双黑黑的眼睛显得又圆又大，就连嘴唇也翻得重一些，上边还有几道干裂的白纹。滚热的沙子烙痛了他的脚，他踮起脚尖，一跛一跛地走过来，嘴里轻轻叫唤着："嗦！嗦！嗦嗦……"

徐宝册一看到他这个样子就不禁乐了起来，躺在铺子里幸灾乐祸地喊着："小林法！小林法！快来……"他还常常跑上几步，把小林法拦在铺子外边，故意把他掀倒在地上，让沙子炙他赤裸的身子。小林法哎哟哎哟地叫着，在沙子上翻动着、笑着、骂着……

徐宝册把自己的一只脚扳到膝盖上，指点着那坚硬的茧皮说："你的功夫不到，你看我，烙得动吗？"

小林法到了铺子里，就像到了自己家里一样。他躺在凉席上，两脚却要搭在宝册又滑又凉的后背上，舒服得不知怎么才好。宝册常拿起烟锅捅进他的嘴里，他就闭上眼睛吸一口，呛得大声咳嗽起来。老六哥在一旁对小林法说："嘿，不中用！我像你这么大已经叼了三年烟锅了！"小林法这时候就把脚从宝册的后背上抽下来，蹬老六哥一脚说："你中用，敢跟我到海里走一趟吗？我到哪你到哪，敢吗？"老六哥不吱声了。他当然不敢的：小林法长得像条鳝，水里功夫也是像条鳝的。

小林法在铺子里玩不了一会儿，就嚷着要吃西瓜。只是在这个时候，徐宝册和老六哥的意见才是完全一致的，二人毫不犹豫地起身到瓜田里，每人抱回一个顶大的西瓜来。小林法很快吃掉一个，又慢悠悠地去吃另一个……他的肚子圆起来时，就挪步走出铺子，往瓜地当心那里走去了。

那里有一潭清水。

那潭清水是掘来浇西瓜的。平展展的水面上，微风吹起一条条好看的波纹。潭水湛清，潭中的水草、白沙都看得一清二楚。这实在是一个可爱的水潭。小林法常在这儿游上几圈，洗去身上的盐水沫儿。徐宝册和老六哥笑眯眯地蹲在潭边上，看着他戏水。

小林法就像是水里生的、水里长的一样，游到水里，远远望去，还以为他是条大鱼呢。他不怎么吸气，只在水里钻，一会儿偏着身子，一会儿仰着胸脯，两手像两个鳍，一翻一翻，身子扭动着，有时他兴劲上来，又像一只海豚那样横冲直撞，搅得水潭一片白浪，水花直溅到潭边两个老人的身上。

他从水中出来，圆圆的肚子消下去了，又重新吃起西瓜，直到只剩下一块块瓜皮。老六哥说："你真是个'瓜魔'！"徐宝册点点头："瓜魔！瓜魔！"

日子长了，他们仿佛忘记了小林法的名字，只叫他"瓜魔"了。

瓜魔原来是个收养在叔父家里的孤儿。他对读书并没有多少兴趣，叔父对管教他也并没有多少兴趣，他从五六岁起就在大海滩上游荡了。他在瓜田，绝对没有白吃西瓜，他常常帮着给瓜浇水、打冒杈，一边做活一边笑，在太阳底下一做就是半天。徐宝册疼他，喊他进草铺里歇一歇，老六哥却总是吸一口烟，笑眯眯地望他一眼说："让他做嘛！用瓜喂出来的一个好劳力嘛！"瓜魔实在做累了，就到海里去玩，回来时总在身后藏两条鱼，还都是少见的大鱼哩。两个老人怎么也弄不明白，他一个小小的孩子两手空空，怎么就能捉住那么大的鱼？不过也从不去问，因为他们觉得瓜魔也和一条很大的鱼差不多，"大鱼"逮条"小鱼"，大概总不难吧？两个人自己起灶，把鱼做成鲜美的鱼汤、鱼丸子、鱼水饺。有时瓜魔带来几个螃蟹，还有时带来几个乌鱼、八腿蛸、海螺、海扇子……应有尽有。有一次他们吃过饭之后，问瓜魔怎么逮住了那条鱼，像腰带一样、细细的长长的那条？瓜魔说："拣条粗铁丝就行。这鱼老爱往岸边游，你瞅准它，一下子抽过去，就被抽成两截了，百发百中的！"两个老头儿笑了，嘴里学他一句："百发百中的！"

瓜魔隔不了几天就要来一次，徐宝册和老六哥吃不完他的鱼，就用柳条儿穿了晒鱼干。这个小小的瓜铺就像磁石一样吸引着瓜魔,因为他一来,徐宝册和老六哥总乐于为他摘最大的西瓜。他们对这么个瘦小的孩子能一气吃下那么多西瓜,开始觉得奇怪,后来倒觉得有趣了,来少了就念叨他。

这天,太阳偏西的时候,瓜魔又来了。入夜,他破例留下来,就睡在这铺子上。徐宝册没有娶过老婆,当然也没有儿子逗,半夜里常要伸手去摸摸瓜魔那热乎乎的肚子,觉得是一大快事。他想象着如果早几年结婚,有个儿子如今也该这般大了。他和老六哥是轮流睡的,要有一个为瓜田守夜。该他守夜时,他就把瓜魔叫醒,两人一起到地边上支起小锅煮东西吃。东西都是瓜魔出去找来的,无非是些刚长成小纽的地瓜、鼓成水泡仁的花生……这些东西撒上盐末煮一煮,味道都是极鲜的。

海风送过来一阵阵腥味儿。夜气很重,他们坐在火堆边上,衣服还是有些潮湿。空中的星星又密又亮,他们都觉得这会儿离星星近了许多。海潮的声音永无休止,虽是淡远的,但远比水浪拍岸深沉,那是硕大无边的海和整个地球岩石摩擦的声音。在这幽深的夜里,它和高空眨动的星光、远方林涛的声响一起,组成一个极为神秘的世界。芦青河在连夜急匆匆地奔向大海,那声音嘹亮而昂扬,不断安慰和鼓励着守夜的人们。

瓜魔斜倚在徐宝册的身上,看着远处升起的半个月亮。他突然说:"宝册叔,我明年也跟你们来干吧!我喜欢这个活儿,晚上不会瞌睡……"

徐宝册从铁锅里捞出一块地瓜纽儿填到嘴里嚼着，摇摇头。

"怎么呢？"

"你该到海上学拉网，那才叫有出息！等你老了，年纪像我们差不多时，再来吧。"

瓜魔沉默着。从海岸隐隐传来拉夜网的号子声，他倾听了一阵，说："我去要几条鱼来煮上！"

瓜魔去了，提来几条鲅鱼煮到了锅里。徐宝册又点上了烟锅，吸了几口，说："讲点故事吧……"

铁锅下的木炭响了一声。瓜魔说："你讲吧，你是老人，老人十个里面有八个装了说不完的故事。"

徐宝册把那条又宽又肥的半长裤子提了提，说："那一年上，我种了棵南瓜，就种在屋后头。最后你猜怎么了？生出了一窝地瓜。"

瓜魔笑得肚子都疼了。他嚷着："我有一年种了一棵苞米，到头来你猜呢？生出一棵蓖麻！"

"胡说！"徐宝册严厉地打断他的话，磕掉了烟灰，"你胡乱编排些什么！"

瓜魔说："你不也是胡乱编排吗？"

"我不是，"徐宝册摇摇头，"我邻居家的孩子给我偷着埋下了地瓜呀……你看，是这样的。"

瓜魔无声地笑了。他把身子滚动一下，接近一棵西瓜，摘下一个瓜来。他吃着瓜说："我想起一个故事来——这可不是编的，一点不是，是我亲眼看见的。那一年芦青河涨水，听人说河里的鱼多极了。好多人都鼓动我进河捉鱼去。我那几年就愿睡觉，头一碰着什么就粘上了，再也不愿抬起来……"

"小孩子都这样的。"徐宝册也掰了一块西瓜，咬了一口说。

"也不都这样。恐怕这是种毛病——我叔叔就说这是种毛病的。"瓜魔这时候不吃瓜了，一只手撑着地，半挺着身子讲他的故事了，"那一天大雾，芦青河就笼在一片灰白色的雾里。哎呀，好大的雾呀，我从家里走到河边上，衣服都湿了……河里这天没有多少人捉鱼，他们都怕雾呀，怕在对面不见人的时候被水里的妖怪拖进水里去。我倒不怕，直顺着水游下去，就在河口那儿的一片大水湾里停住了……"

徐宝册一直眯着眼睛，这时睁开眼插一句："是那片在三伏天也冰凉的水湾里吗？"

瓜魔点点头："嗯。"

徐宝册重新眯上了眼睛："那里面听说有不少鳖哩。"

瓜魔摇摇头："我在那儿捉到一条很大的鱼——它用鳍把我的小腿肚儿划开一道口子，惹恼了我，我用拳头砸了一下它的脑袋，它才显得老实了。我像抱个小孩儿一样把它抱上岸来，它直拱动，老想再回到河里去。我就紧紧抱着它……后来走在路上，累了歇息的时候，我就搂着这条鱼睡去了。醒来一看，鱼不见了，肚子上只沾了几片鱼鳞……"

"哪去了呢？"徐宝册蹲起身子，惊讶地问。

瓜魔揉揉眼睛："谁知道！到现在我也不知道。只是第二天我到龙口镇上赶集，看见一个小姑娘卖一条鱼，越看，那鱼越像我捉的那条……"

徐宝册不做声了。他开始吸那杆烟锅。

瓜魔讲到这儿像是疲倦了，身子一仰躺了下来。他又伸手去拿起一块吃剩的瓜，放在嘴里吮着，并不咬，两眼一直望着那布满星星的天空。

蝈蝈儿在瓜垄里叫了起来。各种小虫儿也用千奇百怪的声音应和着。铁锅往外噗噗地冒着汽，鱼的香味儿很浓了。徐宝册起身把铁锅端下火来。

一个人迈着拖拖拉拉的步子走过来，走到近前才看出是老六哥。他不做声，蹲在了火堆旁，怕冷似的烘了烘手。他看到那一片片瓜皮，就伸手在瓜魔的肚子上捅一下说："真是个瓜魔！"

他们三个人一块儿将鱼吃了。这是一顿很丰盛的，也是一顿很平常的夜餐……

第二天，徐宝册和老六哥摘下了堆得像小山一样的西瓜，叫队上的拖拉机拉走了。搬弄瓜的时候，他们发现一个黑皮上带有花白点的大个儿西瓜，立刻就挑拣出来，藏到了铺子下边。他们记得去年就有这样的一个瓜，切开皮儿就有股香味扑出来，咬一口，甜得全身都要酥了。徐宝册说："留着瓜魔来一块儿吃吧。"老六哥点点头："一块儿吃。"

　　一连两天瓜魔没有来。西瓜从铺子下滚出来，徐宝册用脚把它推进去，说："瓜魔这东西把我们两个老头子给忘了。"老六哥说："瓜魔能忘了我们老头子，可他忘不了瓜！"徐宝册点点头："也忘不了海——这小东西，简直是鱼变的！这小子该到海上学打鱼。他原想以后跟我们来做营生呢……"

　　老六哥听到最末一句想起个事情。他说："听人讲，村里的土地以后都要搞责任承包了——还没讲瓜田承包不承包呢。"

　　徐宝册笑笑："承包怕什么？承包不就是咱俩的事了？别人也不敢揽这瓜田——这得有手艺呢！"

　　老六哥点点头："就是呀，我讲的意思，也就是到时候咱俩瞪起眼睛来，可不能让别人承包走了。"

　　天气出奇地热，傍晌午的时候，瓜魔胳膊上搭着衣服从海上来了。徐宝册坐在铺子上，老远就瞅见了，兴奋地吆喝着："嘿，你这小子！这几天跑哪去了？"

　　瓜魔仰着脸儿走过来，似笑非笑地眯着眼睛，身子晃晃荡荡的，像喝醉了酒。他唱着什么歌儿，一扭一扭走过来，躺在了铺子上。他喊着："吃瓜吃瓜！"

　　"这个瓜魔！"徐宝册招呼一下田里的老六哥，从铺子下边滚出了那个大西瓜……真快意呀！谁吃过这样的西瓜呢？瓜魔兴奋地在铺子上打了几个滚儿，然后才到那潭清水里洗澡去了。徐宝册和老六哥也到瓜田里做活，路过水潭，每人顺便抓起一把沙子扬了进去，使得瓜魔在里面骂了一句。

村子里来人告诉徐宝册和老六哥，晚上要开会商量责任田承包的事，让他们去一个开会。

这个消息使两个看瓜的老头子整整兴奋了半天。徐宝册要去开会，老六哥不同意，说："你这个人关键时候话来得慢，我不放心。我去算了。"争执的结果，决定由老六哥去参加。

徐宝册觉得这事情不比一般，很需要运用一番自己的智慧。他想了好多，都想对老六哥嘱咐一遍，这使得老六哥都有些腻烦了。徐宝册打着冒权，说："比如这冒权吧，不比往年长那么旺——这是瓜秧不壮啊！不错，化肥也使了不少，可天旱，也只得不停地浇。结果呢？肥料都给冲到地下去了……这些，你都得跟领导说，让他们知道承包下来也不是便宜的事。"

老六哥听了暗暗发笑，徐宝册想到的他全想到了，他只不过将什么都藏在心里罢了。他觉得，今天手腕子也好像比过去强劲了些。他像囫囵吞下了一个大西瓜，心里老觉得沉甸甸的。他步量了一遍瓜田，又在靠近槐林的地边停住了步子。他想：如果承包下来，就是和自己的瓜田一样了，那么，这儿最好能架起一排荆棘篱笆，挡住那些瓜贼……

傍晚老六哥回村开会去了，半夜时分才回来。

老六哥笑模笑样的，这使徐宝册的心一下子放了下来。他问："六哥，承包给咱们了吧？"

老六哥点点头："不承包给咱们，谁敢揽这技术活儿？我一发话，会上没说二话的。没跟你商量，我就代你在合同上按了手印。

我早算准了，咱们年底每人少说也能赚它五百块钱！"

"哎呀！哎呀！"徐宝册上前搂住了老六哥的腰，呼喊着，捶打着，说："瓜魔算'魔'吗？你才算'魔'！你这家伙鬼精明，你掐一掐手指骨节，计谋就来了。行啊，亏了这回承包！新政策是谁定的？我老宝册要找到他，敬他一杯大曲酒！"

老六哥搬来小铁锅，找来一条干鱼，放在里面煮上了。两人坐在一块儿吸着烟锅，谁也不想先去睡觉。老六哥吸着烟，伸出手捏住徐宝册的半长黑裤，拉了两下说："看看吧！多丑的一条裤子……"徐宝册满脸愠怒地斜了他一眼，把他的手扳掉。老六哥笑吟吟地说："这都是没有老婆的过。有老婆，她早给你做条好裤子了。"徐宝册的脸有些烧起来，只顾一口接一口地吸烟。老六哥又说："今年卖了瓜，赚来钱，先去娶个老婆来！你总不能一个人老死在屋里吧……"徐宝册抬头望着远处月光下那片黑黝黝的槐林，嗫嚅道："也……不一定……"

"哈哈哈哈……"老六哥听了大笑起来。

徐宝册也笑起来，这笑声直传出老远，在夜空里回荡着，最后消失在那片槐林里了。

天亮了，他们立即着手在靠近槐林处架荆棘篱笆了。瓜魔来了，就忙着为他们砍荆棵子……徐宝册告诉瓜魔：瓜田承包下来了，这片西瓜就和自己的差不多了。瓜魔听了乐得不知怎么才好。老六哥低头绑着篱笆，这时回头瞅了瓜魔一眼，没有吱声。瓜魔于是走到他的身后，在他的腰上轻轻按了一下。老六哥突然抛了手里的东西，瞪起眼睛喝道："你小子打人没轻重，乱戳个什么！"

老六哥的样子怪吓人的，瓜魔吃了一惊，往后蹦开了一步。

徐宝册很惊奇地望望老六哥的腰，说："就那么不禁戳吗？"

老六哥没有吱声，只是涨红着脸低头做活。

三个人整整用了一上午的时间才架好篱笆。午饭做的鱼丸子、玉米面锅贴儿，瓜魔只吃了很少一点，就躺到铺子上去了，仰着脸，扭动着。他嘴里哼唱着，一边把脚搭在徐宝册光滑的脊背上。老六哥一直皱着眉头吸烟，这时一转脸看到了，说："真是贱东西！他整天做活累得不行，你还要把脚搭在他背上！真是贱东西！"瓜魔在过去总要把脚挪到他背上的，可是这回看到他阴沉沉的脸色，就无声地把脚放在了铺子上。

吃完饭后，照例要吃西瓜了。徐宝册见老六哥不愿动弹，就自己到田里摘来两个。可是吃瓜时，老六哥只是吸烟……瓜魔离开以后，徐宝册扳过老六哥的膀子问：

"六哥，你身上有些不对劲儿？"

老六哥只是吸烟。

"你不吱声我也知道。你掐一掐手指骨节就生出来的计谋，我都知道！你心里想心事，嘴上只是不说！"徐宝册盯着他的脸，硬硬地说。

老六哥磕打着烟锅，板着脸，慢声慢气地说："瓜魔不能多招惹的，他不是个正经孩子。"

徐宝册哼一声，扭过头去说："瓜魔是个好孩子！"

"你看看吧，"老六哥往瓜魔常来的那个方向指点一下说，"正经孩子有他那个样儿吗？黑溜溜像铁做的，钻到水里又像鱼，吃起瓜来泼狠泼愣！"

徐宝册气愤地将卷在膝盖上的裤脚推下去，站起来说："你有话就直说，用不着这么转弯抹角的。瓜魔一个孩子又碍了你什么！哎哎，你真是变成'魔'了！"

这是他们最不愉快的一次。这一天，他们简直没有说上几句话，只顾各忙自己的事情了。

以后瓜魔来到，老六哥总是离他远远地坐着。瓜魔带来的鱼，他似乎也不感兴趣了。瓜魔到水潭里洗澡，也只有徐宝册一个人跟去看了。徐宝册背着瓜魔对老六哥说："六哥，你心胸窄哩！你不像个做大事情的人！"老六哥顶撞一句："我也没见你做成什么大事情！"

瓜魔不知有多少天没来了，徐宝册常常往大海那边张望。可他除了看到远处海岸上那一长溜儿活动的拉网的人之外，几乎没有看到别的。夜里，他一个人烧起小铁锅，或者一个人走在瓜田里，总觉得少了些什么。

一天早上醒来，他对老六哥说："昨夜我刚睡下，就梦见瓜魔来了，蹲在瓜田南边，就是篱笆那儿，和我煮一锅鱼汤。"

老六哥点点头："煮吧。"

徐宝册眼神愣怔怔地望着篱笆说："煮好以后，我梦见他跟我要烟锅，我没给他。"

"你该给他！"老六哥讪笑着说。

"我没有给他。"徐宝册摇摇头，"我梦见他好像生了气，说再也不来了……"

老六哥嘴角上挂了一丝讥讽的笑容。

又有一天，徐宝册正给瓜浇水，一抬头看到海边上有个人在向这边遥望，那身影儿很像是瓜魔。他抛了手里的水桶，上前几步喊道：

"瓜魔呀？是你这小子！你怎么不过来呀？瓜魔——瓜魔——"

那是瓜魔，徐宝册越看越认得准了，于是就一声连一声地喊他，用手比画着让他过来。可是瓜魔无动于衷地站在那儿，望了一会儿，就晃晃荡荡地走开了……徐宝册愣愣地站在那儿，两手紧紧地揪着自己肥大的裤腿。

老六哥对他说："你再不要喊那东西了——他是再也不会来了。有一次你不在，他坐在铺子上吃瓜，吃下一个还要吃，我阻止了他。这小子一气走了。"

徐宝册听着，"啊"了一声，瞪大眼珠子盯着老六哥。

老六哥有些慌促地挪动了一下身子，避开对方的眼睛。

徐宝册却只是盯着他……停了一会儿，徐宝册寻了一个最大的西瓜，顶在肚皮上抱回铺子，对准那个案板，狠狠地摔下去。西瓜碎成一块一块，他两手颤抖着拢到一起，捧起一块吃着，瓜瓢儿涂了一腮。吃过瓜，他就躺在凉席上睡着了。

老六哥把这一切看在眼里，不敢说上一句话。

徐宝册醒来后，老六哥坐在他的近前。徐宝册眼望着北边的海岸线说："我早就知道你是舍不得那几个瓜！你要发一笔狠财，你不说我也知道！瓜魔平日里帮瓜田做了多少活儿？送来多少鱼？你也全不顾得了……"

当天下午，徐宝册就到海上寻找瓜魔去了。

瓜魔在海里。他爬上海岸，坐在徐宝册的身旁哭了。眼泪刚一流下来，他就伸出那只瘦瘦的、黑黑的手掌抹去，不吱一声。徐宝册要他再到铺子里去，他摇摇头，神情十分坚决。最后，老头子长叹了一声，走开了。

两个老头子还像过去一样，每天给瓜浇水、打杈子；晚上，还像过去那样给瓜田守夜……可是，他们不再高声谈论什么，也不再笑。徐宝册无精打采，他觉得自己突然变得没有力气了……终于有一天他对老六哥说：

"六哥！我忍了好多天了，我今天要跟你说：我不想在瓜田里做下去了。你另找一个搭档吧。真的，开始我忍着，可是以后我不能再忍了。咱俩在一起种了多年瓜，我今天离去对不起你哩，你多担待吧！"

老六哥惊疑地咬住嘴里的烟锅，转着圈儿看徐宝册，说："你，你疯了……"

徐宝册说："我真的要走，今天就回村里去。"

老六哥这才知道他是下了决心了，有些失望地蹲在了地上。

徐宝册说："还是李玉和说得好：'我们是两股道上跑的车，走的不是一条路啊！'……"

老六哥声音颤颤地说："什么时候了，还有心去说这些！"他洒下了两滴浑浊的眼泪……突然，他站起来，低着头，只把手一挥说，"走吧，宝册，有难处再来找你老哥我！"

徐宝册离去了。半月之后，他重新与别人合包下一片海滩葡萄园，到园里看葡萄去了……瓜魔又常常去园里找他玩，两人像过去那样睡在草铺子里，半夜点火烧起鱼汤……

一个晚上，他们仰脸躺在草铺里，瓜魔又把脚搭在了徐宝册光滑的后背上。他用那沙沙的嗓子唱着什么，声音越来越轻，终于一声不响了。停了一会儿，他对徐宝册说："我真想那个瓜田……"

徐宝册笑笑："你想吃瓜了？瓜魔！"

瓜魔坐起来，望着迷茫的星空，执拗地摇摇头："我是想那潭清水……真的，那潭清水！"

徐宝册没有作声。

这是个清凉的夜晚，风吹在葡萄架上，唰唰地响……徐宝册声音低缓地自语道："葡萄也需要个水潭呢，我想在这儿动手挖一个……"

瓜魔的眼睛一亮："那水潭不是好多人才挖成的吗？我们能行？"

徐宝册点点头。

瓜魔笑了："我真想那潭清水……"

一个早晨，一老一少真的找块空地，动手挖水潭了。大概泥土很硬，他们一人拿一把铁锹，腰弯得很低，在橘红色的霞光里往下用着力气……

父亲的海

/// 张炜

一

这是父亲从苦役地回来第三年的事情了。

他在初秋时节被传唤到海上去了。因为这时候地里的活儿很少。那些拉大网的人有一多半是随叫随到的——所以长年固定在海上的渔人自觉高人一等，对新去的拉网人总是不放在眼里。他们一个个晒得浑身油亮，而刚来的打鱼人一脱衣服全身发白，对比之下显得寒酸，令人发笑。爸爸不仅不会打鱼，庄稼活儿也是刚刚学会。但在我眼里，他好像干什么都毫无难处。"你这个人哪，"海上老大走过来，用手点划着父亲的鼻梁，"你在山里打洞子行，干这个不行。"海上老大叫"老滚子"，他的话让一边的人哈哈大笑。

　　我一开始就想随父亲到海上，去看他们怎样把那个了不起的大网撒进海里，把一堆又一堆的鱼拉上岸。可我怕父亲呵斥，总是等他走了很远才悄悄跑出茅屋，绕着灌木追上去。当我看见他的后背时，再放慢脚步；父亲掺到那些拉网的人中，我才敢接近那些鱼铺子。那儿总是围了一大群玩耍的孩子，我和他们混在一块儿，父亲也就察觉不到了。

　　我渐渐熟悉了拉鱼的每一个程序。先是用一只木船把叠起的渔网运进大海——小船刚离岸不远，一人摇橹，剩下的几个人就开始撒网。船划到大海深处，这网就一路撒下去。船上的人影儿渐渐模糊。那时我替他们害怕。高高的海浪上，白色的浪花一点点变得遥远，它们托起了那只小船。船在漆黑的海面上一动不动，像凝固了似的；可你盯住它看下去就会发现，它正费力地偏向一边，它在一点点绕着往海岸上驶来。摇橹人浑身大汗，两只手臂像碗口一样粗。船到近岸了撒网人还在抛网——他们在海里把网撒成了一个大大的半圆形，最后靠岸。网的两端相距几百米，每一端都伸出了长长的网埂。人像蚂蚁一样咬在了埂上，都把搭在埂上的挂绳绕在屁股上；接着号子响起，一呼百应，一边喊一边往后倒退着拉网。沙滩上蹬出了一溜深窝。这样拉呀拉呀，大约要两三个小时才能让大网靠岸。

　　那是个多么激动人心的时刻！鱼在近岸的浅水里蹿跳，甚至能让人听到它们在吱吱叫唤。虾、蟹子、大鱼、小鱼，一齐蹿起来。有一次我看到了一条身上长银斑的大鱼，肚子很大，可是巨大的肚皮集中长在头颅那一端，看上去就像一架小型直升飞机；有的鱼竖着跳起，像一把直立的长刀……多么让人迷恋的地方，我在这时候就觉得这是一个人所能找到的最好的去处了。

我望着海上的一层层帆影，想象着天际交融的远方，想象着未知的命运，觉得这一切有多么奇特。涟涟无边的海，它就在我们跟前，而我们好像对这一切都习以为常了，觉得这很平常。其实细想起来它该有多么奇怪啊，真是要多奇怪有多奇怪。不是吗？看眼前这群拉大网的人，他们一天到晚与大海在一起，却用那么平常的目光去看大海，这在我是永远也做不到的。我想可能是他们被劳累弄得疲惫了，无心无绪了。这儿的确是太累了，这儿能把人累死。

老滚子是整个海边上说一不二的人，所有人都怕他。买鱼的人、看拉网的孩子们，都怕他。他一扬手我们就得躲开。他不停地骂人，谁挨了他的骂，还要笑嘻嘻看他——他的脸上真的长了发红的胡子，他的外号就叫"红胡子"。谁都知道长了红胡子的人有多可怕。大家拉网时，他手里就握着一根棍子转。有一次，我看见一个人正用力拉网，不知为什么一走神，挂在埂上的细绳就有点儿松；这时红胡子正巧走来，他用棍子敲了敲那根细绳，细绳立刻弯下去——如果拉网的人正用力，那么棍子敲上去就能发出嘣嘣声。红胡子骂开了，还伸出脚在他小腹那儿踢了一下。那个拉网的人比我大五六岁的样子，他赶紧喊："大爷大爷，不敢了。"红胡子还是骂。小伙子一边哀求，一边更加卖力地拉网……

红胡子不断伸出棍子冷不防敲一下埂上那一串细绳，如果哪一根细绳被打弯，那个人就要遭殃。我旁边一个卖鱼的人说："就得这样儿，拉网的人最要紧的就是心齐力齐。要是都偷偷摸摸藏力，那网鸡年猴年才能拉上来。"

我不敢说话，只紧盯着埂上那一溜人。我不敢去看父亲，那些人里要数他瘦弱可怜。他的肋骨在阳光下一根根都看得清。所有人身上都一丝不挂，只有他穿了一个短裤。我也不知道此刻那短裤该脱掉还是该穿着，如果穿着，那么他也就与所有人都不一样了；如果脱掉，那只会令我倍加羞愧。他的那个短裤啊，叠着补丁，不知是白色还是灰色，在阳光下要多难看有多难看。他的屁股又瘦又小，拉网的绳子紧紧勒在上边，我想用不了多会儿就会把他的皮肤勒破。再看看其他人，所有的屁股都那么粗壮，圆滚滚的，在阳光下泛着黑黝黝的光亮。

那个红胡子常在父亲旁边转悠。后来他伸出棍子往父亲的绳子上敲了一下——幸好绳子没有弯下去……那时我的一颗心都要跳出来了。

红胡子喜怒无常。他高兴起来就抔着腰满海滩蹦跳，一会儿又领头喊起了号子——其实那是唱；他的号子一开始我听不懂，只觉得蛮好玩。他的嗓门真大。我第一次看到一个男人扯破嗓子、脖子鼓起了累累青筋、用尽全身力气唱歌的模样。

他喊过第一句，一群拉网的人就紧跟上喊："嗨哉！嗨哉！"一边喊一边往后猛劲用力——他们就是用这股冲力，把大网一寸一寸从海里拖出。

后来海上老大又唱出了奇特的节奏——我原以为只是一种变调，后来才看到那些拉网的人都有了得意的微笑，有了一闪一闪的目光。我觉得有些不对劲儿，因为我发现父亲的嘴唇活动着，却终于没有和大伙儿一块唱出来。有人呵斥父亲：

"你怎么不跟上唱？毛病！"父亲斜了那人一眼，还是不唱。那个人骂："你妈的！"

幸亏老滚子没有发现……这时大概到了拉网的关键时刻，因为我看到老滚子跳得更欢了，额上的青筋像蚯蚓一样活动。他喊的词儿含含糊糊，但我终于听明白了：都是一些下流词儿——来买鱼的人中有了女人，他们就喊得更加疯癫。奇怪的是那些女人一点也不怕赤身裸体的男人，有时还故意走到他们跟前，点点划划说上几句什么，鱼篓都抛到了一边——看渔铺的老头看到这些鱼篓就飞起一脚，让它们像球一样在沙滩上滚动。

买鱼的女人在海边上闹惯了，什么都不在乎。她们只想活得痛快，只想把海边上的鱼偷偷弄到南边去，挣一笔钱。红胡子有时就把这些女人的名字套在号子里，他领唱一句，那些拉网的人就一齐用力，喊："嗨哉嗨哉！"

海上老大有一次高兴了，用那根木棍在几个小伙子腹下拨来拨去，说："好家伙，什么人抵挡得住？"

小伙子大声喊着号子，两腿抖抖地扎进沙土……

阳光像火，在这一溜红色肌肤上滚动。父亲身上发红，后来暴起了皮。多么可怕啊。有一天我在阳光下看去，差一点大叫出来：父亲身上的皮肤像破棉絮一样，眼看就要整张地从后背上揭下来……又过了许多日子，这些皮肤才变成了黑红色。

他们都嘲笑他的那个短裤……这样过了不知多久，父亲把它悄悄地褪掉了。他整个身体只有屁股那儿显得灰白刺目。这时我真怕他转过脸来。我一直躲闪着他……

二

每当大网接近海岸，买鱼的女人和孩子就呼一下围过去。大家都看到圈在大网当中的那一湾水开始沸动。大鱼嗷嗷叫，小鱼吱吱响。原以为是软弱无能的虾，这会儿在水里是那样英勇无敌。它们的长须能够像箭镞一样飞射和挺刺，那纤弱的腿只是轻轻一蹬，身体就如同闪电般弹向一方。这躯体近乎透明，你会觉得它的体内都是透明的水，或者是晶体。它弓起的脊背充满力量，让人怎么也弄不明白这力量是从哪儿来的。乌贼鱼那些纷乱的、布满了吸盘的长腿看得人眼花缭乱。无数条长腿宛若彩带在水中舞动，疯狂地舞动。它们的腿攀在了海草上、鱼尾巴上，就紧紧揪住不放。黑色长刀一样的鲅鱼横冲直撞，不断跳起来砍击海水。只有一些小鱼在匆匆来去，好像对即将来临的危难毫无知晓；它们在水边上引逗拉网的人，右边摆动一会儿，左边摆动一会儿。一群小鱼中，领头的是条不知名的、不出眼的灰色脊背的小鱼——当所有的鱼都在惊慌叫喊时，唯有这一群小鱼在快乐地游动。

鱼在狂叫，太阳也滋滋有声。一群群的大人孩子围住了逼近的网。一个人指着鱼说："它们就像熬干的米饭。"——说这话的是一位买鱼的老太太。因为这时海水渐渐滤掉，各种各样的鱼拥挤在一起，每一个面孔都可以看得清楚。我从来没有看到这么多的鱼，它们真的像熬稠的米饭一样，就要从锅子里端出来了。一边早已铺了一张张席子准备着。有人用一个大柳条斗装起了活蹦乱跳的鱼，吱吱喝喝往席子上倒。鱼在席子上跳，叫，直到堆成了小山。

各种鱼堆在席子上的一刻，看渔铺的老人嗷嗷一叫，像弹皮球一样从铺子中跃出，一路跌跌撞撞跑过来。他拿出了一个大铁盒子、一个水桶，蹲在席子边上两眼放光。他盯住了这些鱼挑拣着，嘴里噗啊噗啊喷气，一会儿就把铁盒子盛满了，再把那个水桶弄满。他拎着跑回了铺子。

只过了一小会儿，渔铺子那儿就飘来了一股海鲜味。大家都明白，守渔铺的老人开始做午饭了。

鱼全部整到席子上时，拉大网的人才松了一口气，红胡子也不跳了。海上老大每当这时候就要蔫上一会儿，打打瞌睡。一边有人吱吱喝喝扛来一杆老大的秤，开始卖鱼。鱼贩子们呼叫着从四面围上去。与红胡子差不多的是那些拉网的人，他们这时也总是躲在远处，仰在沙滩上，让火辣辣的阳光直晒着。

早一点将鱼买到手的人并不急着离去，他们从躺得横七竖八的男人身上跨过去，骂着什么。一个女人背着鱼篓，正要从一个中年男子身上迈过，那个中年男子就用脚勾了一下。她毫无防备，跌在地上，鱼撒了一地。她骂起来，那个男人就帮她把鱼装到了篓子里。后来男人又喊一句什么，一把将她的辫子揪住。女人正生着气，转而笑嘻嘻地伸手捏他，又用沙子把他的身体浅浅地埋了。男人不停地呼喊，虚张声势，让四周的人快来解救——几个人果真围上来，一会儿就把那个女人的衣服剥光了，又把她抬起来，吆吆喝喝，在她的叫骂声里扑通一声扔到了海里。那个女人在浅水处使劲缩着，不敢站起，只说："你们这些该死的，挨雷打的，快还我的衣裳来……"我觉得她只是骂，并不太恼，因为她一会儿又在那儿撩着海水洗起了脖子、脸，洗得那么细心。

正在她洗着的时候，懒洋洋的红胡子看见了，接着就一边打哈欠一边脱衣服，脱得光光往海里走，一个猛子扎进海里。浅水处的女人吓得赶紧喊救命。红胡子的头从水中探出说："就来就来。"女人往深水里逃，水淹没了她的胸部，红胡子一直追上去。红胡子好水性，在深水里竟能像走路一样摇摆，直着身子把女人抱住。他们搂抱着越游越远，伴着那个女人的快乐大叫。岸上的许多人都停了手里的活儿往大海深处看。

水中的那两个人抱成一团，只留下了一个小黑点儿。这边的人说："啧啧。人家老大就是厉害，在水里硬挺着也沉不下，还能腾出手来做些别的事情……"

黑点在海上颤抖着，漂游着，这样直待了很久才渐渐变大。海上老大手牵着女人回到了浅水。女人经过了这一回好像并不那么害羞了，大大咧咧从水里钻出，浑身湿淋淋地走到岸上，抓起衣裤就穿，说："烦不烦死个人！"

有人问老大：怎么样怎么样？红胡子说："我像个老海龟，把她驮在背上，一驮老远。'大鲨鱼过来了。'我说。她吓得吱哇乱叫，我就把她藏在身子底下用腿夹住。夹一会儿，我说老鲨鱼跑了，她才敢重新伏到背上。这娘们儿好沉，有个三百二百斤的。"

大伙儿都笑，笑得很透。

午饭开始了，所有人都急急地跑到渔铺里拿出自己的粗瓷碗、铝碗。有的还拿来一个带豁口的破瓦罐。大家乱哄哄围向两口大铁锅子。锅盖是两半的，可以分两次从锅上取掉。看渔铺的老人这时显得威风无比。他木着脸，沉着地用一个老大的铁勺子在锅里搅来搅去。锅里一点青菜也没有，全是鱼。那些大鱼被几刀剁开扔进锅里，小鱼连剁也不剁。一锅鱼、一些姜片、几根葱，就这么煮在一块儿，那气味好极了。

分鱼时大家自然而然地排起了队，走到锅前就把碗伸过去。看铺子的老头闭闭眼说："老大先来。"于是人们都回头寻找红胡子。红胡子已经穿好了裤子，裤带上就拴了个大茶缸。他把茶缸解下，懒懒地伸出。看铺老人的勺子在锅里拨来拨去，找到了发红的一条宽肚阔腮鱼，啪一下给老大倒进茶缸。有人小声说，锅里大概就这一条红鳞加吉鱼，就让老大吃吧。所有人都分得了一大碗鱼，找个绿荫，呼噜呼噜吃起来。有人还从裤兜里摸出一个小酒瓶饮上一口。酒味儿一旦被风吹开，立刻就会引去好多人。

　　我的眼睛长时间寻找着父亲。在这混乱的人群里，他一直没有发现我。当他的目光转过来，我就躲到人群后边。父亲盛鱼的碗比所有人都大。我想他是个有心眼的人，不愧是开过大山的人。可是看铺子的老人分鱼时，那勺子刚碰到父亲的大碗，就抬头看一看——勺子里的鱼还没有倒尽就挪开了。"来一点儿汤。"我听见父亲冷冷地说。不知怎么我心里又愉快又有点儿胆怯，这时屏住了呼吸。那个老人略一犹豫，从锅里舀了一点汤……父亲的大碗盛满了。

　　滚烫滚烫的粗瓷碗在父亲手里跳动，他噗噗吹气，大概烫死也不会扔掉。他一直把它捧到很远的地方，一个人去吃了。

　　最后只剩下我们这群孩子了，锅里还有一些小鱼、半锅鱼汤。

　　"你们都是跟大人来的吗？"看渔铺子的老人问。

　　一群娃娃一齐喊："是呀，是呀。"

　　我夹在其中，一声不吭。

　　看铺老人的勺子一边在锅里搅动一边说："去找些家什来。"

　　孩子们各自到自己父亲那里取来他们喝光的空碗。我徘徊着，见地上有一个很大的贝壳，就拣起来。

　　一会儿我的贝壳里也盛上了一条小鱼和一点鱼汤。我蹲在孩子们当中，把它喝得一点不剩。

　　父亲吃完了，他到海边涮碗，仍然没有看到离他很近的我。

　　吃过饭没有多会儿就该撒第二网了。在撒网之前这段时间没有多少事情，拉鱼的人就在岸上闲走。有一个人走着走着突然伸手嚷了起来，说："看，那边上来一个多大的海蜇！"

几个躺着的人听了都跑过去。海边上浮出一个海蜇并没有什么好奇怪的，可我从来没见过在水里浮动的这种动物——它在离海岸五六十米的地方漂游，身上五颜六色的彩带随着水浪飘动。有人到岸上拿来了铁抓钩，接着往水里走去。正这时我看见父亲也进入水中——父亲离前边那人最近，那人回头一看就笑了笑，说："还是你来吧，让给你。"

父亲一声不吭取过了抓钩。这时岸上的人都看着父亲迎上那个飘彩带的大家伙走去。我心里想：它多漂亮啊，父亲怎么忍心伸出抓钩？父亲挨近了，那些彩带好像迎着他又伸长了一段。岸上的几个人惊呼几声，那个给父亲抓钩的家伙却哼哼一笑。

就在这一瞬间，那些彩带一下子沾到了父亲身上，父亲立刻嗷的一声大叫——他想跳开来，可是他在海水里只是歪了歪身子；接着又有几条彩带缠到了父亲身上。我亲眼看到父亲鼻子眼睛都皱到了一块儿，差不多要倒下来。可他硬是拄着抓钩，只让身子弯下。他咬着牙，脸色已经发紫了。我不顾一切大喊起来：

"爸爸——爸爸——"

这一次我没法隐藏自己了。爸爸终于听见了。他猛地瞪圆了眼睛，在人群里寻找。他终于看到了我。接着他又闭上了眼睛。

我看见他闭着眼睛扬起抓钩，把那个海蜇紧紧钩住。

"好，好样的！"岸上的人一齐说。

父亲全身抖动，像害冷一样抖着牙，一边颤抖一边往岸上迈步，手里只紧握那个抓钩。海蜇被拖上来，父亲也倒在了沙土上。

一些人围上海蜇，一些人围上父亲。

红胡子走过来，伸出脚踢了踢父亲，又对一边的人喝道：

"谁捉弄一个生手？我日你奶奶——谁？"

那个交给父亲抓钩的人哎哎往后退缩，被红胡子一把抓住。他把那个人的头发扯住就是一抡，那个人扑哧一声给摔仰了。

我蹲到父亲身边。他身上像被鞭子细细地抽过，又像被烙铁烙过，全是一道连一道的红印痕，它们在皮肤上凸起。我哭了。我想父亲再也不会活转过来，因为他上岸后就紧闭眼睛。他的呼吸越来越弱。我的手不敢按在这些红印上，只叫着："爸爸，爸爸啊……"

我这样喊着，直到所有人都离去了。后来爸爸睁开了眼睛，我抱住了他。父亲鼻子里吭了一声，挣扎着坐起。他望着那个被人拉开了肚肠的海蜇，没有做声。

后来有人把海蜇弄成了几块，你一块我一块分开。有人取了最大的一块，对父亲喊："最好的一块归你了。"

父亲好费力才站起来，我搀着他。

父亲的手像钢钩一样，一下抓住了那块大海蜇肉。

三

海上的工作除了拉大网之外，还要驾船到深海里采螺。采螺的人都是三人一个小船。有人不舍得出力气，作为惩罚，就被海上老大派去采螺。那些采螺人的日子有时却过得蛮自在。我不时看到一些小船从大海里摇上来，靠岸时就从仓里提出一篓海螺。海螺不像鱼那么值钱。

采螺人没白没黑地干，却不比拉网人苦多少。因为有时要拉夜网，拉网的人一直要在海上过夜。

不知为什么，有一天海上老大对父亲说："你去采螺吧。"父亲就到了采螺的小船上。

我想父亲坐上一个自由自在的小船到大海深处，也没什么不好。不过拉网只在岸上，而采螺要到深海，我还是多少有点儿替父亲害怕。

每一次采螺的小船走了，我就一直坐在岸上等，等他们归来。有时小船要出去大半天才能回返，有时只需几个小时就回来了——这要看在海上的收获，要根据风向和海流、涨潮退潮等等。这个我不懂。夜里我因为要等父亲回来，就常常留在了岸上。夜深了，直到采螺的船回来，我见到了父亲，这才安心。那些夜晚我常常留下，睡在渔铺的角落里。打鱼人满身的腥臭气都散发出来，我在这些赤裸的身体中间快给挤没了，怎么也睡不着。实在困了才能睡一会儿，一闭眼就要做一些五颜六色的梦。有时我梦见一些奇怪的黑鱼，它们在大海里旋转，成群结队进攻打鱼的人，把大网撕碎，把船掀翻，落水的人全被咬伤了，通红的血喷涌而出……这时我就吓得再也不能入睡。父亲回岸后困极了，他睡得太沉了；尽管这样，我还是很想把刚刚做过的梦讲给他听。

有一天我在梦里清清楚楚地看到了父亲——看到了他们的采螺船。

那船上一共三人，一瘦一胖，剩下的一个就是父亲了。他们的小船在平静的海面上走，一直走进了大海深处。接着黄昏来了。他们采了很多螺，船仓都装满了，小船要往回返——刚刚掉头，就有一个笑嘻嘻的白发老人踏着海浪走来。父亲指着那个老人说："你，你怎么能在水皮上走路，你是人吗？"其他两人见了白发人都吓得脸色煞白。老人只不说话，走到船上，拍拍三个人的肩膀，然后从衣兜里掏出一束红色线绳——我觉得那就像红头绳；老人不由分说，用这红绳把三个人的胳膊一一扎好。扎好之后，跟他们摆摆手，又重新踏着海浪走去了。三个人愣着，都低头看胳膊上的红绳，没有一个人敢解下……

天亮了，我搓着眼睛跟父亲走出渔铺。采螺小船就在浪印上。父亲走过去，那两个人已经在等他了。突然我揪住了父亲的衣襟说："爸爸，我怕……"

他转过脸来唔了一声，并不想耽搁。我固执地揪着他的衣襟。

这一次他破天荒站下，并认真地看着我。我说我做了一个梦，你一定要听一听，这梦里有你呢！他掏出了烟锅，看了一眼那两个等他的人，吸着烟等我讲下去。

"爸爸，我梦见你们三个人在大海深处被一个老人绑上了红头绳！"他皱了皱眉头。

"你们每个人都被绑上了，一个瘦子一个胖子，最后就是你。"

父亲伸手指了指在柱子底下站着的那两个人说："是他们吗？"

我抬头看了看：多奇怪啊，一点不错，他们与梦中的形象一点不差，我记得清清楚楚！我几乎是喊着说："对，就是他们……"

父亲的脸色变得铁青，他四下望了望，用手轻轻把我推开。他磕了烟锅，把烟锅插到了裤子口袋里。接着他蹲下来。那两个采螺的人走过来，父亲的脸色又变得蜡黄。他对那两个人说："你们，你们去吧，我不能出海了，肚子好痛。"

那两个人拍拍手，又找上一个帮手，就要驾船走了。

这时父亲突然迎着他们的背影喊了一声："你们也别去了……"三个人用怪异的眼神看了父亲一下，转身离开了。

他们走了之后，父亲就到渔铺里躺下了。他一口接一口吸烟，整个一天都不愿和我说话。天渐渐黑下来，采螺船没有回来。

快到半夜时分，外面发出了尖厉厉的声音。有人从渔铺边上咚咚跑过，呼喊着什么。

爸爸说："嗯，有了。"

我们都走出去。原来在刮好大的旋风，沙子扬上了半空。拉网的人站在海岸上呼叫。海上老大说："幸亏大网不在海里，这阵风啊，鬼猛！"他突然记起了采螺的小船，嚷：

"都上来了吗？"

"还没有。"

"天哩，鬼猛……"

红胡子咕哝着，满脸的不安。他到一边站了许久，才钻到铺子里。红胡子一夜没睡，我和爸爸也没睡。那个采螺船仍然没有上岸。

第二天早上风才停息。海岸上有几块打碎的木板，接着发现了三具尸体……

所有人都一声不吭。

红胡子吸着凉气看着父亲，父亲的手紧紧攥着。有人在流泪。可是父亲没有，他只把我拉到一边去坐下。

父亲倚靠着一棵柳树，掏出烟锅含到了嘴里——他划亮火柴，可烟斗是空的……父亲又把火柴扔掉了。

他伸出手在我额头上轻轻抚摸。这手是那么温热。

通腿儿

/// 赵德发

一

那年头被窝稀罕。做被窝要称棉花截布，称棉花截布要拿票子，而穷人与票子交情甚薄，所以就一般不做被窝。

两口子睡一个被窝。睡出孩子仍搂在被窝里。一个两个还行，再多就不行了。七岁八岁还行，再大就不行了。

再大就捣蛋。那一夜，榔头爹跟榔头娘在一处温习旧课，刚有些体会，就听脚头有人喊："哪个扇风，冻死俺了！"两口子羞愧欲死，急忙改邪归正。天明悄悄商量：得分被窝了。

但新被窝难置。两口子就想走互助合作道路。榔头娘找狗屎娘说了意思，狗屎娘立马同意，并说你家榔头夜里捣蛋，俺家狗屎捣得更厉害，俺家狗屎爹已经当了半年和尚了。两个女人就嘎嘎笑，笑后谈妥：两家合做一床被窝，狗屎娘管皮子，榔头娘管瓢子。

费了一番艰难，终于将皮子瓢子合在了一起。狗屎家有间小西屋，有张土坯垒的床，抱些麦秸撒上，弄张破席铺上，把被窝一展，让两个捣蛋小子钻了进去。

狗屎榔头就睡。一头一个，俗称"通腿儿"。"通腿儿"是沂蒙山人的睡法，祖祖辈辈都是这样。兄弟睡，通腿儿；姊妹睡，通腿儿；父子睡，通腿儿；母女睡，通腿儿；祖孙睡，通腿儿；夫妻睡，也是通腿儿。夫妻做爱归做爱，事毕便各分南北或东西。不是他们不懂得缠绵，是因为脚离心脏远，怕冻，就将心脏一头放一个给对方暖脚。现如今沂蒙山区青年结婚，被子多得成为累赘，那又怨不得他们改动祖宗章法，夜夜鬼混在一头了。

五十年前的狗屎榔头就通腿睡，睡得十分快活。每天晚上，榔头早早跑到狗屎家，听狗屎爹讲一会儿傻子走丈人家之类的笑话，而后就去睡觉。小西屋里是没有灯的，但没有灯不要紧，狗屎会拿一根苘秆，去堂屋油灯上引燃，吹得红红，到小西屋里晃着让榔头理被窝。理好，狗屎把苘秆去墙根戳灭，二人同时登床。三下五除二退去一身破皮，然后唉唉哟哟颤着抖着钻进被窝。狗屎说：俺给你暖暖脚。榔头说：俺也给你暖暖。二人就都捧起胸前的一对臭东西搓，揉，呵气。鼓捣一会儿，二人就互搔对方脚心，于是就笑，就骂，就蹬腿踹脚。狗屎娘听见了，往往捶门痛骂：两块杂碎，不怕蹬烂了被窝冻死？二人就怵然生悸，赶紧老老实实，把对方的脚抱在怀里，迷迷糊糊睡去。

就这样睡，一直睡到二人嘴边发黑。

后来，二人睡前便时常讨论女人了。女人怎样怎样，女人如何如何。尽管热情很高，他们却始终感到问题讨论不透。榔头说："好好挣，盖屋娶媳妇。"狗屎说："说得对，娶个媳妇就明白啦。"于是，二人白天就各自回家，拼命干活。

十八岁上，二人都说下了媳妇，都定下腊月里往家娶。

这一晚，狗屎忽然说："娶了媳妇，咱俩不就得分开吗？咱通腿十年，还真舍不得。"

榔头想了想说："咱往后还是好下去，一，盖屋咱盖在一块儿；二，跟老的分了家，咱们搭犋种地。"

狗屎说："就这样办。"

榔头说："不这样办是龟孙。"

二

人生的重场戏是结婚。重场戏中的重要道具是床。

床叫喜床。一要材料好，春是好光景，春来万物始发，因而喜床必须是椿木的。二要方位对，阴阳先生说安哪地方就安哪地方，否则会夫妻不和或子嗣不蕃。

狗屎的喜床应该靠东山顶南，榔头的喜床应该靠西山顶南。于是，俩人的喜床就只隔一尺宽的屋山墙。

墙是土坯垛的，用黄泥巴涂起。墙这面贴了张《麒麟送子》，墙那面也贴了张《麒麟送子》。

夜里，这墙便响。有时两边的人听到，有时一边的人听到。

狗屎家的睡醒一觉，听那墙还响，就去扎耳朵边的大脚片子。扎不几下，大脚片子一抖，床那头便问："干啥？"狗屎家的说："你听墙。"狗屎便竖起耳朵听。听个片刻，狗一般爬过来，也让墙响给那边听。弄完了，墙还响个不停。狗屎家的说："你个孬样！看人家。"狗屎便在黑暗中羞惭地一笑，爬回自己那头，又把个大脚片子安在媳妇的耳旁，媳妇再去扎他也不觉得。

狗屎家的仍不睡，认真听那响。一边听一边寻思：离俺尺把远躺着的那女人，长了个啥模样？黑脸白脸？高个矮个？这么寻思着，就一心要见见她。但又一想，不行不行，老人家嘱咐得明白，两个女人都过喜月，是不能见面的，见面不好。

不见面就不见面，反正三十天好过。狗屎家的就整天不出门，只在院里、灶前做点活落。椰头家的似乎也懂，也整天把自己拴在家里。两家如发生外交事务，都由男人出面。男人不在家，偶尔鸡飞过墙，这边女人便喊："嫂子，给俺撵撵！"那边女人便答应一声，随即"欧哧、欧哧"地把鸡给吆过来。两个女人虽没见面，声音却渐渐熟了。椰头家的心下评论：她声音那么粗，跟楠棒似的。狗屎家的心下评论：她声音那么细，跟蜘蛛网似的。

中午，狗屎家的正做饭，忽听街上有人喊："快出来看！过队伍喽！"狗屎家的忙舀一瓢水将灶火泼灭，咕咚咕咚跑向了门外。还真是过队伍。一眼就认出是八路。军装黄不拉唧，破破烂烂，比中央军差得远。可是人怪精神，一边走还一边唱，唱几句就喊个一二三四。当兵的整天喊一二三四，准是好久不在家数庄稼垄，怕把数码忘了。好多人都别着钢笔，怪不得有"穷八路、富钢笔"这句传言。有些兵还胡子拉碴，看来是有家口的，不知他们想不想老婆孩儿……

不知不觉，队伍过完了。有人说，这是老六团，沂蒙山里最神的八路队伍，说打哪就打哪，鬼子最怕他们。狗屎家的听得一愣一愣的，不由得又追了队伍尾巴几眼。

又一眼撒出去，却撒到了一个女人身上。女人站在东院门口，穿一身阴丹士林，脸上几片雀斑，雀斑上方有一对亮亮的东西在朝自己照。

狗屎家的悟出：这是隔墙躺着的那女人。哟，新人见面了，这可怎么办？对了，娘说过，遇到这件事，谁先说话谁好。

说，赶紧说！

可是，向她说啥呢？

正思忖间，忽听那女人开口了："也看队伍？"

听着这细如蜘蛛网的熟音儿，狗屎家的浑身一抖：糟啦糟啦，这一下子俺可完啦。这个浪货，浪货浪货！她狠狠地戳了榔头家的一眼，狠狠地在鼻子里哼一声，转身回家了。

见她这样，榔头家的马上灰了脸儿。

一出喜月，春老爷醒来，要人们用犁铧给他搔痒，但榔头与狗屎没搭成犋。狗屎的老婆不让，说她不愿见东院那爱走高岗的骚货。

榔头明白了缘由，就回家责怪媳妇。媳妇道："俺不抢先说话她就抢先。谁不想个好？"

椰头嘟噜着脸说："弟兄们不错的，都叫娘儿们捣鼓毁了。"

媳妇把嘴一噘："俺孬，俺回娘家。"说着脚就朝门外迈。椰头从后边一下子抱住，边揉搓媳妇胸脯边说："谁嫌你孬啦？谁嫌你孬啦？杂种羔子才嫌你孬！"

春耕时，两家都买不起牛，都用锨锹。

两个女人见面不说话，错过身都要吐一口唾沫。两个男人见面还说话，但也就是"吃啦喝啦"，不敢多说，生怕惹得自家媳妇心烦。

三

别看八路军吃穿不好枪炮不好，却在这一带扎下根了。小鬼子兵强马壮，可就是到不了沭河东岸。

八路扎下根，就开始发动老百姓。从那时活到现在的人都说：共产党就是会发动老百姓，不会发动老百姓的不是共产党。

先是唱戏。把戏班子拉来，连演两天。有出戏也怪，不唱，光说光说。说的是北京洋腔，听了半天才听出眉目：那个俊女人不正经，跟老头的前妻儿子殇伙。后来那小伙子不干了，又跟丫鬟好。后来一家几口人都死了，说是叫电电死的。电是啥玩意儿？那么毒？那么毒就拿去毒小日本呀！另外几出戏虽然唱几句，但也不懂。不懂就不懂吧，老百姓图个热闹就行了。所以有人一边看戏一边议论：还是八路好，五十七军啥年月给咱演过戏？

接着是减租减息。"工作人"把佃户叫到一起问:"你们为什么穷呀?孙大肚子为什么富呀?"佃户说:"人家命好呀,咱们命孬呀。"工作人气得瞪眼,瞪完眼又说:"不是的。是穷人养活了地主。"佃户说:"养活就养活呗。地是人家的,给咱种是面子,不给咱种是正好。"工作人气得骂:"贱骨头!活该受罪!"就散会了。第二天晚上又开,另一个工作人不发火,老讲老讲,一连讲了五六个晚上,把佃户讲转了筋,就合伙去找孙大肚子要他退粮。佃户们扛着粮食回家,见孩子的小肚子凸了起来,便伸手去摸,摸得孩子笑着喊痒也摸不够。

然后是办识字班。工作人说:妇女要翻身,要学文化。就叫大闺女小媳妇聚在一堆学起来。没有本子钢笔,就一人抱一块瓦盆碴子用滑石画。学一阵子还唱歌:

> 呜哩哇,呜哩哇。
>
> 呜哩哇,呜哩哇。
>
> 北风吹起落叶飘,冬来了。
>
> 湖净场光粮藏好,心不操。
>
> 上冬学又是时候了,
>
> 上冬学又是时候了。
>
> 不当游手的流浪汉,满街串,
>
> 别叫庄长会长催,挨户喊。
>
> 自动报名跑在前,

自动报名跑在前。

狗屎家的就是跑在前的。因为她去了一回就觉得那里热闹。原来，她晚上都是和狗屎拉呱儿，但大半年过去也没啥可拉了，一进识字班，晚上回来就又有呱拉了，所以她就很积极。妇救会长看她积极，就叫她当了组长，负责后街的十几户，这一来她就更积极，天天上门动员人家参加识字班。有的人家不让闺女出门，说是听人讲办识字班是为了给八路配媳妇。过了阳历年，识字班里的大闺女都不准出嫁，跟八路排成两排抛手绢，抛着谁就跟谁睡。狗屎家的听了，骂一声"放狗屁"，立即报告了妇救会长田大脚。田大脚手拿铁皮喇叭筒，爬上村中的一棵大榆树，一遍又一遍地辟谣，大闺女们这才陆陆续续走出家门。

后街这片唯独榔头家的没参加，狗屎家的也没上门动员。她让别人去叫。榔头家的对来人说："狗屎家的参了俺就不参。"狗屎家的气得不行，就找田大脚，要她召开妇女大会，狠狠斗争那个落后分子。田大脚没同意，说革命要靠自觉。

一入腊月，识字班又学扭秧歌。没有红绸，就一手甩一条毛巾，甩得满街筒子毛巾翻飞，让人眼花缭乱。有促狭汉子在一边看，就和着秧歌调唱：

哎哟哎哟肚子疼，

从来没得这样的病；

自从进了识字班，

奶子大来肚子圆……

姑娘们听见了，就一齐围过来要斗争唱歌的。唱歌的把手撑在额头上，连声说："对不起，对不起，捏着眼皮打敬礼！"姑娘们便哈哈笑，笑完又去扭着腰肢甩毛巾。

狗屎家的也甩。但她腰腿不灵活，那"转身步"扭得太冒失，让人看了直想笑。于是又有人唱：

狗屎媳妇真喜人，

扭起秧歌大翻身。

肚子一挺腚一扭——

看你翻身不翻身！

狗屎家的听了也不恼，仍旧嘻嘻哈哈地扭，直扭得满头大汗。

狗屎家的整天不在家，狗屎就冷清了。一个人坐不住，就溜达到东院。榔头家的说："跑俺家干吗？宝贝媳妇呢？"狗屎咧咧嘴说："那块货，疯疯癫癫的，可怎么办。"榔头家的说："进步嘛。等去开模范会，又是大饼又是猪肉。"狗屎不再作声，就蹲到地上跟榔头下"五虎"棋。狗屎的棋子是草棒，榔头的棋子是石子。一盘接一盘，谁输了就气得要操这操那，榔头家的在一旁边做针线边笑。

狗屎家的从识字班回来，找不见狗屎，就知道是上了东院。她在院里使劲咳嗽一声："呃哼！"狗屎听见了，就慌忙撇下一盘没下完的棋跑回来。媳妇熊他，嫌他找落后分子，他只是笑。

这一天，狗屎家的回来，在院里咳嗽了一声，但没见狗屎回来；又咳嗽了一声，还不见狗屎回来。于是，她把新绞的"二道毛子"一甩，噔噔噔去了东院。见男人正瞅着棋盘发愣，就一把拧住了他的耳朵："叫你你不应，耳朵里塞上驴毛啦？天天跟落后分子胡混，有个啥好？"

榔头家的听这话太损，就开口骂起来："你先进，让八路都先进你！"

狗屎家的眼里顿时喷出火来，扔下男人就扑向榔头家的。榔头说："甭闹了甭闹了。"把媳妇严严地遮了身后。狗屎家的仍要揍榔头家的，不料狗屎去她身前一蹲一起，她就在狗屎肩上悬空了。男人扛着她朝门外走，她还在男人肩上将身子一挺一挺地骂，那架式活像凫水。

四

根据地的参军运动开展了，村村开会，庄庄动员。

野槐村也开了大会，可就是没有报名的。无奈，村干部把二十多名青年拉出去，关到村公所里"熬大鹰"：不让吃饭，不让睡觉，由村干部日夜倒班训话。青年一个个都叫熬得像腌黄瓜。第三天上，村长又训话，青年说："整天嘴叽叽的，你怎么不去？"

村长脸一白，说："你甭不死攀满牢。俺走了，村里的工作谁干？"
青年便皱鼻子："这话哄三岁小孩还行。"村长哑言半晌，而后
把腿一拍："那好，俺去！这回行了吧？"见村长带头，有三四
个人也应了口。村里把他们放了，剩下的继续熬。但一个个都熬
倒了，还是没有人再答应。

村干部私下里说："看来光这个法子不行，得发挥识字班的
作用。"

于是，识字班就开会，要求妇女"送郎参军"。田大脚讲完，
让大家都表个态度，狗屎家的第一个站出来说："看俺的！"

当天晚上吃饭，狗屎家的说："哎，你去当八路吧？"

狗屎说："甭跟俺瞎嘻嘻。"仍旧往嘴里续煎饼。

"真的。"

狗屎的嘴不动了，左腮让一团煎饼撑得像个皮球："俺连鸡
都不敢杀，怎么去杀人？"

"那是去杀恶人。"

"杀恶人也不敢。"

"那就去当火头军，只管办饭。"

"俺也不。"

以后再怎么说，狗屎就是不应口。

狗屎家的火了："开弓没有回头箭，俺已经保下证了，你去
也得去，不去也得去。"

"俺舍不得你。"

"舍不得俺？那好，从今天起俺就不给你当老婆，叫你舍得！"

果然，当天夜里她就不让狗屎上身了。第二天，也不和他说话，也不给他做饭，晚上隔二尺躲上三尺。

第五天上，狗屎说："唉，有老婆跟没老婆一样，干脆去当八路吧。"媳妇一笑："俺就等着你这句话了。"立马就去村里汇报。田大脚说："太好了，明日就往区里送。"

晚上，狗屎家的杀了鸡，打了酒，让狗屎好好吃了一顿。吃完，女人往床上一躺："这几天欠你的，俺都还你。"这一夜，椰头听见墙一直在响，但他与媳妇没有效仿。他披衣坐在被窝里，一声不吭老是抽烟，一夜抽了半瓢烟末。

第二天，野槐沟送走了十一个新兵。十一个当中，有六个是识字班动员成的。识字班觉得很光荣，就扭着秧歌送。狗屎家的扭了两步却不扭了，说两脚怎么也踩不着点儿。就跟着走，一直走到村外。

狗屎是正月十三走的，二月初三区上就来人，说他牺牲了，还给了狗屎家的一个烈属证。狗屎家的不信，说活蹦乱跳的一个人，怎么会这么快就死。正巧当天本村回来一个开小差的，说狗屎第一次参加打仗就完了，他还没放一枪，没扔一个手榴弹，就叫鬼子一枪打了个死死的，尸首已经埋在了沂水县。狗屎家的这才信了，便昏天黑地地哭。

椰头家的一听说这事，心里立即乱糟糟的，便去了西院，想安慰安慰狗屎家的。不料，狗屎家的一见她就直蹦："都怪你都怪你都怪你！喜月里一见面你就想俺不好！浪货，你怎不死你怎不死！"骂还不解气，就拾起一根荆条去抽，榔头家的不抬手，任她抽，说："是俺造的孽，是俺造的孽。"荆条嗖地下去，她脸上就是一条血痕。荆条再落下去再往上抬时，荆条梢儿忽然在她左眼上停了一停。她觉得疼，就用手捂，但捂不住那红的黑的往外流。旁边的人齐声惊叫，狗屎家的也吓得扔下荆条，扑通跪倒："嫂子，俺疯了，俺该千死！"榔头家的也跪倒说："妹妹，俺这是活该，这是活该！"

　　两个女人抱作一处，血也流泪也流。

五

　　榔头家的养了一个多月眼伤。这期间又正巧"嫌饭"①，吃一点呕一点，脸干黄干黄。狗屎家的整天帮她家干活。推磨，她跟榔头两人推，烙煎饼，她自己支起鏊子烙。就是去地里剜野菜，回来也倒给榔头家半篮子。

　　一个月后，榔头家的拆了蒙眼布，脸上大变了模样。以后狗屎家的跟她说话，从来不敢瞅那脸，光瞅自己的脚丫子。

　　识字班还是办着，但狗屎家的不去了，她说没那个心思。

　　没处去，就去找榔头家的拉呱。拉着拉着，她常把话题扯到榔头家的眼上，骂自己作死，干出那档子事来。一次又这样说，

---

① 嫌饭：指妊娠反应。

榔头家的变色道："事过去就过去了，还提它干啥？你再提，咱姊妹一刀两断！"狗屎家的见她脸板得真，往后就再不提了。

就拉别的。多是拉做闺女时的事。

榔头家的说，她娘家有十几亩地，日子也行，就是亲娘死得早。后娘太狠，动不动就打她骂她，有一次下了毒手，竟把她下身抠得淌血。

狗屎家的说，她爹好赌钱，赌得家里溜光，把娘也气疯了，他还是赌。没有兄弟，地里的粗活全由她干，硬是把个闺女身子累成粗粗拉拉的男人相。

说到伤心处，俩人眼睛都湿漉漉的。

榔头家的会画"花"，鞋头用的、兜肚用的、枕头用的都会。村里女人渐渐知晓了，都来向她求"花样子"，榔头家的常常忙不过来。狗屎家的说："你教俺吧，俺会了也帮你画。"榔头家的说："行。"

榔头家的找出几张纸，一连画了几张样子："喜鹊登梅""鸳鸯戏水""金鱼串荷花""凤凰串牡丹"等。狗屎家的一看，眼瞪得溜圆："俺娘哎，难煞俺了。"榔头家的说："要不你先画'五毒'，小孩兜肚上用的，那个容易。"

狗屎家的就开始画，仍用上识字班用的盆磕子。先画蛐蜒。两条长杠靠在一起是蛐蜒身子，无数条短杠撒在两旁是蛐蜒腿。榔头说："不孬不孬。"狗屎家的笑逐颜开，又接着学画蝎子、蝎虎、长虫、巴蛴子。十来天把"五毒"画熟了，又去学其他的。

一天，狗屎家的画着画着停了笔，眼直直地发愣。榔头家的说："你怎么啦？"

狗屎家的听了羞赧地一笑："嫂子，不瞒你说，这些日子，俺老想那个事，有时候油煎火燎的。"

榔头家的懂了，就说："你想走路^①？"

狗屎家的摇摇头："他死了才几天？"

榔头家的思忖了一下，说："要不，叫俺家的晚上过去？"

"你这是说的啥话。"

"不碍的。"

狗屎家的不抬头。

"今晚上就去？"

狗屎家的仍不抬头。

晚上，榔头家的就跟榔头说了这事。榔头说："这不是胡来么！"媳妇说："她怪可怜的，去吧。"

榔头忸怩了一阵，终于红着脸出了门。

榔头家的躺在被窝里睡不着，就隔着窗棂望天。

天上星星在眨巴眼儿。她对自己说：你数星星吧。

就数。一个两个三个，四个五个六个。

数到二十四，刚要数第二十五，那一颗忽然变作一道亮光，转眼不见了。

---

① 走路：指改嫁。

唉，不知是谁又死了。天上一颗星，地上一个丁。这个"丁"不知是哪州哪县？想到这里，榔头家的心里酸酸的。

门忽然响了。朦胧中，榔头低头弓腰，贼一般溜进屋里。

榔头家的忙问："这么快？"

男人不答话，将披着的棉袄一扔，钻进了被窝。

男人用被子蒙住头，浑身上下直抖。女人问怎么啦，问了半天，男人才露出脸战兢兢地答："俺不去！出门一看，狗屎兄弟正在西院里站着……"

"他？他还活着？"女人也给吓蒙了，"那俺得去看看。"她壮壮胆走出了屋门。

西院的屋里亮着灯，狗屎家的正披着袄坐在床上。一见榔头家的进来，笑了笑说："嫂子，你两口子说的话俺全听见了，快别恶心人了。"

"……"

"说实话，这几天俺真起了走路的心，打谱过了年就找主。可一动这个心，俺就见他站在跟前，眼巴巴地瞅着俺。"

榔头家的明白了。

狗屎家的又说："这辈子俺走不成了。你想，走到哪里他跟到哪里，俺不是活受罪？唉，'狗屎家的'，'狗屎家的'，俺只能让人家叫一辈子'狗屎家的'了……"

一席话，说得榔头家的眼泪滢滢。

她找不着话说，想走。狗屎家的却说："嫂子，你要是疼俺，就陪俺一夜吧，俺害怕。"

榔头家的就脱鞋上了床。

天明回到东院，榔头一见她就嚷："毁啦毁啦。"

女人忙问什么事。榔头说："俺一宿没睡着觉，一合眼，就见狗屎站在跟前，气哼哼地朝俺瞪眼。"女人说："没事，过一天就好了。"

但一天两天，三天四天，榔头还是一合眼就见狗屎。

榔头家的说："这死鬼还真是小心眼，俺去打送打送。"

她买了一刀纸，偷偷上了西北岭顶。在大路上，用草棍画个圈，只朝西北方留个口子，把纸烧了，一边烧一边说："狗屎兄弟，你甭缠磨你哥了。"

打送了以后，榔头还是那样。

狗屎家的就笑着对她说："嫂子，甭打送了，白搭。我倒是有个法儿治那死鬼。"

"啥法儿？"

"叫榔头哥去当八路。"

"当八路？"

"对。当八路使枪弄炮，狗屎怕那个，就不会再缠磨榔头哥了。"

榔头家的想了半天说："那就去当八路！"

村长喜出望外，亲自抬轿，把榔头送到了区上。

这年秋天，榔头家的生下一个小子，取名抗战。

六

榔头家的坐月子，由狗屎家的服侍。狗屎家的白天做饭洗褯子，晚上就跟榔头家的在一床通腿睡觉。

满了月，榔头家的说："你往后甭回去睡了。"

狗屎家的说："行。咱姊妹在一块儿省得冷清。"

于是，两个女人没再分开。

两家一个是烈属，一个是抗属，地都由村里组织人种。两个女人只干些零活，心思都用在孩子身上。抗战爱尿席，尿湿一头，狗屎家的就叫榔头家母子到另一头，自己到尿窝里躺下。刚刚暖干，抗战在那一头又尿了，她又急急忙忙和那母子俩掉换过来。抗战掐了奶，两个女人就烙饼嚼给他吃。你嚼一口喂上，我嚼一口喂上，抗战张着小口，左右承接。

抗战长得风快，转眼间会走会跑。晚上，两个女人一头一个，屈膝屈肘撑起被子，让抗战"钻山洞"。抗战就在一条坎坷肉路上爬，嘻嘻哈哈。爬到头再拐弯时，狗屎家的亲亲他的小腚锤儿说："嫂子，等抗战他爹回来，你再养个给俺！"

榔头家的说："好办。"

可是，鬼子跑了，榔头却没回来；老蒋跑了，榔头还没回来。

两个女人仍旧通腿睡。

这一晚，抗战忽然把脚伸到了不该伸的地方。天明两个女人悄悄商量：得给抗战分被窝了。

七

刚给抗战分了被窝，榔头家的就接到上海的一封信。

是榔头的。榔头告诉她，因为革命需要，他又新建立了家庭，不能再和她做夫妻了。

狗屎家的气得一蹦三尺高，要拉榔头家的去上海拼命。榔头家的却说："算啦，自古以来男人混好了，哪个不是大婆小婆的，俺早料到有这一步。"

晚间上床，榔头家的苦笑一下说："这一回，咱姊妹俩情管安心通腿，通一辈子吧。"

狗屎家的说："只是你不能再养个给俺了。"

榔头家的说："好歹还有个抗战。咱俩拉巴大的，他就得养咱俩人的老。"

狗屎家的擦擦眼泪，挪到床那头，紧紧抱住榔头家的。

不料，当年入伏这天，抗战却在村南水塘淹死了。他跟几个孩子摸蛤蜊，一潜下水就没再露头。被人捞上来时，眼里嘴里都是黑泥。

抚着那具短短小小的尸首，两个女人哭得死去活来。

埋掉抗战已是晚上，狗屎家的拎一只筐在床上，里边放盏灯，再披上一件褂子，然后拉榔头家的到西院睡。她说，孩子死了，要假三夜娘怀才去投胎转世。要是叫小死鬼假了，大人就会得病。咱就叫那只筐当孩子的娘。

但榔头家的不干，依旧合衣睡在床上，狗屎家的只好陪着她。

第三个夜里，榔头家的突然坐起身喊道："抗战！抗战！"

她跟狗屎家的说：刚才梦里见到抗战了，他眼泪汪汪地叫了几声娘，转身走了，眼下刚走出门去。

突然，她下床跑到门口，冲那无边的黑暗喊："抗战，你投胎甭到别处投了，就投你小娘的吧！你小娘把你养大了，你再来看看俺！记住，你爹大名叫陈全福，在上海，听人说要一直往南走……"

这一夜，两个女人一直坐在门口，望着南方，流着泪。

八

若干年之后的一天晚上，有一老一少走进了野槐村。

一汉子遇见，认出那老的是谁，就急忙带他们去了一个破破烂烂的院子。

汉子心急，刚叫了一声就用肩撞门，竟把门闩啪地撞断。

进屋，见壁上挂一盏油灯，灯下摆一张床，床上一南一北躺两个老女人。

汉子说："嫂子，看看谁来啦？"

俩女人侧过脸，眼一眨一眨地瞅。瞅见老的，她们没说话。瞅见小的，却一齐坐起身叫道："抗战。抗战。"边叫边伸臂欲搂。臂间的乳裸然，瘪然。

小伙子倏地躲开。他把老的拉到一旁，用上海话悄悄问："嗲嗲，伊拉一边厢一个头，啥个子困法？"

老的泪光闪闪地说："这叫通腿儿……"

路遥何日还乡

/// 赵德发

第一次听说这话，是在十八年前。

那是我爷爷去世的第三个年头。过年时，我父亲兄弟五个聚到一起商量，要为他树碑。

我们赵家树碑很方便，因为我的一个堂叔就会刻碑。堂叔叫赵洪运，和我父亲拥有同一个爷爷，我爷爷是老大，他的父亲是老三。那天，洪运叔当然也到了议事现场，他用他那双特别粗糙的大手点烟，端酒，还做一些简单的手势参与议论。

我是爷爷的长孙，父辈们让我参与议事，并起草碑文。我把碑文写出之后，念了一遍，父辈们未置可否，都让我给洪运叔看。洪运叔把碑文拿到手，一字一字指点着念道："道、远、几、时、通、达，路、遥、何、日、还、乡……"

我觉得奇怪：我写的碑文不是这样的呵，他为何念出了诗一般的句子？

正这么想着，他忽然停住，又从头指点着念："生、老、病、死、苦，生、老、病、死、苦……"

我更感诧异，心想，碑文怎么又成了"五字文"啦？

洪运叔念完对我说："德发，这碑文字数不合适，再加一个吧。"

我问为什么要加，洪运叔说："大黄道、小黄道都不合。"

经他一番解释我才知道，原来写碑文还有字数方面的讲究，要合黄道。大黄道是用"道远几时通达，路遥何日还乡"这十二个字去套，轮回循环，最后一字落在带"走之底"的字上才妥；小黄道用"生老病死苦"这五个字，同样轮回循环，最后一字落到"生"上才中。我写的碑文，如果再加一个字，那么大黄道、小黄道都合。于是，我就加上了一个。

都怪我早年辍学，读书太少，当年并不明白其中深意。直到我年过半百，为创作长篇小说《乾道坤道》读了一些道教文化的资料，才知道"道远几时通达，路遥何日还乡"这十二个字在中国传统文化中是多么重要。古人认为，子、丑、寅、卯、辰、巳、午、未、申、酉、戌、亥这十二地支是分黄道黑道的，一青龙黄，二明堂黄，三天刑黑，四朱雀黑，五金匮黄，六天德黄，七白虎黑，八玉堂黄，九天牢黑，十玄武黑，十一司命黄，十二勾陈黑。为了便于记忆和查对，古人想出了一个办法，用"道远几时通达，路遥何日还乡"这十二个字对应地支，凡与带"走之底"的字对应的就是黄道。这"十二字黄道法"应用广泛，查日子，撰碑帖，道士们写表文，都会用到。我们知道，道士或者算命先生经常"掐指一算"，他们掐指的时候，心中多是念叨着这十二个字的。

不过，我在念叨这些字的时候，心中却别有况味。"道远几时通达，路遥何日还乡？"我想，这不仅仅是安排几个"走之底"的文字游戏，其实是传达了祖先们的怅惘与哀愁——他们在苦苦寻找吉祥前途的时候，却是黄黑参半，凶吉难卜，一不小心就会误入歧途，栽跟头跌跤，甚至是落入地狱万劫不复。道远路遥，乡关何处？谁来到这世上没有体会？

那天议完事吃饭，洪运叔喝高了。他红着脸向我们保证，一定要把碑刻好，一定误不了清明这天用。后来一遍遍地说，如果刻不好，怎么能对得起俺大爷。说着说着，他弓腰抱头哭了起来。

洪运叔的爱哭是出了名的。他五岁的时候，我三爷爷得了急病去世，撇下他和母亲，日子过得艰难，从此养成了爱哭的习惯。洪运叔大我十岁，我能记事的时候他已经是小伙子了，可我常常见到他哭。他的哭，不分人前人后，有时候在大庭广众之下，受了点小刺激，就抽抽搭搭哭得像个娘们儿。他那时年轻，有一张小白脸儿，满脸泪水的样子颇像古典小说上形容的"梨花带雨"。

不过，洪运叔的脑子非常好使。因为家境困难，他只上过一年夜校，但他后来能读书会看报，还写得一手好字。过年的时候，有好多人家竟然请他写春联。因为他的聪明，本村姓郑的一位姑娘爱上了他，声称赵洪运就是穷得去要饭，她也跟着刷瓢，她父母只好点头答应。他们结婚是 1968 年，搞的是革命化婚礼，不准拜天地拜高堂。我在现场看见，洪运叔和新婚妻子在司仪的指挥下向毛主席像三鞠躬之后，他转身看着我三奶奶叫了一声娘，眼泪哗哗地淌了满脸。大伙都明白，赵洪运哭的是，他们孤儿寡母终出熬出来了。于是，在场观众大多红了眼圈，我三奶奶老泪纵横痛哭失声。

洪运叔的脑子在结婚十八年后更是大放灵光。那时已经搞了"大包干"，庄户人在分到手的土地上干得正欢，洪运叔却做出了关乎他下半生的重大决定。他发现，庄户人有了钱，孝心空前高涨，有越来越多的人给老祖立碑，每年的清明节前，村后大路上都有许多到沭河西岸拉碑的驴车。于是，他在一个夏日里骑上自行车，去了河西马家庄的碑厂。

据说洪运叔学手艺的过程一波三折。他到了那里，向马石匠讲了拜师愿望，可是人家照旧叮叮当当地錾字，连眼皮也不抬。洪运叔在他身边尴尬地站了一会儿，发现马石匠光着的脊背上满是汗珠子，就摘下自己的苇笠，两手架着为他扇风。扇了半天，马石匠还是不理他，洪运叔就悄悄地哭了。等到苇笠把他的泪珠子扇到马石匠的身上，马石匠回头看看他，问道："你爹死了？"洪运叔点点头："嗯。"马石匠问："给没给他树碑？"洪运叔说："没有。"马石匠抬手一指："屋里有纸有笔，给你爹写个碑文去。"洪运叔就看了几眼成品碑上的文字，到屋里找到纸笔，写了"显考赵公讳清堂老大人之墓"一行字。他拿出来给马石匠看，马石匠劈头盖脸骂了他一通："什么熊字，瘦瘦巴巴跟蚂蚁爪子似的。丢尽了你爹的脸，还'显考'，显个屁呀？"洪运叔让他骂得泪如雨下，骑上车子就跑了。回到家，他哭了半夜，第二天去县城买来字帖，认认真真练了起来。除了秋收大忙，他去地里干过一些农活，其他时间全在家中练字。练到腊月，他带上自己写的一些碑文，带上烟酒，又去了河西。马石匠看看他的字，点头道：过完年来吧。此言一出，洪运叔马上又掉了眼泪。

这个过程，洪运叔并没向人透露过，是他家我婶子向人家讲的。婶子一直崇拜丈夫，连他的爱哭也持欣赏态度。她曾经对我说："你叔一个大男人，眼泪说来就来，那也是本事！德发你哭给我看看？"我承认，我遇上再麻烦的事也很难哭得出来，只好向大婶表达对洪运叔的敬佩，说古时候有好多拜师的著名故事，像"慧可断臂""程门立雪"等等，洪运叔的"泪洒师背"，也可以与那些故事相比了。大婶说："那可不。德发你会写文章，你一定要把你叔的故事写出来！"

洪运叔学艺过程中的又一次流泪，是我亲眼见到的。那一天是周末，我从县城回家，在父母那儿坐了一会儿又去看望爷爷。刚刚坐下，洪运叔就来了。他的两片嘴唇像被人扯紧了的橡皮，紧紧绷着，微微颤抖。我爷爷指着他说："你看你看，又要喊（喊，在此读xiǎn，鲁南方言里是哭的意思）。都四十的人了，眼泪还这么现成！"爷爷这么一说，洪运叔的眼泪来得更快，哗的一下就下来了。他一边抹泪一边道："大爷，我闯了祸了……"

原来，洪运叔被马石匠收作徒弟之后，学了整整一个春天。他按照师傅的教诲，"视石如纸，视刀如笔"，每天都在石头上练习刻字，有时候还练到深夜。师傅见他的刻字功夫差不多了，前天南乡来了一个人订做墓碑，师父就让他接活儿。洪运叔听到师傅的吩咐很高兴，因为别人学刻碑都要半年时间，他只学了三个月就被安排正式接活儿。他向订墓者问清楚亡者与后代的姓名，遵循大黄道写好碑文，征得人家同意，人家一走他就干了起来。干到昨天下午，眼看全部碑文快要刻完，他不小心失了手，把孝子的名字刻坏了。那人叫刘贵田，他一錾下去，把里面的"十"字崩掉，让那名字成了"刘贵口"。他不敢对师傅讲，只说家里有急事，骑上车就跑回来了。

说完这些，洪运叔哭道："这可怎么办呢？我真该死，真该死……"

我劝洪运叔别哭，问他，如果马石匠出现这种失误，他会怎么处理。洪运叔说，要找拖拉机把碑拉到费县，请卖碑料的用机器磨平，拉回来重刻。这样，要花上几百块钱，他一是出不起这钱，二是丢不起这人。说到这里，他还是眼泪汪汪。

我爷爷"吧嗒、吧嗒"抽了几口烟，看着洪运叔道："咱自己把碑磨平行不行？"

洪运叔惊讶地看着我爷爷说："自己磨？过去没有机器的时候，就是用人工磨的，可是那样太费劲呀。"

我爷爷说："费劲怕什么？咱们有的是力气。德发，你叫你爹你几个叔快来！"

我三个爷爷，生养的儿子加起来整整十个，除了两个在外工作的，其他八个全在村里。我跑遍半个村庄，向他们一一传达爷爷的命令，他们堂兄弟八个很快到齐。我爷爷说了洪运叔的事情，讲了自己的筹划，八兄弟无一人提出异议。

那天的行动我没参加，因为爷爷让我回县城，保证第二天准时上班。我那时在县委机关当着小干部，在爷爷看来那份工作非常神圣，他常用"忠孝不能两全"这话教育我，让我一门心思干好公家的事情，家里的事可以少管或者不管。

过了几天，弟弟到县城办事，向我讲述了磨碑的经过。

那天下午，爷爷带子侄辈和孙辈共十三人，或骑自行车或坐驴车往二十里外的沭河进发。到了河西岸，大伙停下，只让我四叔和洪运叔赶着一辆驴车去了马家庄。洪运叔向马石匠坦白了自己的失误，马石匠说，我早就看见了，我猜你不可能一走了之。洪运叔流着泪说，我要是那样，还是个人吗？他接着讲，想把石碑拉走磨平。马石匠说，自己磨平也行，为什么要拉走，就在厂里磨不好吗？洪运叔说，不好，在这里磨太丢人了。马石匠笑了笑，就帮他们将坏碑和另一块尚未镌刻的碑一起装上了驴车。

两块碑拉到沭河边的时候已是晚上，我爷爷提着一盏保险灯，指挥后辈将那块被洪运叔刻坏的碑放在地上，将另一块无字碑绑上木头，拴上绳子，扯着它在坏碑上来回拉动。为了增加摩擦力，他还不时从河里打水泼到两碑之间。赵家两代汉子分成两组，轮流上阵，不停地磨，磨……磨到天亮，那块坏碑上所有的字都被磨掉，变得像镜面一样光滑。这时，洪运叔一边哭，一边和我四叔赶着驴车把两块碑石运走。其他人则往河滩上一躺，呼呼大睡……

听完弟弟的讲述，一个想象出来的画面在我眼前挥之不去：沭水泱泱，春风悠悠，爷爷他们披星戴月磨碑霍霍。我很激动，也很遗憾。激动的是，爷爷带领后辈一夜间完成那样的壮举，救了我洪运叔；遗憾的是我没参加这次行动，没能让自己的微薄之力融入赵氏家族的集体能量之中。

所以，洪运叔那天说，刻不好碑，就对不起我爷爷，这话应该是发自他的内心。

洪运叔哭个不止，我的几个叔也让他的哭声勾起了对我爷爷的思念，个个神情悲戚。我爹说，洪运弟，树碑的事就这么定了，你别喊了，回去吧。说罢，我爹示意我去送他，我便把洪运叔扶起来，走出了屋子。

路上，洪运叔又向我讲起当年我爷爷帮他的那些事情，讲了一件又一件，脸上的泪始终不干，惹得街上闲人纷纷注目。

洪运叔的刻碑作坊在村后大路边，两间屋子，墙上有四个楷体大字"洪运碑厂"。门口半亩左右的空地上，横七竖八放了一些碑石，还停着一辆七八成新的摩托车。洪运叔走近门口叫道："德配！"德配是他的独生儿子，那年刚满二十。洪运叔叫过好几声，德配弟才从屋里走出来。那时候城里男孩子流行"郭

富城"头，中分的那一种，德配也赶了这个时髦。他抬手捋弄着
头发，冲我们笑了笑，小白脸上的表情很不自然。洪运叔走到一
块碑前看看，皱眉道："你一上午才刻了五个字，光玩？"德
配说："刻多了，手脖子发酸。"洪运叔瞪眼道："我一天刻一
块碑，手脖子也没发酸！你还不接着干？"德配说："明天吧，
我今天得去一趟县城。"说罢，他走向摩托车，潇洒地抬腿迈上
去，扭头冲屋里说："郑玲，走吧！"他的话音刚落，只见红光
一闪，一个穿大红羽绒服的女孩从屋里跑出来向他奔去。还没等
我看清楚，德配就发动车子，带着女孩窜到了大路上。洪运叔跺
着脚指着他们喊："又去作死！又去作死！"不过，他的叫骂反
而给摩托车加了速，眨眼间，两个年轻人就绝尘而去。

　　洪运叔往碑石上一坐，又哭了起来："老天爷呀，我上辈子
做了什么孽，养了这么一个不要脸的东西！"

　　我问他，那女孩是谁家的闺女，他说，是郑全义家的。我听
了十分惊讶，因为郑全义与洪运叔的岳父是没出五服的堂兄弟，
郑玲应该叫我婶子姐姐，德配应该叫郑玲小姨的。我说："他俩
如果在谈恋爱，真是不合适。"洪运叔说："谁不说呢！你想，
他俩要是成了亲，我跟我儿不就成了连襟了吗？咳，丢死人了，
丢死人了！"

　　我问，德配和郑玲是什么时候好上的，洪运叔说，已经有半
年多了。德配去年整天嚷嚷着要买摩托，而且要那种进口的"雅
马哈"。他起先不答应，怕不安全，但经不住德配整天缠磨，就

答应了。哪知道，德配有了这辆全村最好的交通工具，却没有多少需要外出办理的业务，就经常骑上它在村里串，遇见漂亮女孩就要带人家进城。那个郑玲，坐着摩托车进了一次县城就跟德配黏糊起来，一有空就找他玩，让爹娘打骂过多次也不改。

我知道，近年来的农村可谓"礼崩乐坏"，原来被严格禁止的一些事情，如未婚同居、同姓男女结亲之类的事情越来越多，大家已经见怪不怪。但像德配和郑玲这种关系，有点乱伦的意思了，让人真是不好接受。

洪运叔长叹一声说："唉，德配成了臭狗屎，我在庄里怎么有脸见人？你婶子更惨，她连娘家都不敢回了……"

我见他难过，就转移话题，问他给我爷爷刻碑用什么样的石料。他说，早就留好了。说罢，他把我带到门边，揭开一块草苫子，指着下面的碑石让我看。我一看便知，那是上等的"费县青"，磨好的碑面上闪耀着淡淡的青色，显得典雅而肃穆。我连声说好，问这样一块碑石值多少钱，洪运叔摆着手说，甭说钱的事，甭说钱的事。

他走进屋里，拿着一卷黄黄的纸钱走出来说："德发，趁你在这里，咱们拜拜碑吧。"我知道，他们石匠每刻一块新碑，动手之前都要烧纸磕头，一方面祈求神灵保佑，一方面也是向墓碑主人表达敬意。所以，等到洪运叔把纸钱点着，向着碑石虔诚礼拜时，我也在他身后跪下磕了头。

办完这事，洪运叔让我进屋坐坐。他这地方我来过多次，这次进去发现，屋里基本上还是老样子，迎门一张八仙桌，上面放了文房四宝；靠北墙放了半截碑石，上面放了茶具；南墙的窗下，则支着一张床。唯一的变化，是正面墙上贴了一整张宣纸，上面用正楷写了四个大字："德配天地"。

我知道，洪运叔读过一些书，给儿子起名为"德配"，意思是让他时刻记得，人生在世，应该像庄子说的那样，德配天地。他现在把这四个字写在这里，大概是为了警示儿子吧。

洪运叔见我看那字幅，摇头道："咳，本想让他德配天地，现在是德配狗屎了！德发，你有空劝劝你兄弟，我是没有办法了。"我点头道："好吧。"

这天晚上，我正和父亲喝茶说话，只听院门一响，接着是一声故意显示自己存在的咳嗽声。我起身到门口看看，来人也正好走到了屋檐下面——是德配。我说："德配弟来啦？"德配话音里带着不悦："来了。我爹说你找我，我知道你找我干啥。"我笑着说："哦，你知道？"德配将两眼一瞪："不就是劝我别跟郑玲好吗？大哥我跟你说，甭看你在县里当官，你的话在我这里屁用不中！我就是要跟郑玲好，谁也劝不了我！"说罢，他扬长而去，还把院门摔出一声重响。

我回头对父亲说："你看这孩子，他怎么这样！"

我父亲摇头道："真没想到，咱家出了这么一块货！你爷爷活着的时候说过，咱赵家没有这号种，都是叫电视电的！"

我知道，自从电视机出现在农村，它带来的现代理念，它展示的城里人的生活方式，在很大程度上改造了农民尤其是青年农民，正面效果有，负面效果也有。这也是中国几千年未有之大变局之一。

清明节是为我爷爷立碑的时间。父亲在电话里和我说，他们先去拉碑，让我和二叔回村后直接去林地等着。我和在县供销社工作的二叔一起早早坐车，七点钟就到了位于村东的赵家林地。然而等了半个多小时，却一直不见我爹他们过来。正要回村看看，两辆扎着红彩带的拖拉机载着我爹他们来了。拖拉机停下，众人把盖了大红布的墓碑以及碑座抬到我爷爷坟前。

这当空，我发现洪运叔的脸上有几条红道道，眼角带着泪水。我想，泪水在他脸上不是稀罕物，但那红道道是怎么回事？问过我五叔，才知道去拉碑的时候出了乱子：我爹兄弟五个本来凑了一千块钱，准备给洪运叔的，可是洪运叔说，大爷待我恩高义重，给他刻碑就当作报恩，钱是决不能收的。可是德配不干，往他大爷爷的碑上一坐说，不给钱，谁也别想把碑拉走。洪运叔气坏了，上去就打儿子，可是儿子却把他一拳捅出老远，让他碰到别的碑石上把脸划伤。我的几个叔都气坏了，一齐上去痛打德配，打得他嗷嗷叫唤。打完了，我爹把一千块钱捽给他，然后把碑装车运走。

我二叔听说了这事，恨恨地说："应该把那块货拉到这里，当着祖宗的面再把他狠揍一顿！"

大家开始树碑。先把碑座安好，再和好水泥浇在碑座的石窝里，七八个人合力把碑抬起，小心翼翼栽上去。

我退后几步，打量一下这碑，发现洪运叔真是下了功夫：最上面"祖德流芳"四个大字是阳文、颜楷，雄浑凝重；碑文则用阴文、汉隶，庄严肃穆。碑的两边分别刻有"梅、兰、竹、菊"四种花草，碑的下面则是荷叶莲花。可以说，这块碑，体现了洪运叔刻碑技艺的登峰造极。

洪运叔拿出锤子錾子，在碑前用作香炉的石头上凿窝。这是一项风俗，叫作"攒（錾）富"，都由石匠在现场完成，完成之后要得赏钱的。洪运叔做这件事的时候，一直泪流不断。我猜，他肯定是想起了我爷爷在沭河滩上率众磨碑的那一幕。

等他凿完，我爹说："洪运弟，知道你不会要赏钱，就不给你了。"

洪运叔抽抽搭搭地说："大哥，你要再提钱的事，俺就在俺大爷的碑上一头撞死！"

我爹不再多说，指挥大家燃放鞭炮，而后给我爷爷上香，上供，烧纸，磕头。

此后一段时间，我因为单位的事多没有回村。想不到，有一天下午我正上班，洪运叔突然闯进办公室眼泪汪汪道："德发，你有钱快借给我一点，你兄弟住院了！"我问怎么回事，洪运叔说，德配带着郑玲去赶集，路上摔倒了，两人都受了伤，让救护车拉到了县医院，他得到消息后刚从家里赶来。我急忙去银行取了两千块钱，和洪运叔去了医院。

到急诊室向医生打听一下，一个小时前他们果然收治了两个摔伤的年轻人，男的磕破了脑袋，已经包好；女的嘴唇撕裂，正在做缝合手术。我们跑去外科手术室，发现德配的额头上蒙了一块雪白的纱布，呆呆地坐在那里。问他郑玲在哪里，他抬手向手术室的一扇门指了指。洪运叔含泪责问德配，怎么会把人家摔伤了？德配不讲，只让他爹到住院处交钱。洪运叔下楼后，我问德配到底是怎么回事，他坏笑了一下："叫感情逼得呗。"他告诉我，以前每次带郑玲出去玩，二人在车上都会忍不住亲嘴。这一回他俩在路上又亲，他把头扭回去，刚刚够到郑玲的嘴唇，没料到车子撞上了一块石头。我拍拍他的肩膀说："兄弟，感情再怎么逼，那些高难动作还是不做为好。"德配吧嗒一下嘴说："可我忍不住呵！"

洪运叔交上钱回来，我们等了半个小时，郑玲被护士从手术室里推了出来。她嘴上蒙了纱布，看到我们，泪水立刻流到了耳边。

郑玲在医院住了七天，花掉三千块钱。这期间，她的家人谁也没过来看望，只有德配一个人在那里陪护。出院那天，我正准备过去看看，德配却到了我的办公室，说郑玲已经走了。我问，郑玲去了哪里？德配说，她自己说，可能去南方打工，也可能去九华山当尼姑，反正是不想回家了。

后来我听说，郑玲从此失踪，一直没和家里联系过。几年下去，村里有个在外打工的人回来说，他去九华山进香的时候看见一个尼姑像郑玲，嘴唇上有一道伤疤。我想，如果那真是郑玲，不知她起了个什么样的法名，在佛前做过多少次忏悔？

德配却没有多少悔意。他照常骑着"雅马哈"四处游逛，能坐下来刻碑的时间极少。这年冬天，他用摩托车驮回一个姓崔的女孩，对父母说，他又有老婆了。那个小崔也开放得很，当天晚上就睡到了德配屋里。洪运叔和我婶子气得通宵未眠，天明时共商一计：为了赶小崔走，吃饭的时候不给她摆碗筷。想不到，这个计策第一次实行，就被两个年轻人彻底粉碎：人家并肩一坐，共用一副碗筷，你喝一口，我喝一口；我夹菜给你吃，你夹菜给我吃，脸不红心不跳，其乐融融。我婶子出来对邻居说：没见过小崔这样的，拿脸当腚使！

见小崔住下不走，洪运叔拐弯抹角问出了小崔的地址，就坐车去了二百里之外她的家中。一讲这边的情况，小崔父母万分惊讶，说光知道闺女在外头打工，好几个月不回家，没想到她办出这事儿！洪运叔让他们快去把闺女领走，老两口急急遑遑跟着他过来。可是小崔却对父母说，她找到真正的爱情了，不可能离开这里的。父母见闺女这般顽固，扑上去痛打，德配却抄起刻碑用的锤錾要和他们拼命，吓得他们狼狈逃窜。

小崔和德配同居半年，眼看肚子变大，洪运叔只好让他们去乡里登记，给他们举行了婚礼。那顿喜酒我没能去吃，因为我已调到日照，离家较远，那天也恰巧有事抽不出身来。

听说，小崔几个月后生下一个女孩。洪运叔老两口也接受了这个起名为雯雯的孙女，高高兴兴地当起了爷爷奶奶。几年后我有一次回村，亲眼见到洪运叔把孙女举到面前，用胡子把她扎出一串串笑声。我还发现，碑厂的门口有一块石板，上面凿出了一双小手。我问这是谁的手，洪运叔说，是雯雯的。他让孙女把手放上去，他拿笔画出轮廓，然后一锤一錾凿了出来。他说，孙女的一双小手在这里，他休息的时候一边抽烟一边看，心里要多甜有多甜。

德配有了老婆孩子，似乎也有点浪子回头的意思。他偶尔骑着摩托外出游逛一回，多数时间都是坐在那里刻碑。听洪运叔讲，德配干活到底是不扎实，干上一小会儿就说手脖子发酸，必须到屋里喝茶抽烟。

后来，德配又一次骑车外出，带回来一个铁皮小箱子，里面装了一件和吹风机模样相似的东西。他对父亲说，以后刻碑，再不用一锤一錾出力流汗了。原来那是花三百块钱买的电磨，可以用它刻字。洪运叔不信，德配就表演给他看。只听电磨吱吱响过，石尘飞起处，文字的笔画被刀片迅速地切割出来。洪运叔看了感叹不已，说自古以来刻碑离不开锤錾，没想到今天换了这种家伙。德配将电磨操作熟练后，用它正式刻碑，效率果然提高了许多。但他懒惰，干一会儿歇一会儿，洪运叔就把电磨拿过去自己学着用。他脑袋灵活，很快掌握了操作要领。他原来一天只能刻一块碑，现在能刻两三块，喜得他经常抚摸着电磨说：真是个好东西，真是个好东西。

过了几年，德配又买回了更好的东西：电脑刻绘机和喷砂枪。这样一来，碑文就不用洪运叔写了，德配把它输入电脑，确定了字体与规格，会直接在一种专用贴片上刻出文字轮廓。把贴片敷到碑面上，抠掉笔画用喷砂枪打，随高压气流喷出的金刚砂转眼间就在石头上打出阴文的凹沟。打遍所有的字，把保护膜揭掉，一块墓碑就刻成了。

洪运叔虽然脑瓜灵活，却没能学会电脑，因为他一看屏幕就发晕。这样，电脑刻绘都是由德配操作，洪运叔只负责碑文撰稿和喷砂。写碑文他大多放在晚上，白天都是戴一个灰不溜秋的大口罩，手拿喷砂枪，趴在机器上埋头干活。我有一次回家时去看望他，问他用机器刻碑的感觉如何，他说，快是快，可是电脑里只有几种字体，刻出来的碑文就那几种模样，太单调了，哪像过去我用毛笔写，可以像书法家那样，来点个人风格，来点变化。我说，这就是高科技对于传统工艺的伤害啊。

不管怎样，洪运碑厂的效率大大提高，挣钱比以前多得多了。很快，洪运叔买了一辆农用三轮车，让德配开着去费县拉料石，不再让人家来送。原来刻好了碑，都是订碑的人家找车来拉，现在则让德配开车去送。这样一来，收入进一步增加。

德配头脑灵活，还推出了墓碑的新制式。前些年洪运叔做的碑，模样差不多，都是一个长方形石块，只按高低宽窄分成几种规格。有人想给老祖要一块更好的碑，在洪运叔那里一般通不过。譬如说要个戴帽的，那么洪运叔就要仔细询问一番，死者或者他的子孙是不是有功名。这个功名，放在今天解释，应该是县处级以上干部，或者有高级职称，如果达不到这些级别，他决不会给人家做。还有人想在碑上镌龙刻凤，洪运叔更是严辞拒绝，说那是皇上皇后才能享受的待遇，平民百姓万万用不得。然而德配不听他爹那一套，说那些老规矩该进历史的垃圾堆了，现在是商业社会，谁刻得起就给谁刻。他从费县直接拉来一些碑帽和刻有龙凤图案的碑石，以及碑框、抱鼓石之类，在自家碑厂树起一个华贵标本，标价五千，谁来了就向谁热情推荐。有人见那碑确实好看，做孝子贤孙的念头空前强烈，就欣然同意签了订单。洪运叔知道自己无力阻止这些事情，只好躲到屋里，一门心思用喷砂枪刻碑去了。

三年前的清明节，我按惯例回家上坟。刚走到村后，就见洪运碑厂那儿聚集了许多人闹闹嚷嚷。我停车下去看看，原来德配正和一群人在吵。他脸红脖子粗，老是重复一句话："没改！就是没改！"与他对吵的几个人指着旁边的一块碑说："你就是改了，你就是改了！"我发现，其中一人是我的初中同学韩永先，就把他扯到一边问怎么回事。韩永先也认出了我，恨恨地说："你这个兄弟呵，真是够呛！"他嘴喷白沫，愤怒地讲了德配骗他的事情：他上个月到这里订做了一块碑，打算清明节给父亲树，今天一早德配开车把碑送去，拿到钱就走了。可是他发现，这碑有些蹊跷，上面除了刻好的碑文，还能影影绰绰看出另外一些字。原来那是一块坏碑，用胶和了石面子糊平，重新刻的，他就立马把碑拉来，要讨个说法。

我听了韩永先的诉说，去看那碑，发现上面果然是字后有字。

我遏制不住满腔怒火，对德配说："你办这种事也太损了！还不快赔人家钱，向人家道歉！"

德配却梗着脖子说："我没改，凭什么赔他钱？这块碑，他们想要就拉走，不想要就放在这里！"

韩家人被他的态度彻底激怒了，一个个咬牙瞪眼跺脚痛骂。

这时，洪运叔从屋里走了出来。他手拿一卷钱，泪流满面，走到韩永先面前把钱往他手里一塞说："对不起，实在对不起……"说罢，他往那块坏碑前"扑通"一跪，高喊一声："奇耻大辱呵！"接着就将头往碑上重重地磕，每一下都磕出好大的声响："咚、咚、咚、咚……"我急忙上前拉他，他往我身上一歪，眼睛紧闭手脚抽搐。我喊他几声，见他没有任何反应，急忙叫过德配，把他抬到我的车上，向县城飞奔而去。路上，我眼看着洪运叔脑门那儿迅速鼓起一个紫黑色的大包。

到了医院，洪运叔还是没有苏醒。医生看了看，开了单子让他做多项检查。做 CT 的时候，我和德配在走廊里等待，问他那块碑到底是怎么回事，他低头搓手，向我说了实话。原来，两个月前莲花官庄有兄弟俩来订碑，他极力推荐那种豪华型的，兄弟俩当时都答应了，并且交了五百块钱订金。碑刻好以后，兄弟俩却过来说，这碑他们不要了，因为两个人的媳妇坚决不同意订豪华碑，说她们的公公是个窝囊庄户人，一辈子连个小队长都没当过，凭啥花那么多钱树那种戴帽的碑。妯娌俩火气很大，不但不准树豪华型的，连经济型的也不准了，兄弟俩无奈，只好过来退碑。

德配觉得这碑废了太可惜，就去买来云石胶，和上石粉，把那些字抹平了重刻，没想到，叫老韩家人认了出来。

我问德配："在这碑上做手脚，你爹知道吗？"

他说："怎么能让他知道？那几天他正好下地种花生，不在碑厂，我自己搞的。"

洪运叔的诊断结果出来了，是严重脑震荡，需要住院治疗。我对德配说："常言道，害人如害己，你这回信了吧？"

德配吧嗒两下嘴说："也怪我爹——把钱退掉就行了，他撞碑干啥呢？"

我说："我理解他。在他眼里，诚信与名声是比生命还重要的东西，他怎么能容忍你对客户的欺诈和对死者的侮辱？"

德配不吭声了。

我回日照之后，多次打电话向我弟弟问洪运叔的情况，得知他在县医院住下后，一直昏迷不醒。伺候他的是我婶子，德配只是偶尔过去看望一趟。那个小崔，只带着孩子去过一次。半个月过后，洪运叔还是不醒，德配说，成植物人了，再住下去白搭钱了，就把他拉了回去。好在我三婶能用心服侍，通过插在洪运叔鼻腔的一根管子，天天往他胃里灌营养汤，另外天天给他接屎接尿，擦洗身体。

此后一段时间里，德配办了一件大事：把碑厂和家搬到了县城。他在城西公路边租了一块地，建起几间房子，挂出了"德配石刻厂"的牌子。他还在城里买了一套房子，把爹娘和老婆孩子都拉到那里居住。他向人说，到县城住，事业发展空间大，另外，给他爹看病方便，孩子上学方便。有人说，德配是坏了名声，没脸在村里住了。也有人对他的做法给予积极评价，说他是良心发现，懂得尽孝了——他爹一辈子没住过楼房，现在就是躺在那里做植物人也是幸福的。

洪运叔做了幸福的植物人之后，我到县城看过他。德配买的房子在一个新建的小区里，三室一厅，一百四十平方米，我去时只有婶子在家。我到洪运叔床前叫过一声，发现他眼角有泪，然而我再喊他，他却没有任何反应。婶子告诉我，洪运叔虽然成了植物人，可他还是爱哭，一天到晚泪水不断。

我默默地看着洪运叔，不知不觉也湿了眼窝。

洪运叔在县城躺了半年，终于有一天停止了流泪，也停止了呼吸。德配将他在县城殡仪馆火化成灰，送回村里，埋进了赵家老林。我去送殡时，发现德配连一个泪珠子也没掉。几个堂兄弟在一起议论这事，有一位说，他经过认真回忆，就没记得德配哭过。另一位说，那是因为洪运叔太爱哭，把两辈人的泪水都用完了。

再后来，我听说德配在县城发达了。他购置了大型数控刻碑机，不光做死人的生意，也做活人的生意。县城里的一些单位，这几年贪大求洋，竞相在门口放一块巨石，刻上单位名称或者豪言壮语，有的还要弄来大块的泰山石以辟邪，这些工程他都能承办。他还上了石雕项目，雇来许多工匠，雕刻出众多的人物和饰物。我回老家时都要经过"德配石刻厂"，见那个大院里不光陈列着墓碑、牌坊、狮子、石塔之类，还有好多个毛泽东、好多个孔子、好多个维纳斯女神、好多个观音菩萨，林林总总站成一片。

去年夏天，我陪一帮外地朋友在日照海边游览，遇见一群泳装美女正在沙滩上摆出各种很性感的造型照相。照着照着，一位只穿泳裤、严重发福的中年男人跑上去与她们合影，并且十分夸张地打出"V"形手势。

摄影师摁快门时大声喊："口袋里有什么？"

美女和中年男人齐声应道："钱！"

我发现，有些人拍照时说"钱"而不说"茄子"，脸上的笑容会更加灿烂。

不过，我觉得那个中年男人面熟。仔细一看，哎哟，这不是我的德配弟吗？

我喊他两声，他发现了我，急忙拽着大肚子底下的小裤头跑了过来。我问他，怎么和这群美女搞到了一起。他嘿嘿笑着说，县里成立了模特协会，他提供赞助，当上了顾问，今天和模特们来海边拍写真照。

说话间，一位身材匀称、肌肉发达的老男人走了过来。我一看，原来是县文化馆的老符。德配介绍说，他是县模特协会的会长。符会长不自然地笑着和我握手，说，退休了，再找点事儿干干。我知道这人以前搞舞蹈，绯闻一直不断。现在退休了，又找这事儿干，可谓宝刀不老。

得知我和德配的关系，老符一个劲地向我夸奖德配，说赵总是个非常有文化有品位的企业家，是个有造诣有成就的石雕艺术家，有了赵总的鼎力相助，咱们家乡的模特事业才开始起步，并走向辉煌。我冷笑道：你们俩是珠联璧合了。

刚说完这话，那边一个高个子小美女不知有什么事，连声喊叫："会长，赵总，你们来呀！"我让他俩快忙，转身领着朋友走了。

那年冬天，家乡几个族老到日照找到我，商量续修《赵氏族谱》的事情。族之有谱，犹国之有史也。赵家那位老祖宗明朝初年从江苏东海县过来，在沭河东岸停下脚步，筑屋垦荒，娶妻生子，五百年后他的子孙遍布鲁南几十个村庄，把这个繁衍过程完整地记载下来很有意义。我与他们仔细商量了撰稿、筹资、印刷、发谱等具体事宜。我们商定，这一次修谱实行重大改革：不再沿用千百年来家谱上只有男性的传统，让女性也上。不只记录赵家男子配偶的姓名，也记录每一位女性后代。已婚者还要注明嫁往何处，丈夫是谁。关于族谱印刷及出谱庆典的费用，我们决定让赵氏家族每人出两元钱，多者不限，尤其是欢迎有财力者踊跃捐献。这笔钱的收集，每村安排两个人负责。

我弟弟和一个堂弟负责收集我们村赵姓人的钱。我回家过年时，问起收钱的情况，弟弟说，遇到麻烦了，德配就是不交。我问怎么回事，弟弟说，本来觉得德配有钱，捐个一千两千的不成问题，没想到把这意思跟他一说，他嗤之以鼻，说已经到了二十一世纪了，还搞这些封建时代的老把戏干屌？他不但不捐献，连每人应交的两块钱也不交。他说，他的名字，上谱不上谱无所谓，因为他现在已经上了《中国企业家大辞典》《中国艺术家大辞典》《世界杰出华人大辞典》，还有希望上新修的县志，一部小小的《赵氏族谱》算什么？

我听了弟弟的转述，苦笑加长叹，唯此而已。

今年，是洪运叔去世三周年。清明回家上坟，我见他的坟前光秃秃的，就对弟弟说：德配是刻碑的，就不能为他爹树一块？弟弟说：听说德配已经刻好了，嫌清明节太忙，打算上三年坟的时候树。

五月十六是洪运叔的忌日，我那天请假回了老家。到林地里看看，见赵家人到得很少，尤其是青壮年，只有五六个而已。我知道，多数青壮年都外出打工去了。我忧虑地道：等一会儿树碑，这几个人抬不动呵。弟弟说：没问题，德配厂里有人，还不带来几个？

果然，德配坐着奥迪轿车过来时，带来了一辆汽车、一台吊车和好几位精壮汉子。

老少三个女性从轿车上下来，直奔洪运叔的坟前，那是洪运婶子、她的儿媳妇小崔和孙女雯雯。婶子和小崔到了坟前放声大哭，正上初中的雯雯也跪在那里擦眼抹泪。

赵家的女人们自然围上去劝慰。让人不解的是，我婶子和雯雯很快止住哭泣站了起来，小崔却哭倒在坟前，谁也拉不起来。我想，身为儿媳，这样痛哭，心里肯定有事儿。

我四婶到我跟前小声说："大侄，小崔这么能喊，你知道为什么不？"

我摇摇头，说不知道。

四婶说："听说，德配整天玩摩托，把她气得够呛。"

我说："德配有小汽车了，还玩摩托干啥？"

四婶说："我也不明白。这个小崔也真是，男人玩个摩托，就值得你这样喊？"

我突然明白，摩托，乃模特也。

那边，德配正一手扦腰，一手指挥，让工人们用吊车把墓碑的组件一一卸下，在坟前快速组装。不到半个小时，一座在我家乡十分罕见的豪华墓碑就树了起来。它用上等的费县青石做成，又高又大。它上有石帽，下有莲花座，两边的框上刻着两条龙，都是脚踩祥云张牙舞爪。

我再去看碑文，却发现了一个问题：它不合黄道。

我的心"咯噔"一跳。因为我记得，洪运叔当年讲过，如果碑文不合黄道，墓主的阴魂会流落野外，找不到回家的路。

"道远几时通达，路遥何日还乡？"

我想，洪运叔的魂灵如果看到儿子为他立的碑，一定会反复念叨着这两句话，在荒野中大泪滂沱、奔走号哭的。

我们分到了土地

/// 刘玉栋

一

那天早晨醒来后，我听到马儿咴咴的叫声。从被窝里爬起来，透过朦朦的窗子，我看到我们家院子里的枣树下面拴着一匹马。马是枣红色的，正垂着脖子啃一捆秆草。枯败的枣树枝条上挂满白霜。秆草湿漉漉的，马鬃也湿漉漉的。马儿抬起头，朝窗子这边看了一眼。我这才感觉到冷，我发现自己还光着身子。

那是一个深秋的早晨。

我穿好衣服，来到院子里。爷爷蹲在离马儿不远的地方，他抱着烟袋，几乎是蜷缩着坐在那里，他瘦小的身子骨那么一缩，就像一个长年蹲在屋檐底下的咸菜缸子。刚才在窗子后面，我没有看到爷爷。这时候，爷爷看到了我，也许他看到了我眼里的迷惑。

　　爷爷说："咱家的马。"

　　爷爷的喜悦之色再也无法掩藏，他突然不自觉地乐了，乐出声音来，他的每一道皱纹里都乐出声音来。

　　我闻到一股淡淡的马粪味，就像这深秋的早晨一样清凌凌的。

　　我说："这不是咱家的马，这是生产队的马。"

　　爷爷的喜色已经收敛，他不再理我。他的目光集中在马上。这时候他站起来，抓起立在墙边的扫帚，一下一下地扫起马的身体，草屑和土块纷纷落下。有一根马毛飘起来，飘得很高，它从枣树的树杈间穿行，闪着金色的光。

　　太阳升了起来。

　　我说："爷爷，这下我有马骑了。"

　　爷爷说："马可不是叫你骑的，马是来犁地的。"

　　我说："我们家没有地。"

　　这时候，我听到母亲在院子外面喂猪的声音。我觉得我该去上学了。

　　我说："我该去上学了。"

　　爷爷说："今天不去上学了。"

　　爷爷并没有瞅我，说这话的时候，还在给枣红马清扫着身子。

　　我说："今天不是星期天。"

　　爷爷说："不是星期天也不去上学了。"

　　母亲从外面走进来，手里提着泔水桶，她看到我站在那里愣神，就说："刘长江，你还不去上学，你看现在都什么时候了，太阳都一扁担高了，你还不去上学。"

我说："今天不去上学了。"

母亲说："今天不是星期天，为什么不去上学？"

爷爷放下手里的扫帚，他一边往烟锅子里摁着烟末，一边说："今天分地，今天不是星期天也不去上学了。"

接着，爷爷擤出一把鼻涕，随手甩在潮乎乎的院子里。

爷爷说："等一会儿去生产队分地，抓阄儿。你看看我这双手，糙得跟锅底似的，你看看。"

爷爷叼着烟袋，伸出一双大手来。

爷爷说："我想让刘长江抓，他手干净，脑子也干净，没有私心杂念；刘长河不行，刘长河是老二，老二不能抓；要说老小也行，可是老小，刘土地，他脑子不灵。我想了想，还是刘长江抓。"

母亲愣怔片刻，说："那就不去上学了。"母亲听到刘土地的哭声，放下泔水桶，进屋去了。

爷爷让我去换一件干净衣服。我不太情愿地去了，我不喜欢穿干净衣服。一会儿抓阄儿的时候，那么多人盯着我，我不自然。我已经十三岁了，我觉得一个十三岁的人，穿着新衣服去抓阄儿，肯定会被别人笑的。但我还是换了，因为我可以不去上学了。抓完阄儿后，我可以去村东的苹果园里坐上一会儿，看看有没有野兔子的行踪。

换好衣服，我重新回到院子里，看到刘长河正站在爷爷跟前。

刘长河说："爷爷，刚才我去解手了。"

刘长河从来不说拉屎屙尿一类的词儿，他对谁都说他去解手了，虽然他只有九岁。他把头发向后梳得很整齐，并且用水顺过，头发紧紧地贴在他的脑瓜皮上。我知道他是在学习村南的马东。马东是镇上兽医站的兽医，人能把整个胳膊伸进牛屁股里，可他的头发从来都不乱。

刘长河说："你跟刘长江说的话我都听到了。"

爷爷说："你还不去上学？太阳都一扁担多高了，你还不去上学？"

刘长河说："我也不去上学了。刘长江不去上学我也不去上学。"

爷爷说："刘长江不去上学他去抓阄儿，你不去上学你去干什么？"

刘长河说："我也去抓阄儿，刘长江能去抓阄儿，我为什么就不能抓阄儿？"

爷爷说："刘长江是你哥哥。"

刘长河说："那我换名字算了，我叫刘长江，他叫刘长河。我叫刘长江，我就是他哥哥。我是他哥哥我就可以去抓阄儿。"

母亲领着刘土地从屋子里走出来，母亲说："刘长河，你较什么劲啊你，你再不去上学，我揍扁了你。"

刘长河说："刘长江不去上学我就不去上学。"

母亲说："刘长江不去上学他去抓阄儿，你不去上学我揍扁了你。"

刘土地看到母亲发火儿就嘿嘿地笑。刘土地的下嘴唇非常宽阔，就跟土地一样宽阔。刘土地笑着对母亲说：屙尿。

大家都知道，刘土地说拉屎的时候，屎就已经拉到裤子里了；刘土地说屙尿的时候尿也已经撒到裤子里了。大家都知道，母亲又要扇刘土地的耳光。"啪"一声，刘土地的左脸红了。刘土地就哭。

刘长河说："揍扁了也不去上学。"

爷爷说："不去就不去吧，今天分地，你们都去，老天爷一看人多，就能分给咱们好地。"

我躲在爷爷身后，尽量地缩着自己的肩膀，我怕前面的人看到我。那件深蓝色的学生装很硬很板，就像牛皮纸做的一样。我的脖子开始不舒服起来，来回蹭几下，反而更厉害了。刘长河领着刘土地跟在我的身后，刘长河也换上一件干净的衣服，他过于俊俏的脸跟我们的弟弟刘土地形成强烈的反差，这时常令我们的母亲李秀英悲喜交加。每当有人对刘土地过于关注的时候，我们的母亲李秀英就指着刘长河说："这是我的儿子刘长河。"现在，母亲正在家里洗我们的衣服，照顾我们家的枣红马。

我们跟在爷爷身后，穿过一条条小巷，绕过一座座猪圈，浩浩荡荡地向生产队的饲养处走去。刘长河在后面唱着歌，我知道，这是那个拐子老师教给他的，几年前我也学过，现在我已经忘了歌词。刘长河声音洪亮，字正腔圆。刘土地就像他的战友一样，被他拽得东摇西晃。刘土地的嘴里也在唱，不过，那属于他自己的歌，谁也不会听懂的。

饲养处里已经没有牲口，它们被人们带回各自的家中，草料里开始增加营养，鞭子即使落在身上，也变得软弱无力，它们开始过幸福生活。在饲养处空旷的大房子里，一排排整齐的木槽里空空荡荡，显得清冷许多。木槽里的板子被牲口的舌头舔得光滑明亮，现在，它的里面坐满来抓阄儿的人们。人们坐在里面抽着烟说着话，几个半大不小的孩子双手挂在木槽上面拴马缰绳的柱子上，就像镇中学的学生们在上体育课。我坐在门旁的一块石头上，周围依然弥漫着浓重的马粪味儿，我看到刘长河已经爬进木槽。刘土地在下面急得呱呱直叫，他的鼻涕已经伸进嘴里，在那宽阔的下嘴唇上扭动着，就像流淌在平原上的两条小溪。

爷爷说："刘长河，你给我下来。"

刘长河说："他们都坐在里面。"

爷爷说："他们都坐在里面是等着抓阄儿。"

爷爷正想过去把刘长河抓下来的时候，队长从里屋走出来，后面跟着张会计和王测量员。爷爷就立在了那里。

队长说："大伙静一下，都到齐了吧？还有没到的吧？没有了是不？咱马上就抓阄儿，抓完了阄儿咱就去分地。看到这斗了吗？原来它是分粮食的，现在咱用它来分地，里面放的是号码，念到谁，谁就抓，只准抓一下子。哎，孩子也来了不少，不管是大人孩子，就只准抓一下子。"

队长怀里抱着一个柳条大斗，他的目光很快从我眼前闪过去了。这时候有人喊："有没有弄虚作假？"

队长说："头朝下，谁要弄虚作假谁头朝下，他妈的屌一个。"

爷爷来到我身边，他伸出粗糙的手掌把我拉起来，拍打着我的衣服，把手掌放到我的后脑勺上，说："斗里是纸团，你不要看，你闭着眼抓一下就行。"

会计开始点名，整个房子里静下来，我看到我的邻居高台阶走过去。我喊他台阶叔，他不过二十一二岁，有个小女儿，叫小芹，刚刚会跑。他已经跟父母分家过了，所以他是代表他老婆张春梅和女儿小芹过去抓阄儿的。高台阶长得高大黑壮，平时喜欢跟人掰腕子，总赢，不过今天，我看到他把手伸进斗里去的时候，抖得厉害。当他把纸团攥到手里，轻声地骂了声"操他娘"。

我不由得紧张起来，耳朵里塞满马嚼草的声音，心里有野兔子窜来窜去，我想我的同学们现在正坐在教室里，听花蝴蝶女老师讲解神笔马良的故事。明年我就要考初中了，考上初中我就要到镇上中学里去上学，像那里的学生一样在单杠上吊来吊去。我觉得爷爷把我的手攥得越来越紧，我能闻到爷爷的粗布衣服里散发出来的热烘烘的鲜腥味儿。

"刘小鸥。"

爷爷的手哆嗦一下。刘小鸥是我爷爷的名字。我爷爷刘小鸥片刻之后把我推过来，我爷爷刘小鸥的两手就像树叶一样落在我的肩头，软弱无力。我听到刘长河喊我的名字，他说：刘长江你不能过去，凭什么让你刘长江……我知道是爷爷堵住了他的嘴巴。

我听到刘土地放声大哭的声音，他只有六岁，可他哭起来的声音
却像六十岁的老人。

我把手伸进去，像爷爷嘱咐我的一样闭上眼睛。我摸到一粒
纸团，它潮乎乎的，凹凸不平，就像兽医马东的女儿马宁宁攥在
我手里的纸团一样潮乎乎的，凹凸不平。马宁宁个头比我还高，
坐在我后面，她总喜欢用铅笔戳我的脖梗子。有一次她趁花蝴蝶
女老师回头写字的工夫，把一粒纸团塞进我手里，上面歪歪斜斜
地写着几个铅笔字：你知道爱是怎么回事吗？我的脸马上就红了，
浑身痒得厉害，就跟现在一样。我知道我出汗了，热气腾腾地出
汗了，在这个深秋的上午。

还没等爷爷回过神来，我就展开纸团，我看到了一个粗壮有
力的"1"，心里不禁"扑通"一下子。我一直把这个数字看得
十分高大，时时刻刻在追求它，我想学习是"1"，我想个头是
"1"，我想体育是"1"，我处处都想是"1"。此时，我手
里攥着这个"1"字，激动万分，以至我爷爷刘小鸥跑过来，把
纸条拿到他手里时，我还没有从这个"1"中回过神来。

这时候，抓阄儿结束，三十多个小纸团已经来到人们手中。
爷爷刘小鸥双手抻着那张小小的纸片走到队长面前，说："队长，
你看看；队长，你看看。"

队长一看就乐了，说："刘小鸥，你的孙子真疼你，上来就
给你逮个第一，以后你就第一下去了。"

爷爷说："这是啥意思？"

队长说："分地的时候你就知道了。"

我想我的任务已经完成，该松口气了，于是就想松一口气，但我还没来得及喘过气来，屁股上就挨了一脚。刘长河在后面喊："操你妈刘长江，凭什么好事都轮到你头上，凭什么好事都是你刘长江的。"比我矮一头的刘长河怒目圆睁，他的屁股后面跟着比他矮一头的刘土地。

我不愿意理他们，我感到很累，我想去村东的苹果园，我想坐在苹果树下面歇一歇，我也不想再去追什么野兔子。所以我回过头，走出马粪味儿熏天的大房子。走出饲养处时，我还能听到刘长河的叫骂声和刘土地的哇哇怪叫。

二

那个傍晚，我放学回家后，书包都没有放下，就跑进西偏房内，我叫它"小饲养处"。马儿正嚼着草料，前蹄时而敲一下干硬的地面，发出"咔咔"的声音。槽子是爷爷连夜垒起来的，现在它依然散发着麦草和泥土的味道，它们混合着淡淡的马粪味儿，让人感到这间一向清冷的房子有了生机。我想我得给马儿起个名字，起个我喜欢的名字。

我听到母亲拉风箱的声音，她正在做晚饭，屋子里充满黑烟，母亲的身子在黑烟中时隐时显。

"刘长江，你死到那里干什么刘长江！"

显然母亲是看到我钻进西偏房，她才这样喊我。也许母亲喊我好几声了，我正在给枣红马想名字，我没有听到。

"刘长江，你听到了没有？"

"有话你就说吧，我这不站到这里了吗。"我站在院子里，看到红彤彤的太阳把枣树枝照得像染了颜色。

"你看看哪儿的风？"母亲的声音从黑烟里钻出来，有些嘶哑。

我抓起一把干土，然后往头顶上一扬。

我说："西北风。"

母亲说："你上房顶，把烟筒上那两块砖头挪到北面去。"母亲边咳嗽边喊。

我爬上我们家的土房子，然后把那两块砖头挪到北面去，炊烟马上就从烟囱里钻出来。

虽然屋顶上风很大，但我还是想在上面多待一会儿，我看到太阳红得就像徐家铺子的油炸糕；我看到村北枣树林里有一个扛着猎枪的人在追赶野兔子，他的前面有一条黑色的猎狗；我看到村西马颊河大坝就像课本上的长城一样拐了个弯儿；我看到村南的土路上，卖豆腐的刘迷糊正推着小车往村里赶。我看到槐树底下刘长河跟几个小孩子正玩一种叫"骑马"的游戏，刘长河当"柱子"，一个男孩弯着腰，把头钻进他的裤裆里，另一个男孩子从十米外跑过来，一跃就骑在他的背上。此时，只见刘长河大叫一声，那两个孩子就趴在了地上。刘长河弯着腰，两手捧着裤裆，显然是把他的蛋子撞疼了。我看到刘土地正坐在猪舍里，跟我们家那头白色的大肥猪友好地说着什么。我看到高台阶的老婆张春梅正扭着圆圆的屁股追赶她家的一只母鸡。太阳越来越红了，有一半已经扎进枣树林子。我看到炊烟罩住了整个村子。我想到了这个村子的名字，它叫齐周雾。

"刘长江，你死到上面干什么你不下来？"母亲在下面喊我。

我没有回答。我悄悄地从梯子上溜下来。这时候，我母亲正站在院子里收拾她洗过的衣裳。母亲的脸庞红彤彤的，在夕阳中她依然年轻。

母亲说："刘长河呢？"

我说："他在槐树下面玩骑马。"

"该死的。"母亲接着说，"刘土地呢？"

我说："刘土地在猪舍里抠猪耳朵呢。"

"该死的。"母亲说，"你爷爷呢？"

我说："我没有看到爷爷。"

母亲说："你去找找你爷爷，饭熟了，你喊刘长河回来吃饭。"

我说："我去找爷爷，我喊不动刘长河我不喊。"

母亲说："你不喊谁喊，你喊他，他不回来我揍扁他。"

我们的母亲李秀英发怒了，她说："翻天了他。"

我来到槐树下面，我说："刘长河，回家吃饭去了刘长河。"

刘长河不理我，我知道他还在生我的气，他没抓上阄儿就怨上我。

我说："我告诉你了刘长河，你不回家吃饭挨揍别怨我。"

说完，我就向南走去。天已经变得灰蒙蒙的，这时候，羊和鸭子的叫声特别响亮。我看到高台阶正饮牛回来，他们家分到了牛。他一手提着木桶，一手牵着牛缰绳。

我说："台阶叔，你看到我爷爷了吗？"

高台阶说："分完了地我就没看到他，他是不是在饲养处？他喜欢在那里晒太阳。"可太阳早就落下去了。

我想了想还是去了饲养处。饲养处的院子很大，以往，这里是最热闹的地方。这里有三盏电灯，把整个饲养处照得亮亮堂堂的，但是现在，饲养处黑乎乎的，静悄悄的，一点儿亮光都没有，我有些害怕，就拐出来。

我看到了马宁宁。马宁宁推着一辆半新不旧的自行车，走起路来趔趔趄趄的。马宁宁也看到了我。

"干什么去呀刘长江？"

我说："我去找我爷爷。"

马宁宁说："你爷爷又不是不认得家，你找你爷爷干什么？刘长江，上午你为什么没去上学？"

我说："我分地去了。"

马宁宁说："有你爷爷你去分什么地呀。"马宁宁的眼睛直勾勾地盯着我，不知道从什么时候开始，她变得比原来漂亮多了。我害怕跟她面对面地说话。

我说："我找我爷爷去了。"

马宁宁说："你站住，刘长江。"

我说："干什么？"

马宁宁说："我知道你不会骑自行车，明年咱们就升初中了，升上初中就得去镇上的中学，咱们得骑自行车去上学，以后咱们一块儿学骑自行车好吗？"

我说："以后再说吧，我找我爷爷去了。"

拐过一个墙角，我听到机磨坊里的机器声。我看到张会计推着一口袋面粉从里面走出来。我说："张会计，你看到我爷爷了吗？"

张会计被我的声音吓了一跳，他躲开磨房里射出来的灯光，仔细看了看我的脸。

他说："原来是刘小鸥的孙子。"

张会计说："下午量地的时候，我看到你爷爷哭了。"

我说："我爷爷为什么哭？"

张会计说："因为你们家分到了五块地头子。叫谁谁不哭？叫我我也哭。"

说完，张会计就走了。

我走下一个坡，然后沿原路回家。我想爷爷现在肯定正蹲在院子里抽烟。于是我一进门，先找黑乎乎的院子里那一点红红的火头。可是，我没有找到，我听到枣红马在西偏房里甩尾巴的声音。我走进西偏房，发现枣红马的两只眼睛在黑暗中尤其明亮。

"找到你爷爷了没有？"母亲说。

"没有。"我说，"我爷爷下午哭了。"

　　母亲把咸菜端上桌子，稀粥和窝头还热在锅里。刘土地把手伸进咸菜碗，他说："吃菜。"母亲没有理他，母亲说："你爷爷为什么哭？"

　　"张会计说，我们家分到了五块地头子。"

　　"五块地头子？"母亲说，"上午你抓了个几？"

　　"我抓了个第一呀，队长笑着对爷爷说，往后，我们家就第一下去了……"我还没有说完，母亲就给了我一个耳光，我眼前立刻升起一团金色的星星来。不过，母亲没有再打我，也没有骂我。她把饭和菜端上来让我们吃着，就走出去。刘长河、刘土地他们呼噜呼噜地喝着稀粥。看到母亲走出去了，刘长河放下碗，"哧哧"地笑起来，说："刘长江，叫你抓，挨揍了吧。你寻思好事还都是你的了。"

　　刘土地也跟着刘长河笑起来，刘土地说："叫你抓。"

　　半夜里，母亲把我叫起来。母亲的脸在昏黄的灯光下有些苍白。她说："刘长江你起来，穿上衣服跟妈一块儿找爷爷好吗？"

　　我看看柜上的座钟，都十二点半了，爷爷还没有回来，不知道为什么我突然害怕起来，有一种说不清道不明的东西，就像糯米糕似的堵在心里。我一边穿着衣服，一边想哭。

　　母亲说："快点穿。"

　　我拿着手电筒，跟在母亲身后。村子里静极了。如果有动静的话，那是风吹过树枝的声音。初冬的天气有些寒，我看到母亲还穿着单薄的裤子，我发现母亲在黑夜中矮了许多。

母亲来到本家二爷爷的屋前，本家二爷爷家的窗子黑洞洞的；母亲来到队长家的门前，队长家的大门已经插上了；母亲领着我转了大半个村子，母亲和我又回到家里。

母亲说："都睡了，整个村子就跟死了似的。"

我从爷爷睡觉的屋子里走出来，我说："爷爷还是没有回来。"

母亲说："睡觉吧，睡醒觉，爷爷就回来了。"

于是，我和母亲又重新回到床上去。母亲没有脱衣服，我也没有脱衣服。我听到刘土地磨牙的声音。我听到床下老鼠打架的声音。我听到母亲翻身的声音。我听到外面狗叫的声音。

母亲说："睡着了没有刘长江？"

我说："没有。"

母亲说："我们到地里去看看吧。"

我说："嗯。"

母亲说："害怕是不是？"

我说："嗯。"

母亲说："怕什么，我们两个人呢。"

我和母亲又从床上爬起来，还是我打着手电筒，母亲走在前面。我们穿过黑乎乎的胡同。我们走过黑乎乎的街道。天上的星星亮晶晶的，它们一动一动，就像野兽的眼睛。它们能吞掉手电光。它们能引起狗的叫声。

母亲说："忘了给牲口添些草料。"

我说："我已经添了。撒尿的时候给它添的。"

我们走出村子，穿过一座土桥。我看到了熟悉的枣树林，我知道那里面曾经有人上过吊。我们沿着小路向前走。两旁全是蔫巴巴的麦苗子，它们在白天是绿的，到了夜里就跟夜一样地黑。

我说："牲口是不是不睡觉？"

母亲说："我不知道，你等着问你爷爷吧。"

我们来到七号方。我们生产队有五块地，分别叫七号方，李家坟，南岗子，北菜园，苜蓿地。我们来到了七号方。

我喊："爷爷！"

我的声音就像砖块沉进水塘里一样沉进黑夜里。

"别喊。"母亲说，"招魂呀。"

我们从北地头走到南地头，看到的全是土坷垃和麦苗子。我们又向东走去，我知道前面不远就是南岗子，南岗子的北面有一口很细很细的水井，人只要进去是翻不过身来的。我们来到南岗子，又从南地头走到北地头，看到的除了土坷垃就是麦苗子。我用手电照了照有井的那面，黑乎乎的，什么也没看见。我们又向北走去。我的身上开始冒出汗来，先是热气腾腾，后是清冷冰凉。我知道前面就是李家坟了，头皮禁不住一阵阵发麻。我知道李家坟有一片坟地，坟地中间有三棵枣树，如果有人敲一敲树干，蛇就会从坟里钻出来。

"歇歇吧，我累了。"

我觉得身上冰冷冰冷的，一点劲儿也没有。母亲在前面走得很快，我几乎赶不上她。

"歇一会儿吧，我走不动了。"

"歇什么歇，深更半夜的，谁在这野地里歇脚。"

"我走不动了。"

"走不动也得走。"

借着手电筒的光，我看到母亲的额头上全是汗水。她的两只手就像划船似的不停地摆动着，好像舍不得揩去脸上的汗水。母亲的脚下长着鸡眼，在后面看过去，走路就像跛子一样摇摇晃晃。

"干脆把手电关了，你看你甩来甩去的，弄得人心里发慌。"

于是我关掉了手电筒。我的脚下就有些乱套。我摔了个跟斗，发现地里多了一道道的土坎。在星光下，那三棵枣树就跟三个人一样，那一座座的坟头连成一片，黑黢黢的，就像外国童话里那冷森森的古堡。

母亲突然说："你还记得你爹吗？"

我一愣，说："我没有爹。"

母亲说："你有爹，他叫刘大海，现在他正在城里的被窝里搂着那个骚娘们儿睡大觉呢。"

我说："我没有爹。"

实际上我是有爹的。我知道他不要我们了，他在城里又找了女人，就不要我们了。我还记得那年的事情，我大概有刘长河这么大，那年我爹经常从城里回来，他白白胖胖，脸比徐家铺子里炸油条的徐家丫头还白。他不理我们，哦，那年还没有刘土地。他不理我们，他不是捂上被子睡大觉，就是站在枣树下面发呆。

队里分了地瓜，母亲一趟趟地从地里扛回来。他站在枣树下面。母亲扛着一口袋地瓜，把腰板挺得直直的，从他的身边走过来走过去，好像想证明什么。但他并没有瞅一眼母亲。刘长河因为吃到他买来的糖块，就想表示亲热，刘长河趴在他的腿上，两只眼睛向上瞅着他。刘长河似乎在想一些问题，嘴巴里的口水就淌出来，流在他的毛料裤子上。他大叫一声。我就看见刘长河飞了出去。

　　我爷爷说："你永远也别回来，我没有你这个儿子。我没有儿子，我只有孙子。"

　　于是他就再也没有回来。

　　我们绕过那片坟地，来到北地头。我知道北地头下面，是一大片水湾，夏天，那里面长满水草。我们在里面逮小鱼，捉青蛙，有时候能看到水蛇像箭头一样在水面上飞来飞去。我还不知道水湾夜里的样子，于是我往那边抻了抻脖子。

　　母亲说："你看，那是什么？"

　　母亲蹲下来，仔细地端详着不远处一团黑乎乎的东西。我打开手电筒，看到了爷爷的后背。爷爷黑色的粗布褂子被风掀起一角来。爷爷坐在土坎上，身子有些歪。

　　我说："爷爷，都这么晚了，你坐在这里干什么？"

　　爷爷没动身子。我就跑到爷爷前面去，我看到爷爷的烟袋锅子插进土里，一只手攥着烟袋杆，好像是睡着了。这时候，母亲也跑过来，母亲把手放在爷爷的胡须上，我看到母亲的手在哆嗦，腿在打飘。

"爹，你这是怎么了？爹。"

母亲蹲下来，把爷爷的两只手挎在肩上，但爷爷的身子已经不打弯了。母亲让我用手托住爷爷的屁股，然后她站起来。

我们往前走。刚挪了两步，母亲就摔倒在地上。爷爷也滚到一边。母亲坐在地上，深喘一口气。

母亲说："我们先回家吧。"

过了片刻，母亲又说："你爷爷已经没气了。"

三

葬了爷爷之后，那天下午，邻居们都走了。喧闹了几天的院子，猛地静下来。刘土地坐在枣树下面玩尿泥，天已经很冷了，刘土地仍是穿着一身单衣服，他坐在地上，脸蛋子被冻得青紫青紫。这两天，刘长河不知道正在跟谁学武术，他正在用铅笔刀打磨一根木棍，他做得很认真，小心翼翼的，生怕弄坏了他的宝贝武器。我走到西偏房里，看到马槽里只剩下几根硬邦邦的玉米秸，就拿起筛子，给枣红马筛一筛草料放进去。枣红马兴奋地扇动着鼻子，哈出的热气喷在我脸上，有一股浓重的青草味儿。

现在，母亲正躺在床上。虽然天在一点点地变黑，但我不敢去叫她。我知道她很累。也许她正在生我父亲的气。爷爷死去的那天早晨，本家几位老人开了个小会，他们商量是不是把爷爷的死告诉城里的刘大海。

大爷爷说："老四在世的时候可是说过，他跟刘大海啥关系都没有了。他已经没有刘大海这么个儿子。"

大爷爷看上去很生气，他的嘴唇哆嗦个不停。他是我爷爷的大哥。我爷爷排行老四。

二爷爷说："不过，刘大海毕竟是老四的儿子吧，说是这样说，但做可不能这样做呀，如果哪一天刘大海回来问起来，大伙谁担这个责任。"

三爷爷说："奶奶的，我真想一刀劈了那个玩意儿。"

大爷爷说："你坐下，老三，这是在商量事，不是让你骂大街。"

后来，他们就把母亲和我叫过去。

母亲说："我跟刘大海什么关系都没有了，你们看着办吧。"

他们又问我。我说："我没有爹。"

最后，他们还是派人给刘大海拍了电报。

我的父亲刘大海很快就寄来一百块钱，在汇款单的简单留言上，他写道：惊闻父亲驾鹤西归，儿子悲痛万分，悲痛万分。儿子明日去青海出差，不能回去了，罪该万死，罪该万死啊！

大爷爷说："孽障！"

二爷爷说："不是东西！"

三爷爷说："操他姥姥！"

母亲说："买口棺木还得用一百五十块钱呢。"母亲想了想说："这样吧，你们把刘七喊来，把那头猪杀了，一半卖肉，一半招待亲戚。"

刘七是个屠夫，他收拾一头猪仅用两袋烟的工夫。过年的时候，我和刘长河经常去看他杀猪，要是能讨到一个猪尿泡，就高兴死我们了。不过今天，刘七要杀的是我们家那头正在茁壮成长的白母猪。

所以现在，我站在院子里，再也听不过猪哼哼的声音。我把刘土地从地上拉起来，我说你看你把衣服都弄脏了，这么冷还坐在地上，手上全是泥，快进屋里把手洗干净。刘土地的嘴里吱吱呀呀的，我不知道他说些什么。我牵着刘土地的手。我们来到屋子里。我蹲下来给刘土地洗手。我看到刘土地的鼻涕已经流进嘴里。我又给刘土地擦鼻涕洗脸。然后我们坐在黑洞洞的屋子里，我们是在等着母亲做饭。外面天越来越黑，刘长河也来到屋里，他把他的木棍藏在柜子后面，以免让刘土地摸到。然后他也搬一个小板凳，坐在刘土地的身边。刘长河头发依然板板正正，在黑乎乎的屋子里油亮亮地泛着光。我知道上午他在给爷爷兜丧罐之前偷偷地往上面抹了猪油。

时间在一点一点地消失，外面黑透了。我们排成一排，坐在屋子中间，除去刘土地的嘴里不时发出呀呀的声音，我和刘长河谁都没有说话，我们都知道我们的爷爷死了。虽然我们还不太明白死是怎么回事，但显然我们已经懂得死是一件令人难受的事情，所以我们默不作声。但我们的肚子并不知道爷爷死了，它像孩子似的叫出声来。

可是，母亲躺在里屋的床上。我侧耳细听，里面一点动静都没有。

我想我是老大，我叫刘长江，而不是叫刘长河、刘土地。我应该进屋去看看母亲。我知道我们的母亲流了很多眼泪。她可能累了，睡着了。但我们的母亲睡着了我们怎么办？如果她睡到天亮，我们也坐到天亮吗？刘长河和刘土地还等着吃饭，他们饿极了吃不上饭会闹翻天的。

于是我推开门走进里屋。借着外面微弱的光，我发现母亲并没有躺在床上。我转过身，看到母亲坐在那把老式的圈椅里。她胳膊撑在椅子上，手托着脸腮，像是睡着了。我不知道是退出去好，还是上前把母亲喊醒。我就这样站在那里，柜子上的座钟发出嘀嗒嘀嗒的声音。

"是刘长江吗？"母亲说话了，声音沙哑，听上去有气无力。

"天都黑了。"

我顿了顿嗓子，接着说："刘长河、刘土地，他们都坐在外面呢，他们的肚子叫了，都等着吃饭。"

"你还吃饭，你个小王八蛋！"

母亲喊一声，猛地扑过来。在黑暗中，母亲准确地抓住我的一只耳朵，然后拉着我的耳朵把我扯过来拽过去的，连着摆了好几摆，我听到母亲嘴里的牙齿发出咯吱咯吱的声音。

"你个小王八蛋，我揍扁了你，你还想吃饭，你去看看柜子里还有多少粮食？"

母亲放开我的耳朵，又用拇指和食指抓住我的脸，然后把拇指伸进我的嘴里，同时，她的另一只手重复着同样的事情。她的两根拇指伸进我的嘴里，我尝到一股臭烘烘的咸味儿。她的双手开始向两边用力，就像用力掰一个熟透的西红柿一样。西红柿流出红色的液汁，我拿舌头轻轻舔舐，那红色的液汁发出涩涩的苦味儿。

"叫你吃，我弄烂你这臭嘴。不是你，你爷爷不会死的。你这个败家子。"

母亲把我摇来晃去，我就像魔术师手中的小木棍似的，昏昏乎乎，懵懵懂懂，在黑暗的屋子里滚过来滚过去的。

母亲扇我的后脑勺。

母亲踹我的屁股蛋子。

母亲抓起我的头发把我往墙上撞。

母亲举起鸡毛掸子没头没腔地抽我。

我不敢哭，我没有眼泪，我听着最后母亲说："你简直就是个杀人犯。"

杀人犯！我是一个杀人犯？

我跑出门去躲在猪圈里，趴在猪以往睡觉的干草上，干草毛茸茸的，如同猪毛一样软软的，我似乎感觉到猪那暖烘烘的身体。我想老天爷你让我变成猪吧。我的身体麻酥酥的热辣辣的，我趴在干草上，嘴里发出哼哼的叫声。

我闻到一股炖鱼的香味儿，那是从高台阶家里飘出来的，不一会儿我看到台阶婶出来倒泔水。她家养的是一头黑猪，台阶婶叫猪的声音都十分好听，她长得也漂亮，她不到二十岁，可早已当了妈妈。

从屋里传来刘土地的哭声，他肯定是饿了，只有饿了他才哭得如此悲痛。刘土地时常有吃不饱的时候，他比我们的饭量都大，但大多数的时候，都是母亲把手指头伸进他的嘴里，把他塞满嘴的食物抠出来，因为他已经吃得要吐了。

迷迷糊糊地，我睡着了。不知道什么时候，我觉得有个东西在戳我的肋骨。我睁开眼睛，看到刘长河蹲在我身边，他正"咻咻"地朝着我笑。在黑暗中，他的牙齿特别白，他两手拄着那根木棍，说："刘长江，咱娘让我出来找你。我就知道你躺在猪圈里。"

"你滚。"

"叫我滚，你知道你为什么躺在这里吗？因为你就是一头猪，公猪。"

我从干草上爬起来，我想跟刘长河打一仗。可我浑身疼痛不说，我看到刘长河手里还攥着一根木棍。此时，刘长河已经摆好架式，说："来啊，刘长江，你这个杀人犯，我正想教训教训你呢。"

我的头一下子耷拉下来，我说："我不是杀人犯，我不是杀人犯。"我的声音很小，也许刘长河根本就听不到。

"改天我再找你算账。"刘长河说完就爬出猪圈，他说话的口气像个大人似的。

我也从猪圈里爬出来，外面很冷。我站在院子里愣了会儿。我确实不想回到屋里去，就来到西偏房。我伸手摸了摸马槽，里面草料已经不多了，我又往里面添了些草料，然后，我一屁股坐进堆在屋角的那些草料里。草料全是玉米秸和玉米叶子，用铡刀截断后就成了马的粮食。我觉得草料里舒服极了。它们哗啦哗啦地把我埋起来，身上就暖和许多。

我想爷爷把马牵回来，爷爷就死了，那以后谁来喂马呢？谁来为马扫身体，谁来饮它呢？马是我们家的了，我们不能卖，因为我们还有地，我听三爷爷说，我们家分到了八亩地。八亩地我不知道多大，但我想肯定不会少的。那以后谁来种地呢？母亲的本事再大，她也不可能种活八亩地。但想一想，也不能不种啊，我们还有这么多肚子，特别是刘土地的肚子，那就是一个无底洞啊。我不知道怎么办，我听着马甩尾巴的声音，睡着了……

醒来时，天已经蒙蒙亮。我浑身麻木木的，就像一块冻地瓜一样，被冻透了，全身都灰乎乎的。我慢慢爬起来，抖抖身上的草屑，然后来到屋里，我看到他们还睡得很香，就悄悄扯过来一点被角，贴着床沿儿躺下来。

一会儿听到母亲喊我们的声音。

"起床了起床了，刘长江，你给刘土地把衣服穿好，刘长河，你去东偏房给我抱点干柴火来。"

我睁开眼睛，看到刘土地正瞪着我。我忙从床上爬起来，先给刘土地穿上上衣，然后再给他穿裤子，此时，刘长河已经穿好了衣服。他伸手"嚓"一声从挂在墙上的月份牌上撕下一张纸来，然后弓着腰跑出去。我知道他是让屎憋的。他解手去了。

　　我突然发现西面的土墙上用红色的粉笔写着一排字：刘长江是一个杀人犯。这时候，刘土地也看到了，他指着那一排鲜亮的粉笔字哇哇地叫。

　　我对刘土地说："我不是个杀人犯。"

　　刘土地说："你不是个杀人犯。"

　　刘土地突然把话说得清晰起来。我从来没有听到刘土地把话说得这么清楚。

　　他说："你不是个杀人犯。"

四

　　那是一个怪怪的下午。我去地里拾柴火，在村南的麦场上，我看到马宁宁正在学骑自行车，她的身材越来越苗条，她穿着一身红衣服，裤子上镶着黄色的花边，这是她父亲马东从县城里给她买来的，她是我们班穿着最好的学生。她两手推着车把，一只脚踩着脚踏板，一只脚在下面用力地划，然后，她的一条腿便飘起来，就像一只小燕子似的，但蹬两下后，车子就开始左右晃荡，于是她就急忙跳下来，她扭着小屁股，看上去气喘吁吁的样子。

　　我背着草筐，站在离她不远的地方发呆。她看到了我。

　　她说："干什么去呀刘长江？"

　　我说："我去地里拾柴火。"

　　她说："你拾柴火干什么？"

　　我说："我们家的柴火不够烧了。"

我们家喂了一匹枣红马。生产队分给的玉米秸子豆棵子，母亲舍不得烧，那是马的草料。于是我去地里拾柴火，拾地头上的玉米秆，拾从树上掉下来的干树枝。冬天越来越深了，我们家的柴火越来越少，我已经拾了好多天。

马宁宁说："刘长江，你的作业做完没有？"

我看到天阴得厉害，像要下雪的样子。这是一个星期天的下午，我觉得我的肚子里空空荡荡的，如同被刘七挂在柱子上掏空内脏的死猪一样，我不想一个人去远处拾柴火了。

我说："我帮你学自行车吧？"

马宁宁说："好啊，我正愁着没人给我扶一扶呢？"

我双手抓着后车座。马宁宁在前面蹬，她蹬得越来越快，我跑得也越来越快。马宁宁"咯咯"地叫着，她兴奋极了。几圈下来，我出汗了，皮肤摩擦着硬邦邦的棉袄里子，发出一种酸乎乎的味道。我看到马宁宁的脸蛋红彤彤的，有淡淡的热气萦绕在脸上，她脸蛋两侧黄茸茸的汗毛也变得清晰起来。

她说："真来劲儿。刘长江，歇会儿吧。咱们一块儿吃蛋糕。"

马宁宁把车子支好，然后从兜里拿出一个纸包，纸上一块块发暗的地方，都变得透明起来。她把纸扔掉，一块红亮的蛋糕出现在手里，她一分为二，把一块举到我眼前，说："杏仁蛋糕，你吃吧。"

我往后退一步，说："我不吃。"我感到我嘴里已经溢满口水，我咽一口唾沫。

马宁宁说："挺好吃的。"

我说："我真的不吃。"

马宁宁说："你就尝尝吧。"

说着，马宁宁就把蛋糕塞进我嘴里。我无法说清楚那是一种什么样的滋味儿。在马宁宁的注视下，我轻轻地咬着蛋糕，我想到刘土地，我想到刘土地能六口吃掉一个馒头。我想到刘长河，我想到刘长河半夜里起来偷吃挂在屋梁上筐里的油条，一脚踩空了柜子，被摔得鼻青脸肿。我轻轻地啃着蛋糕，眼睛禁不住湿润起来。

我说："马宁宁，你知道蛋糕是怎么做的吗？"

马宁宁想了想说："我不知道，这是我爸爸从镇上买来的。"

吃完蛋糕，我们又开始学自行车。马宁宁在前面骑着，我从后面扶着。我一边跑一边咂摸蛋糕的滋味，我一边咂摸蛋糕的滋味一边掉眼泪。

马宁宁说："你累了吧？刘长江。"

我说："我不累。"

马宁宁说："你累了我们就不学了。"

我说："我不累。"

马宁宁说："我听着你喘气的声音都变粗了。我们还是歇歇吧。"

我说："我不累。"

马宁宁还是停下来，她回头看看我，脸上的笑容渐渐地没有了，她说："你怎么哭了？"

我说："你还有蛋糕吗？马宁宁。"

马宁宁说："就一块蛋糕，我妈一次只让我吃一块。你怎么了？刘长江。"

我松开车座上的手，说："那我回去了。天都快黑了我回去了。"

我背起草筐，听到马宁宁在后面说："你作业做完没有？刘长江。"

我回过头来说："我不想做了。"

马宁宁说："花蝴蝶会罚你的。"

我说："我不想再念书了。"

马宁宁张着嘴，好像很吃惊。她说你是三好学生、体育委员，学校里快开运动会了。你才多大，你为什么不念书了你呀。

她的头发梢湿漉漉的。

她的脸蛋红彤彤的。

她的汗毛黄茸茸的。

她推着一辆凤凰牌的自行车。

她穿着一身买来的红衣服。

她越来越漂亮。

五

我突然醒来，周围静极了。睁开眼睛，只见一抹月光拐进屋里。我是被一个声音喊醒的，可是，当我睁开眼后，那个声音没有了，我不知道那是一种什么声音，细细的，如同一根细弦从一个耳朵里钻进去，又从另一个耳朵里钻出来，紧绷绷的，被人轻轻一弹，然后就飘远了。我无法再睡，就从床上爬起来。他们横七竖八地躺在床上，睡得正香。我穿上衣服，来到院子里。在月光中，枣树发出清冷的光泽。一股被霜露浸透的柴火味儿弥漫在院子里。我朝西偏房走去。马儿正在吃草，发出"沙沙"的声音。它的一对大眼依然闪着光亮。我每次在夜里看到它，它的眼睛都是这样。我从来没有看到过它睡觉的样子。它到底睡不睡觉呢？我是准备问问爷爷的，只是没来得及。它发觉有人走进来，就甩甩尾巴，用前蹄踏踏地面，然后把鼻子伸过来，发出咴咴的声音。它这是表示亲热，我知道。于是我抱住它的脖子。它的脖子光滑极了，温暖，干爽，像绸面一样。我把脸贴在上面，它的鬃毛耷拉在我的脸上。我听到它的牙齿截断草料发出的"咯吱咯吱"的声音。我突然产生了一个想法，就是把它牵到街上去，骑上它。爷爷说它是不能骑的，是来给我们家干活的。可干活只是白天的事，晚上我是可以骑的。于是我把缰绳从柱子上解下来，牵着它悄悄地穿过院子。我们来到街上，街上静静的，偶尔能听到一声猫叫。我们家的猪圈里黑洞洞的，已经空了很长时间。母亲说等几天到镇上去赶集，再买一头小猪来养上。我把马儿牵到猪圈旁边，我踩在圈沿的高处，一手攥着缰绳，一手抓着鬃毛，然后轻飘飘地落在它的背上。我觉得自己猛地长高不少，月光下，周围的东西变得与以往不同起来。蹄声踩碎了夜的静谧，发出"咔咔"的声音。

接着是狗的叫声。我们拐过高台阶家的房角，来到南面的街上，穿过马家胡同时，我突然想起白天我去学校，马宁宁塞给我的那个纸团。她把纸团塞进我手里，说：别忘了我。她的眼神怪怪的，让我无法理解。我烫手似的把纸团塞进兜里。我害怕纸团，害怕那种潮乎乎、凹凸不平的感觉。此时，它就在我棉袄的口袋里。我们来到村南的路上，左边是水沟，右边是池塘。马儿仰着头，一声不吭地向前走着。我坐在马背上，右手攥着缰绳，左手拿出那个纸团，轻轻地把它展开。在月光下，我把眼睛凑上去，我看到纸团上用钢笔写着四个公公正正的蝇头小字：来日方长。我不完全明白，但我能够感觉到它的意思。我的心里猛地悬空一下。蹄声变得急促起来，我放松缰绳，抓紧鬃毛，胸脯趴伏在它的背上，侧脸看着西边的弦月。风声大起来，温柔地抚着我的头发，我看到李家坟的三棵枣树从眼前一晃而过。

我看到月光下有一个黑影，他一动不动地坐在那里，前面是一望无际的麦田，那是我们刚刚分到的土地。马儿突然停了下来，我勒了一下缰绳，它的两只前蹄跃起来，差点儿把我掀下去。它的身上潮平平的。它回过头，朝我夸张地扇动着鼻子。

我望着月光下的那个黑影。

泪水搅碎了月亮的光泽。

一只叫得顺的狗

/// 艾玛

得顺原本不叫得顺，而是叫阿黄。它是一只非常不起眼的本地土狗，长相极普通，短嘴、平额，四肢粗短，毛色棕黄，双耳柔软阔大，温顺地耷拉在圆圆的脑袋两侧。它的头一个主人，是涔水镇派出所的所长王坪达。王所长养狗，不为看家护院，只是为了冬季进补，因而他的狗都没有什么像样的名字，他只是叫它阿黄。涔水镇上有过许多阿黄。

王所长酷爱食狗肉，这在涔水镇是件家喻户晓的事情。年轻的时候，王所长爱吃公狗肉，两岁左右的公狗，一身都是生猛的肌肉，很合他的胃口。后来上了年纪，王所长渐渐觉出了公狗的腥臊，爱上了细腻肥嫩的母狗肉。王所长认为产过仔的母狗肉质松散、粗糙，因而他不吃生产过的母狗。每年冬至过后，王坪达会把宰杀后清洗干净的狗分成大致相等的小块，养在结着薄冰的清水里，随吃随捞，红烧、黄焖或葱姜爆炒。下雪天，西窗白，王坪达会支上只火锅，温一壶老酒，边吃狗肉，边赏一院梅香雪。这样的日子，就是神仙，只怕也过不到许多的。到了年底，王所长吃完一只一岁半左右的小母狗后，会去乡下寻找另外的一只来养。阿黄从乡下来到涔水镇时，不过三四个月大的样子，有一副孩子似的心无戒备、天真烂漫的表情。它在派出所大院的水泥坪上跑来跑去，就跟它在乡下的田野里撒欢一样自在。没几天，阿黄就跟大家熟了起来，不管谁叫一声"阿黄"，它都会欢快地跑到那人的面前，用自己柔软湿润的鼻子去那人的腿脚上磨蹭。初来涔水镇的阿黄很快乐。

王坪达除了爱吃狗肉，还好一样，就是去浮生茶社听梁小来的大鼓书。梁小来二十五岁，年纪不大，却是当地有名的鼓王，拿过许多次大鼓擂台赛的冠军，从涔水流域、澧水流域一直拿到沅水流域，方圆百里名头都很响。茶社开在小镇西街上，由先前的裁缝铺改造而成，坐北朝南，暗褐色的大门上方，黄褐铮亮的梨木牌匾上，碗大的"浮生茶社"四字，年年都要用曹素功的墨认真地润上一遍。临街的墙上装上了阔大的攒心格子木窗，墙面也用老式青砖重新砌过，与周围那些花花绿绿瓷砖贴面的店铺相比，浮生茶社就像是一个和现世有点隔膜的旧式绅士，端严、内敛、不事张扬。茶社的生意谈不上好坏，只是细长如流水，不溢不竭，不盈不亏。左邻右舍，布匹店改卖东北米，锅饺店改卖香蜡纸扎，水果店变成了麻将馆，只有这茶社，多年来坐看他人城头变换大王旗，兀自岿然不动。与市井的热闹相比，茶社另有一番清凉。一个人进了茶社，叫上一壶太清绿，看日影缓缓掠过街对过的檐角，纵有天大的烦恼，也暂且撂到脑后去。时疾时缓的鼓声，伴着一折甘露寺，或是斩马谡，将人手中的一段平常光阴，演化得格外意味悠长。冬天到，寒风起、薄霜降，万物收敛，却是乡下人的闲暇好时光，梁小来的浮生茶社每天午后准时开讲。到了年底，出外打工的人也陆续回来了，茶社格外热闹起来。王坪达只要有空，就会穿街过巷去茶社听书。出于职业的习惯，听书之余，他也观人。出外挣钱的人中，有那么几个，荷包满了，却是带了病回来的，脸色比去年差了很多。内中一个神情委顿的中年男子，似有大伤，往往是一曲未终，就拂衣而去了，遍布街头巷尾关于他卖肾的流言，似乎不全是空穴来风。几个西装革履的年轻人，钱来得多少有些蹊跷，王坪达从他们的眼神里也能窥出一丝端倪。外面的世道不见得就有多好。

王坪达去茶社听书，阿黄来来去去都跟着他。与别的狗不同，阿黄到了茶社，见了生人，从不乱窜乱吠，鼓声一响，阿黄就趴在王坪达脚下一动不动，凝神屏息，安静得很。梁小来于是特地为阿黄设一座，准备了一只垫着稻草的竹筐给它。久而久之，阿黄也成了茶社的常客。听完书回去的路上，王坪达哼一句，阿黄应一句：

"劝千岁啊——"

"汪汪！"

"杀字休出口！"

"汪汪汪——"

"老臣与主那个呀，说从头！"

"汪！汪汪！"

……

人人都觉到了阿黄的有趣。

梁小来看到阿黄时，也总是要俯身抱一抱，或摸摸它毛茸茸的圆脑袋。阿黄呢，则会把头往梁小来怀里偏一偏，或伸出舌头将他的手掌舔一舔，小儿女情态尽显。镇上的女人们见了，就不免要打趣梁小来：

"嗬！好个母狗！"

梁小来尚未娶妻，也不知是从什么时候起，镇上的女人们爱拿这单身汉开玩笑。那些曾牵线搭桥、想把妹子嫁给他却落了空的女人，偶尔会恨铁不成钢地伸手在他身上拧一把，道："一块好羊肉，倒落在狗口里！"梁小来从来只是笑一笑，并不搭理那些疯女人，一般说来，汉子们都惹不起她们。她们跟小孩子一样，疯起来最会厮缠，你纵有千钧力气，又能用到哪里去呢？在涔水镇，人人都知道梁小来和他师傅的小女儿周水清相好，周水清住在涔水河对岸的绿浦村，比梁小来小六七岁。梁小来要想娶她，还得熬上两年。都说周水清身体不好，自小多病多灾的，肩不能挑手不能提，娶回家大约也只能当菩萨供着。也有人说她没怎么上过学，识字全靠了她爹的一箱子鼓书本子，人也是有些痴痴的，周围的人都不大看得懂她。还有人说她是个跛子，出不得门，都不曾到过洮水镇的。隔着窄窄的一条河，能有什么事瞒得过镇上的人？梁小来少年老成，自小就很有主意，不像时下的年轻人，谈起恋爱来只是胡闹。不管别人说什么，他还是常常把自己收拾得干干净净地过河去看周水清，来来往往不急不躁的样子，让那些想取笑他的人渐渐也没了心绪。这镇上有不少人是看着梁小来自难处过来的，那么小就没了爹娘，姐姐远嫁，哥哥又是常年不回家的，他自己安安静静地长大了，没有给别人添过一点麻烦，是个多么讨人喜欢的年轻人！阿黄亲热他，又有什么好奇怪的呢？

梁小来十来岁习鼓书，多年沉浸其中，上自帝王将相，下到痴男怨女，从古说到今，虽是一门小技，但久而久之，他也渐辨得些性情，考得些方俗，能形容万类，知得千古秋凉。阿黄，孩子似的天真、敦厚和顺的样子令他欢喜。梁小来得了个空，一本正经地对王坪达说："明年冬天，我拿十只肥狗换阿黄，可好？"

王坪达摆手答道："换，即是不忍；不忍，则食之不香。不香，你给我一百只肥狗，又有何用呢？"

生而为狗，真是可怜！听闻的人不免感叹。但感叹归感叹，万物都得各安其命，阿黄也不例外。这个道理大家还是懂得的，于是日子照旧过了下来。

转过一个冬来，阿黄长大了不少。长大了的阿黄，还是孩子似的心性，快活，对人友善且无比信赖。时常有顽皮的孩子爬到它的背上去玩，阿黄支撑不住了，就和背上的人一起滚到地上去。人人见了这番情景，都不免要叹一句："好歹也是狗啊，怎么就一点都不恶呢？"

进入四月，阿黄六七个月大了。六七个月大的阿黄，已是一只青春曼妙的狗，它的身形在不知不觉中变得更加长大，毛色也格外光亮，完全是一副漂亮的成年母狗的模样。涤水镇的人很少能在街上见到阿黄了，王坪达去茶社，也不再带着它。四月天，天气太过和暖，万物生机勃勃，但凡阿黄出门，总有公狗尾随挑逗，王坪达不胜其烦，就把阿黄关在了派出所大院内。镇上那些成年的公狗，开始有事没事地往派出所大院跑。王坪达时常拿了警棍站在大院门口驱狗。后来，阿黄的脖子上多了一根狗绳，狗绳一端系在院子里一棵开满白花的梨树上。阿黄时常围着梨树打转，眼神忧愁地向外张望。阿黄在树下转来转去，绳子在树上绕啊绕，变得越来越短。绳子短得不能再短的时候，阿黄竟知道掉过头来，再把绳子绕回来。阿黄的这股子聪明劲，引起了人们观赏的兴趣。来来往往的人常常停下脚步，看阿黄如何把尾巴歪向一边，围着梨树打转。有时候阿黄受了那些公狗的挑逗，当着众多看客的面，"汪汪汪"叫着直往外挣，挣得雪白的梨花落了一身，看上去让人十分不忍。

就有人拿阿黄与王坪达套近乎："王所长，你行行好，给它招个女婿吧。"

王坪达笑一笑，不紧不慢地应道："它还小。再说，阿黄那么漂亮，总得挑一挑的，不过……"他停下来，歪着脑袋将那人上上下下打量一番，一本正经地说道："倘若你肯，我又有何不肯的？"众人于是都快活地笑了。

涔水镇派出所共有三位民警。所长王坪达，警员小刘，外加一个内勤小孙。小刘除了时不时跟着王坪达出警外，还有一个任务，就是替王所长看管阿黄，以防它被那些发情的公狗坏了金身。小刘二十出头，不同当下那些活泛的年轻人，却是个实肠子，给他个棒槌，也当起真（针）来，看狗没几天，他就开始挠头了。派出所是老百姓经常进出的地方，补办身份证，给新生的孩子上户口，放养在山上的老牛不见了，邻居家的竹根长得越了界……凡此种种，都是免不了要到派出所走一趟的，因而派出所大院的门不能总关着。阿黄倒是跑不出去，可是那些公狗，一不留神就会溜进来。

小刘对王坪达抱怨道："这事何时是个头啊，比抓贼都难。"

王坪达看着不停打转的阿黄，笑着打趣小刘："嘿嘿！你以为它像你一样，一年到头都惦记这事吗？过了这半个月，只消半个月，它就安静了。"

小刘很有些难为情地笑了。

小刘恋着县城里一个卖童衣的姑娘，这在涔水镇也是件人尽皆知的事情。卖童衣的姑娘比小刘大三岁，小刘叫她姐姐。姐姐对小刘时好时坏的，姐姐对小刘坏，小刘是得个空就要往县城跑的。姐姐对小刘好，小刘更是得个空就要往县城跑。现在正是对他好的时候。小刘去县城不敢开所里那辆吉普车，怕所里有什么急事要用，他全靠了一辆旧摩托，"突突突"去，"突突突"回。浔水镇到县城二十里路，有时只是三两个小时的空，他也"突突"个来回。瞧他忙得！镇上的人就不免要笑话他。

听说是半个月，小刘松了一口气。但还是疑惑得很，只是不好问人。闲下来他蹲在阿黄面前，两手撑着腮帮子看着它，想起自己与姐姐的热闹，不免患得患失、柔肠百转。他恨不得问阿黄一句：感情的事，果真能这样来无影、去无踪吗？阿黄解不了小刘的疑惑，它为自己的那点欲望所困，只管在树下转来转去。小刘很有些惆怅的，末了回过神来，想到阿黄不过是条狗，于是又都释然了。

王坪达比小刘多吃了三十年的饭，路过的桥，接起来要比小刘走过的路长。小刘和阿黄，他都看在眼里。四月桃花天，人与狗，都易患痴症。因此看到时，王坪达的脸上会生出一点若有若无的和蔼的笑。年轻人，身子就是一池活泼泼的春水，能经得起什么风吹？老成如梁小来，也不例外。同样是讲《昭君出塞》，梁小来在春上讲的与在冬天里讲的会有所不同，茶社窗外的桃花一开，梁小来的鼓书里不知不觉就多了些"无风竹影、有月窗纱"这样的词儿。因此王坪达认为，不管是不是在桃花天，也不管是不是与痴症有关，人，总归会像阿黄一样，一辈子难免会有这样一两个不知害臊、糊里糊涂的"半个月"的。别人先且不管，就拿他自己来说吧，以前常穿一双能踢碎人脑壳的军用皮鞋，走个路也弄得山响，连狗都怕他，可是末了，还是觉得千层底的布鞋舒服，还是觉得安安静静走自己的路好。一切都只是个过程而已。

世上万般事，都是人算不如天算。阿黄这事也不例外。

一天早晨，王坪达正在米线店里吃一碗牛肉米线，电话响了，是他在沅城中级法院做法警的同学老赵打来的。老赵喊王坪达去杨树湾，说是"有事相商"。杨树湾是个枪决死刑犯人的地方，老百姓都叫它"杀场"。这杀场位于沅城与涔水镇之间，靠沅城方向，一个极其不引人注意的所在。杨树湾不是湾，而是一个向阳的山坡，山坡上也没有杨树，而是长着一大片黑压压的松树。王坪达接完老赵的电话，发了一会儿呆。一眨眼，和老赵竟有好些年没见面了。老赵以前是武警，转业后做了法警。年轻的时候，两个人气血俱旺，一个管抓，一个管杀，都有些担负了这清明世界神圣守责的自得，是谁也不服谁，见了面要互掐一番，甚是热闹的。后来，他们年纪渐长，慢慢看开，很多事就都淡了下来。现在老赵冷不丁来个电话，王坪达一时竟想不出能有什么事。他匆匆吃完米线就给小刘打电话备车。

从涔水镇到沅城三个小时的车程，沿途的油菜花都开了，像匹明艳艳的织锦，从公路两边直铺到田野尽头的山脚下。农民整洁的小楼散布其间。间或能看到一两口蓄满水的池塘，池塘里悠闲地游着三两只鸭子。天空也是蓝莹莹的。王坪达看着窗外想，仙境也不过是如此了。他想起来自己的老家，不过是山多一些，难得有这样开阔的田野，但这个季节的山里，一坡坡的翠竹，一坡坡的油茶花，也是美不胜收的。

得抽空把老家整饬一下了。他想。

警用吉普跑了两个小时后，来到了杨树湾。汽车从高速公路上下来，又走了一段盘山路。山上野花都开了，香气扑鼻。

王坪达望着窗外，对小刘说："还是古人讲究，秋后算账。哪像我们现在，一开春就忙这种事。"

小刘一边开车，一边应道："那是！说到底还是老祖宗会办事，古代砍个头可不简单，搁现在那就是行为艺术。你想啊，吃的是长休饭，喝的叫永别酒，用胶水把头发刷得服服帖帖，绾个鳄梨髻儿端端正正，鬓边再插朵红绫子纸花，砍下来拎在手上，那也是好个体面脑袋！"话未落音，忽听得汽车后座上传来几声狗叫。小刘扭头一看，只见阿黄趴在后座下，正好奇地抬头往车窗外张望。

小刘叫起来："它怎么跟来了，我明明把它系在树上了的。"

王坪达也回过头去看了看。王坪达笑道："这狗东西，大约也想出门看个新奇呢。"

汽车停在了一个戒备森严的院子里，阿黄还没有下车，院子里的几条警犬就都骚动起来，尤以一只改良黑背闹腾得厉害。老赵闻声走过来，看了看阿黄，摆手说道："带狗来也就算了，还带只母狗来，这不是成心要乱我军心么！快拴到外面的林子里去吧。"小刘赶紧把阿黄牵了出去。

王坪达将老赵上上下下好一番打量，打趣道："才几天？活成了个烧火佬！"老赵的儿子在北京工作，刚结了婚。涔水镇的人喊那些刚做了公公的男人为烧火佬……家业交给儿子打理了，从此只能坐在灶孔前给做饭的儿媳妇搭把手烧烧火了，只是烧火也就罢了，偏偏看到忙前忙后、年轻貌美的儿媳妇，心里又会生出些男人的不安分的愚蠢想头——人生中最后的一点不切实际的愚蠢想头。过了这段时候，给天仙烧火也老实了，那时候才是真老了。

老赵当胸捣了王坪达一拳，说："你不一样也快了？看你还能蹦跶几天！"

王坪达没心思再开玩笑，问老赵："今天是谁啊，非得让我来。"

老赵说："你不看新闻的吗？公审公判大会刚开过了的，还能有谁？早不说晚不说，今天一早突然说要见你。"老赵把王坪达带到一间小屋前，站在门口喊了声："田小楠，王所长到了，你有什么话快说吧。"

王坪达听到"田小楠"三字，不由心里一沉。"到底还是死刑啊。"他在心里叹了一口气。田小楠的家与王坪达的老家相距不过十来里路，一年前，王坪达配合沉城警方到田小楠家所在的那个小山村抓的她。当时田小楠藏身在她家屋后的一个小山洞里，熟悉地形的王坪达没费多大劲就找到了她。田小楠揪着王坪达的袖子，跪倒在地上，不住地求情："王所长，黑皮吃白粉吃死了后，我就知道错了，再也不敢了，求求你！求求你！看在我爹娘还有女儿的份上……"王坪达把手铐给她铐上后，她用绝望的眼神看着他说："你，这是让我去死呢！"王坪达也算是久经沙场的人，什么样的人没交过手？他从来都是快准狠的，可这一次，不知为什么，他虽然是毫不犹豫地铐了田小楠，但心里却觉得有些空荡荡的，少了以前常有的那种踏实感。后来电视也好报纸也好人们的议论也好，他都不怎么看不怎么听，似乎是刻意要忘掉这回事。

王坪达进到屋内，看到一个身形瘦削的年轻女子挣扎着从一张椅子上站了起来。

王坪达连忙说："坐下说吧，坐下说！"

王坪达看见田小楠表情平静、两手搁在膝盖上端坐在那儿，头发整整齐齐地抿在耳后，两只裤腿都用细麻绳扎紧了。王坪达的目光像被火烫了一样从田小楠的裤腿上跳开了。大部分的死刑犯人，即使是那些穷凶极恶的杀人犯，在临刑前一刻都会有屎尿失禁的情况，所以必须把裤腿扎紧，以防屎尿溺下。当了一辈子警察，王坪达对这一切都已不再陌生，但他还是感到了惊心。

田小楠看着王坪达，嘴角牵动了两下，算是笑了。田小楠说："对不起，让您跑这一趟。"

王坪达说："没关系的，有什么话，你就说吧。"

田小楠垂着头，半天不吭声。王坪达不忍心催她，就把脸扭向窗外。外面阳光明媚，绿莹莹的空旷的草坪中央，铺着一块颜色鲜艳的毛毯，几个荷枪实弹的法警站在毛毯边上默然地抽着烟。

"可惜了那毯子。"田小楠说。

王坪达回过头来，看见田小楠也望着窗外，王坪达就对她说："国法无情，这是没有办法的事……你还有什么事需要我做的，只要我能做，会尽力的。"

"王所长，你知道的，我父母，一病一瞎，我女儿叮叮，又那么小，他们三个，常常连饭都搞不到嘴巴里去，低保的事，还得麻烦您。"

"都跟乡里说好了，去年年底就该办下来了。怪我，年底一忙，竟忘了问问。"王坪达说这话的时候，不敢看田小楠的眼睛。年底的时候，他去过一趟田小楠家，田小楠的老父亲，无论如何也不肯接受低保，他的原话是："我们有什么脸面再拿国家的钱？我没有教好那一个，我不能再不好好教这一个，一粥一饭，都得自己堂堂正正挣来。"

"去年没有办下来。"田小楠说着话，"扑通"一下跪到了地上，头撞得地板"咚咚"响。田小楠说："拜托了！"

"放心吧！"王坪达连忙把田小楠扶了起来。

"看来啊，这种事用手枪比用步枪好。实习那阵，我见过用八一式半自动步枪的，威力大了点，半个脑袋都崩没了，场面实在难看。"回去的路上，小刘一边开车一边说。他看完了整个行刑过程，感慨颇多。

王坪达不吭声，沉默地望着窗外。

"沅城这帮家伙倒是懂枪，用七七，威力够贯穿，一枪毙命，弹眼小，射击残留物少，把人翻过来一看，嗬！好家伙！前额上的眼儿不过硬币大小，毛毯还挺干净，洗一洗补一补都能用呢！"小刘拍着方向盘直感叹。

王坪达不悦地道："专心开车吧，不说话会憋死你么！"

小刘看了王坪达一眼，道："所长，对坏人仁慈就是对好人残忍！田小楠她是罪有应得，她在县城贩了这些年的白粉，害了多少人？够死上十回八回的了！黑皮，不是她能死么？我和黑皮从小一块长大的，他死的时候，我都不认得他了，两只眼窝子陷到了后脑勺，整个人光剩了一把骨头！我要是早两年来涔水镇，就轮不到你抓她，我直接就把她给抓了——阿黄，你说我说得对不对？"

阿黄一声不吭，安静地趴在后座上。

王坪达道："我倒不是后悔抓她！她得到了一个公正的审判，这没什么好说的。只是，这死刑，怎么说呢，惩恶是一定的，可是，也彻底剥夺了一个人要做好人的机会不是？我现在呢，厌恶行恶，也厌恶他妈的行刑，不过是一报还一报的事，能高明到哪里去？"

小刘看了王坪达一眼，笑道："所长，你老了！软了！"

王坪达道："——老了就老了吧，谁还能不老呢？"他说着话，十指交叉起来兜住后脑勺，看着车窗外飞纵即逝的风景发呆。

至于是不是软了，他懒得为自己辩解……田小楠要不是死刑，老百姓也不会答应。

王坪达发了一会儿呆，对小刘说道："喂，你说，假如我们把一个坏人也送上天堂，让他在一个全是好人的环境里重新做人，会怎么样呢？"他看了一眼小刘，接着说："比如，把田小楠，送到一个没有白粉的地方……"

小刘"扑哧"一下笑了，他摇着头道："坏人都能去天堂，那天堂还是个天堂么？"

"嗝，也是！"王坪达愣了下，道："这真是吃饱了饭没事干，撑得瞎想！"王坪达摆摆手，有些羞赧地说道。他把座椅放平躺下，把大盖帽盖在自己脸上，闭上眼开始睡觉。可是一路上，王坪达满脑子都是田小楠裤腿紧扎着坐在那里的样子，直到车开进了涔水镇派出所，王坪达也没有睡着。

春种、秋收，都是茶社的淡季。布谷鸟一叫，乡下开始种瓜种豆，梁小来的大鼓书，就改为隔几天一讲了。隔几天，他也没个定数，有时三天，有时五天。剩下的时间，梁小来开始编一个新本子，现代故事，忠犬救主。讲的是一个进城打工的中年农民，因为急用钱，不小心陷入黑市器官交易，后来是他在城里收养的一条流浪狗救了他，最后这个农民带着一个健康的身体，还有那只流浪狗回到了家乡。梁小来试着把这个故事讲给周水清听。周水清坐在窗前绣十字绣，听完这个故事，泪水把花绷子都湿透了。周水清提笔在梁小来的鼓书本子上写了几句开场词：借狗狗忠义本色，添芸芸儿女家风，两般有无不同？算来是痴人一梦。

为了写好这忠犬，梁小来常去派出所看阿黄。梁小来隔窗对王坪达说："一只忠犬，就应该是阿黄这样子的吧。"

王坪达不吭声，只是看着小刘笑。

小刘正用拳头撑着脑袋打瞌睡——没事的时候他总是这样。按小孙的说法就是要"养足精神，去看姐姐"。小刘恍惚听得梁小来说"忠犬"，就站起来隔窗说道："阿黄这性子，典型的菜狗，忠奸不辨，照它的情形，坏人它也爱的，这温吞水，哪里救得了人？老赵那条黑背还差不多。"

梁小来不改初衷，道："救不救得人，另说，但说起忠犬，阿黄一定也不差的。"

阿黄呢，听不懂这些，安安静静地趴在梨树下。

从杨树湾回来，阿黄性情大变，终日懒洋洋的，对谁都有些不理不睬。

不久，阿黄挑起食来，食盘里常常剩下一大半。这样的次数多了，梁小来就注意到了。他跑去对王坪达说："阿黄别是病了吧，得找个兽医看看。"

王坪达把报纸从脸前移开，扭头看了窗外的阿黄一眼，淡淡笑道："不碍。"

到了五月，梨花开尽。阿黄的病症似乎加重了，更添了一层呕吐。梁小来按捺不住了，跑进派出所办公室去打电话叫兽医。

王坪达把梁小来的电话扣上，说："不碍的。"

小刘在一旁说："都养到这份上了，要病死了，可惜了的。"

小孙也说："这样下去，年底你吃什么呀。"

"缺了阿黄，还能不吃狗肉了吗？我以后啊，吃不了三净肉，吃二净肉。"王坪达扭头看了看阿黄，笑道，"——告诉你们吧，它不是病了，是怀孕了。"

梁小来高兴得不得了，问："可是真的？"

王坪达答道："这还能有假？"

小刘跳起来："怎么会！这是什么时候的事啊？"

王坪达并不说明，笑道："呵呵，它比你高明，悄没声息就把事办了，你服不服？"

小刘两眼瞪得铜铃大，道："嗬！到底是什么时候的事啊？它是怎么干的啊？"

"怎么干的，你问它咯。"王坪达只是笑。

进入六月，天气渐热，稻子渐黄，阿黄生了。

五只小狗崽，毛色、长相、性情各不相同，有全身乌黑的，有一身棕黄的，也有黄中带黑花的，尾巴都蓬松上卷，多少都像着阿黄。王坪达对小刘小孙说："怎养得了这些？这黑的给我留着，明年退了休，带到乡下去正好。剩下的，你们看看有没有合适的人可以送。"

小孙抱了一只回去给儿子当宠物。周末小刘回县城，挑了只看上去乖巧懂事的送给了黑皮的父母。一个来派出所补办身份证的农民要走一只。梁小来闻讯赶来，照样只是要阿黄。

梁小来说："年底，我给你十只肥狗！"

王坪达想起镇上的女人们打趣梁小来的那句"好个母狗"的话来，就笑道："什么时候见过你这么喜欢狗的？一条狗罢了，值什么！"

梁小来高兴地谢过王坪达，弯腰摸着阿黄的脑袋道："所长，阿黄还真是命大，你这样子严防死守，它还是做了妈，真不容易啊。"

小刘摸着自己后脑勺，思忖着说道："想来是在夜里，有狗翻墙进来，成其好事。"

王坪达看小刘迷迷瞪瞪的样子，就说道："狗跳墙？亏你想得出。告诉你吧，是在杨树湾，老赵那条黑背……"

原来，王坪达见过田小楠后，就赶紧走出刑场，坐到车上抽起烟来。刑场里外两层警戒，气氛很有些肃杀。阿黄被小刘拴在距车不远的一株松树上，松树下开着一小簇野蔷薇，一群蜜蜂"嗡嗡嗡"地在上面忙个不停。王坪达一支烟没有抽完，就看见那只黑背从院子里窜了出来，胸背带上的不锈钢卡环在地上拖得叮当响。黑背一点不客气，直冲阿黄过去了，它用脑袋把阿黄拱了拱，三下两下，就把阿黄抵到松树上，两只前爪按住阿黄后背，两条后腿直立起来，霸气十足地忙活开了。黑背脊背高耸，一边忙活，一边"呼呼呼"地直吐猩红的舌头，办起事来气势如虹，与一般的土狗完全是两样。王坪达觉得有趣，且不去管年底进补的事了，只把两条胳膊支在车窗上津津有味地看。一个法警从里面急慌慌

地追出来，王坪达连忙下车拦住他，说："已经这样了，姑且成
全一下。"

　　那法警看着两只欢情正浓的狗，自知要分开它们也难，弄不
好，还伤狗，只得快快作罢。王坪达拍拍他的肩，递了根烟给他。
两个人抽着烟，站在车旁默然地看蜜蜂忙乎，看狗忙乎。没多久，
传来短促的"啪"的一声枪响，惊飞松树林里的几只乌鸦，人和狗，
却都没有动一下。

　　听完这些，两个年轻人都默然无语。

　　梁小来给阿黄取了个新名字，叫得顺。

　　一镇的人，没有这样正儿八经给狗取名字的。涝水镇上的狗，
基本上都是本地土狗，论模样，也都是规规矩矩的狗模样，少有
长得奇形怪状、狗不像狗的。名字吧，随便叫个阿黄阿黑或者阿
花，也都是规规矩矩的狗名字。有那么一两家有闲钱的，最多养
个京巴，当玩物儿，叫个欢欢、乐乐什么的，至少有股子小意儿，
也都还说得过去。给狗取个名字叫得顺，你让那些叫顺得顺心、
叫得福得喜的人怎么弄？

　　梁小来性情温和，一向都好说话，可是在给狗取名字这件事
上，梁小来固执得很。一锅米饭焖好了，梁小来先盛出一盘来喂狗。

　　"得顺，来吃！"

　　梁小来出门来，把搪瓷盘子往地上一顿，喊这么一嗓子，得
顺就乐颠颠地跑过来了。

　　街上的人都笑他。背地里有人道："听上去像叫儿子！何不

干脆给它个姓？叫梁得顺！将来连儿子也省得生了！"梁小来不管那些风言风语，还是一口一个"得顺"地叫。新华书店的李得康看到得顺脸就拉得老长，他跑到派出所告梁小来的状。李得康说："王所长叫这狗阿黄，他偏叫个得顺，显得他就有多高明？"

小孙和小刘都笑李得康是个小气包，道："以前怎么没看出来您老那么会说话，瞧这风煽的！"

王坪达也笑，他拍着李得康的肩膀说："得康，我记得你的小名叫狗剩，我的小名你知道吗？"李得康摇摇头。

王坪达道："叫狗蛋。"大家都笑起来。

王坪达又说："人可以叫个狗名字，狗就不能叫个人名字吗？你又不是不知道，梁家两代人，到了小来这才过得有点样子了，他的那点子心思，你还不明白吗？"说得李得康很不好意思地笑了。

自此，在涝水镇，得顺这名字，就算归狗了。

梁小来去河对岸，不再是独来独往了，得顺总是跟着他。它一会儿跑在梁小来前面，一会儿跑到梁小来后面，兴兴头头地，与平常日子格外两样，仿佛到河对岸去，对它来说，也是一件天底下最快乐的事。

得顺后来又活了二十年。与其他同种或不同种的狗相比，得顺的一生，可谓是漫长的一生。狗的二十来年，差不多相当于人的一百二十年，这样一算，就知得顺的一生，也是漫长得令人惧怕的一生。得顺的儿孙们，尽管身体里或多或少地流着得顺的血，但它们是进行了一场一代接一代坚韧的接力赛，才勉强活到了得顺最后抵达的时代：一个光怪陆离、绝望与希望并存的时代。得顺死去后的涔水镇，陆续添过许多新鲜的狗面孔，比如镇长夫人的吉娃娃，财政所长家那头长得像个绒球的松狮。跟得顺相比，这些新鲜的后来者，都有着一个宠物应有的干净、体面，它们甚至像人一样，拥有一两套有趣的衣服。可是多年以后，涔水镇的人能想得起来的，视为伙伴的狗，还是像得顺这样的狗。

牛为什么会哭

/// 王方晨

我要讲讲一头牛。这头牛叫狮心。他就是我要讲的。我觉得好像童话，也有点像幽灵的故事，不过我讲的都是真牛真事，尽管除了我和狮心以外谁也不知道。

狮心是爷爷留下来的。爷爷常对我说："孩子，可别小瞧他，他有一颗狮心。"爷爷很老，跟牛一样老。他们本来应该双双待在一起，昏昏思睡，但为了我，爷爷还要牵着牛，走出门去，到河边、洼地上转悠。老牛行动迟缓，说不定什么时候就会突然趴窝。我骑在牛背上并不放心，不免要用怀疑的目光看这老牛。爷爷轻易就从我的眼神里看出那种不信任。爷爷一遍遍地对我讲那句话："孩子，你可别小瞧他……"我从没想到，爷爷会死在老牛前面。

那天晚上非常寒冷。我睡得很熟。老牛的叫声把我惊醒。爷爷身上散发着可怕的寒气。我壮壮胆子，用发抖的手推推爷爷。

爷爷身上已经僵硬了。我吓得头发都竖起来，就像突然掉进一个黑洞。四周漆黑一片。我想不到点灯。我的手也够不到放在柜子上的火柴。在恐惧和茫然中，我终于看到了老牛眼里的微光，脱口叫道：

"狮心！"

我听到老牛答应了一声。他离我很近。他鼻子里温暖的气息喷到我的脸上。我大哭起来。

"狮心，爷爷死了。"我抱住他的脖子，哭着说。

"爷爷没死，爷爷睡着了。"老牛说着，伸出柔软的大舌头，在我脸上舔来舔去。

这是老牛第一次发出人的声音，但我没有一点惊异。在他的抚慰下，我渐渐平复下来，好像爷爷真的还活着。爷爷睡得很沉。在这夜半人静的时刻，我不再强烈地意识到自己是在跟死亡做伴。那个躺在床上一动不动的老人，还是我随时都会醒来的好爷爷。

老牛放心似的，慢慢从我身边走开。出了门，立刻投身到墨汁般的黑暗之中。不久，我就听到从外面传来一连串的猖狛狗吠，还有老牛在村街上奔跑的声音。

孟昭祥村长养了一条凶猛的大狼狗。是他从在塔镇派出所工作的亲戚那里搞到的。我知道，村里的每个人都害怕这条狗。白天，孟村长把它拴在家门口，可是到了夜晚，村长却常常把它放出来，说是吓小偷。一般情况下，我们是从不夜晚出门的，而且，只要有可能，我们都会在夜幕降临之前及时回家。

不用问我也知道，老牛是去叫我父亲了。我父亲和我母亲、弟弟，都住在新房子里。我和爷爷生活的地方，是我们胡家的老宅。院子里有棵大槐树。这么大的槐树，全村也只有一棵。家家当院的大树都给砍掉啦。树荫响摊晒粮食。父亲也要砍掉这棵树，爷爷就把树抱住，说："你把我也砍了吧。"这棵树得以幸免。远在野外，我们就能看到它，好像一块高高堆起的黑色的岩石。可以说，整个孟家庄，任何东西，包括孟村长的小洋楼在内，都没有这棵树更加引人注目。我和爷爷非常为之自豪。我把它叫作我的大青山。我盼望有朝一日，能够登上这座巍峨屹立的大青山，更远地看到四面八方。爷爷不止一次对我许诺，要带我走世界。他说，我老了，可是如果老牛撑得住，我也撑得住。我总觉得爷爷马上就要带我走了。我们沿着小河，一直往前走，越过塔镇，越过无数富饶的村庄和美丽的城市，还有高山、峡谷。小河也会越长越大。它变成了一条波涛汹涌的大河，不拒细流，接纳百川，最后融入湛蓝湛蓝的大海。那时候，我们就会亲眼看到世界尽头的景象。

爷爷再不能带我走世界了。老牛还撑得住，爷爷却撑不住了。想到这里，我重新意识到爷爷已经独自远去。我又害怕地哭起来。

一群人闯进屋门。领头的是我父亲。他们显然刚从被窝里钻出来，身上还带着被窝里的余热。与其说他们感到无边的夜寒，不如说正为被人从睡梦中叫醒而心里窝火，一进门就像发泄怒气似的，脚下东踢西踹，嘴里骂骂咧咧。他们没想到，屋里有个老人，刚刚离世。

在孟家庄，有一个难以启齿的传统。虽然没人会明确承认，但它的确在为很多村里人遵守。任何一个村里人，都不会妄想自己在人老力衰之年赢得世人的尊重。人老了，就是累赘。他人的累赘，自己的累赘。都多少年了，家家都在为赡养老人吵闹。每天从早到晚，都能从街上听到声声詈骂："老不死！"隔三断五，就会有一个老态龙钟的老人，拎着条破布袋，步履蹒跚，去儿子家要粮。粮要来了，欢天喜地；要不来，也不沮丧，路上就对人说："阎王爷怎么还不来叫我呀！我又不是大闺女上轿，还瞎打扮啥？"阎王爷终于来叫了。非常简单，死去的老人常常被偷偷埋掉。老人不喜欢火葬。夜里死了，夜里埋。白天死了，不吭不声过一天，等天黑了再埋。也不用发丧，也不用守灵。过上十天半月，没人问老人哪去了。问了也不当紧。就说，走亲戚去了。再过十天半月，问都不用问了。老人已被全然忘记。我们孟家庄周围的村庄，也都是这样处理丧事的。孟村长心里明白。但这种事，犯不上管更多。其他村的村长也是这样子的。他们掌握了一个原则，偷埋就偷埋吧，就是不能留坟头。不留坟头的后果是，用不了多久，埋人的痕迹就找不见了。这也就是说，一个人永远地从世上消失干净了。在最近的半年，我至少发现孟家庄有六七个人就这样不见了。爷爷也从来不谈论他们。

现在又轮到了爷爷。但我还没想过，爷爷不见了世界又会是怎么一副样子。

那些人进来，点上灯，立刻着手给爷爷装殓。他们的神情就像对待一条破棉絮。对我更不用说了。他们根本就没想到我。一个人伸手一拨拉，就把我拨拉到了墙角，好像我是个碍手碍脚的什么物件。我紧贴在坚硬干燥的墙壁上。忽然，我向爷爷扑过去。我就想紧紧抱住爷爷冰凉的身体。可是他们又把我拨拉开了。他们粗暴的行为让我感到窒息。我瞪大眼睛，眼看他们随随便便就把爷爷装在了棺材里。那副棺材已经备下很多年了。反正从我记事的时候起，它就放在屋子里。爷爷对它非常爱惜，常常解开包在上面的塑料布，端详好半天。爷爷对我说，我的小油豆子，这可是我的金銮宝殿哪！他把棺材叫作金銮宝殿，连我都想象得出他会怎样神气十足地躺在里面。

如今，爷爷果真躺进他的皇宫里。

哐哧一声，那些人把棺盖合上了。我的心随着猛一收。怕人来抢似的，他们慌慌张张地抬起棺材，就走了出去。我忽然想看看父亲的脸色，但我只看到了他宽阔的背影，而这背影也仅仅在屋门口一晃，就被黑暗吞没了。也许因为他们行动太迅速，带出了一股风。灯焰摇晃了两下，灭了。我什么也看不见，但我仍旧尽量睁大了眼睛。我就一直这样看着，看得眼睛生疼。

一团黑影在我虚幻的视野里，悄无声息地向村口移去。我和老牛谁也不管谁。我看，老牛哞哞叫。

老牛叫了整整一夜。

天色大亮了，我都没能看到那团影子走出村口。

后来我想，那不过是我想把爷爷留住的一种方法。只要那种情景依旧在我眼前闪现，爷爷就没被人们埋到土里。但事实无法更改，我的眼前突然就明晃晃一片了。

有好大一会儿，我看到的就只是一片白光。我的眼睛被耀得又酸又涩。我知道，爷爷已被人埋到了土里。

说实在的，我心里虽然难过，但却像完成了一桩心事似的，好像我在担心爷爷死了谁也不理会，就那样一天一天地躺在床上。

这时候我看到了趴在地上的老牛。因为我还清楚记得晚上的情景，我就对老牛投去了感激的目光。

……是老牛把大人叫来的。这点没错。

等我发现老牛腿上受伤时，我心里已不仅是用感激所能描述的。老牛让村长家的狗咬了，咬得还不轻。伤口上的鲜血已经凝固，皮肉却还耷拉着，被冻得又黑又硬。血肉下，白骨森森。他不能动了，只好直直地挺着脖子。我看不到他脸上有沮丧的表情。他内心悲哀，却又显得无比坚强，好像他不是一头老牛。他还是一个年轻力壮的小伙子，长得又健康又漂亮。

我想，爷爷没有说错，老牛是有一颗勇敢的狮心。恶狗可以咬伤他的腿，但不会吓住他。也许在半夜里，发生了一场短暂的搏斗，那条恶狗说不定被老牛踢得够呛呢。

当我发现爷爷溘然长逝，我是怎么叫他来着？……我叫他狮心。我脱口而出，就像我白天里这样叫他一百遍了。他答应了，就像他知道自己叫这个名字。我哭着告诉他爷爷死了。他安慰我说爷爷只是睡着了，然后去给爸爸报信……

"狮心！"我又叫。

"哎。"他答应了，声音里带着伤感。

"狮心！"我生怕自己搞错。

"是我。"他说。

我的泪水呼一下就流出来。不光因为狮心会说话，我又想起了刚刚过世的爷爷。

"狮心，就剩下我们俩了。"我哭着说，"这世上就剩下我们俩了。"

"小油豆子，别说得这么可怜。"狮心慢腾腾地说，"这世上有好多人。你还有父母，还有一个小弟弟。怎么会就剩下我们俩了？"

他像我爷爷一样叫我小油豆子。——我抱怨他："狮心，你不该这么说。你应该知道，他们对我们是没有用的。我的那个小弟弟，他更是一点用处也没有。"

狮心显得生气了。"小油豆子，这样谈论自己的亲人很不对，"他说，"亲人就是亲人，不能说有没有用处。"

他的声音很严厉，但我还是想扑过去，搂住他粗壮的牛脖子。我却动弹不了。我这个人，只有上半身。

全村的人，包括我的爸爸，都叫我"半个人"。如果让我爷爷听到，他会很生气。他会大声骂人。所以，敢当着爷爷的面叫我"半个人"的，也并不是很多。不过，在我听来，他们也没叫错，我就是半个人。我的下半身没有知觉，两条腿细瘦扭曲。我坐在牛背上的时候，它们耷拉下来，在我看来就像两根煮软的粗面条。而我的上半身也仅仅是能够直立起来，时间久了还会累得腰酸背痛。这就决定了我躺在床上的时候居多。没人会认为我会多活几天。就连我也常常想到，等我一觉醒来，我已经死了。我是在另一个世界里。

爷爷也不忌讳对我谈到死亡。在爷爷的观念中，死一点也不可怕。爷爷说，死是什么？死了就是脱生。可我不想脱生为一头猪，一只鸟，或者一只蝴蝶。我还想继续做个人。对此，爷爷也有说法，人在世上行好下辈子就能脱生人，这辈子没得到的，下辈子都能得到，比如，这辈子没有好腿，下辈子就能有双好腿，这辈子长得丑，下辈子就能变得非常英俊，父母也会非常疼爱他……我觉得只给我一双好腿就足够了。这样，在我遇到不顺心的时候，我真恨不得一死了之。可我的确舍不得把爷爷一个人抛在世上。你想，没有爷爷的天地，再宽广，再富饶，又有什么快乐可言？

爷爷就这样悄悄地先我走了！

我不禁开始怀疑。爷爷作为一个智慧老人，应该对自己的死亡有所预感。临终前，他该把什么话给我留下。

……爷爷在油灯下搓麻绳，给我讲一些荒唐事儿，什么东海龙王，什么莲花圣母，有他自己编的，好比那个说谎的孩子没屁眼之类的，还有他从别人家的电视上看到的，哪里发生了森林大火，把石头炼成了黄金，哪里打仗，枪子上都安了眼睛，非洲哪个国家的国王娶了一百个老婆，坏人从乡下购买残疾小孩，逼他们在大城市沿街乞讨，反正一桩桩稀奇古怪得不得了。我只觉得有一个老人絮絮叨叨地给我讲这些很惬意，常常忘了给爷爷递麻批子。爷爷看看时候不早了，而也困得眼睛几乎睁不开了，就一手扶着后背，一手扶着床沿，站起来说："该给我们的玻璃豆子膏点儿油了。"爷爷说的玻璃豆子，就是我们的眼珠子。哎呀，我觉得玻璃豆子的确涩得不行了。爷爷又给老牛刷了一遍毛才上床。他把手伸到被窝里，说："我这老头子真是享受，被窝里给我生了个小火炉。"我心里非常得意，爷爷一进被窝，我就马上把他给搂住了。我在半睡半醒的状态下，听到爷爷的嘴几乎没停，但没一句说到死亡的话。他不停地赞美，赞美生活，赞美老天爷，让他在寒冷的冬天也不觉得寒冷。他的小油豆子是多么让人喜欢，多么乖顺，多么热气腾腾，多么知道体贴老人，闻闻小脑瓜上柔软的头发，喷喷香呢。他还转过头去，对老牛说，再过两个半月，你才能吃到青草。这是我清楚听到的最后一句话，因为我立刻睡着了。我立刻走在了春天的青草地上。阳光普照，鸟语花香。我牵着老牛，用一双健壮的双腿，轻快地走啊走啊，完全忘了停下来让老牛吃草。

爷爷没有一句话暗示自己会在半夜死去。那么，在我熟睡之际，在我忘情地徜徉在绿草地上之时，爷爷的话也只能被老牛听到了。爷爷临睡前抱给老牛的干草，够他嚼吃一整夜的。

我看着老牛，把心里的疑问说出来。

　　果不其然，老牛这样说道："爷爷说了，可惜你睡得太死，爷爷只得让我转告，爷爷要去大青山。可是说句实话，我也不知道大青山在哪儿。还没来得及问，爷爷就起身走了……"

　　来不及听老牛说完，我就差点跳起来。我急不可待地从屋门口向院子里的大槐树望去。

　　哦，我的大青山，你还没有绿。穿过你光秃秃的枝桠，我看到了冬天灰蒙蒙的天空。可是我相信，爷爷就在那里。爷爷没有死。他以自己衰老的肉身甩开了世人，就是为了能够跟我更自由地生活在一起。只有我知道，连老牛也不知道，爷爷耍了一次诡计，就把所有人给骗了。

　　我就要偷偷地笑出声来了。

　　父亲手提一根粗粗的枣木棍走进屋门。

　　毫无疑问，父亲一眼瞧见了我脸上的笑容。

　　"你个没良心的东西！"父亲恶狠狠地骂道，"你爷爷最疼你。你爷爷刚死，你就笑。"

　　我害怕极了。但我看得出，父亲不是冲着我而来。果然，父亲转向了老牛。他举起木棍，二话不说，劈头朝老牛打去。我浑身一哆嗦，就看见老牛的一只角被木棍打歪了，断茬上露出鲜红的血肉。老牛有两只非常漂亮的牛角，在阳光下就像油漆过一样。我骑在牛背上最喜欢把这两只角抓在手里。

　　老牛疼得哞了一声。

　　父亲是不会怜惜那只牛角的。他又朝老牛打过去。老牛受了伤，没法躲开。木棍雨点般落下来，不是落在牛头上，就是落在牛背上。

我吓得蜷缩着身子，眼看着老牛受难。过了好一会儿，我才有一些正常的思维。我在心里暗暗地叫道："狮心，你开口问他，问这个人，为什么打你？你做错了什么？"我给老牛使眼色，但老牛就是不开口，他甚至连叫也不叫了。他只是用哀怨的目光，看着一次次落下来的木棍和凶狠的父亲。

后来，父亲打累了，重重地把木棍扔在一边，气喘喘地骂道："你个惹是生非的畜生！敢踢胡昌盛！你他妈还能活几天？还不他妈早死早脱生！哼，你也是条命！"

我什么都明白了，父亲是来给胡昌盛出气的。

胡昌盛就是孟村长家养的那条恶狗。他让自家的狗姓胡，村里姓胡的人家没有一个敢说个不字的。姓胡的人家所能够做的，就是从不叫那狗胡昌盛。提到那狗时，就只说昌盛、昌昌、盛盛，好像在说自己的一个老朋友。可是我的父亲在没有一个外人的情况下，却自管称那狗为胡昌盛。父亲真的让我非常失望。

父亲骂完老牛，转身走了。

我替老牛委屈。可是，我又忽然感到惭愧。老牛没有开口告饶，我也没敢吭声嘛。哪怕我说一句话，我做一下阻止的手势，也算我有种。我过去非常害怕父亲，这一点我也不想回避。但现在情况有所不同。爷爷刚刚死去。我躺在爷爷生前睡觉的床上。父亲看到我，不可能不由此联想到他自己的父亲。他或许因此顾怜起我来，老牛不就挨得轻一些吗？我却只是屈服于自己的恐惧，把自己蜷缩成一只没出壳的雏鸟，眼睁睁看着老牛被打成这个样子。

我心痛得很，真想叫爷爷过来，把我抱到老牛的身边。

爷爷不在屋里，因为少了爷爷，这矮小的屋子变得空荡荡的，好像一片无边无际的荒凉的旷野。

我顺手抓起一束麻批子，做了个简易的圈套，向地上一块爷爷当座位的石头扔过去，恰好套在了上面。我拉紧麻批子，一点一点向床沿匍匐而行。

扑通一声，我像块石头似的，从床上滚落下来。我没松手，继续向老牛爬去。我爬到老牛身边，立刻投身到他的怀里。抬头看了他半天，也没说出话。我止不住呜呜地哭起来。

真没想到，老牛耻笑我了。

老牛说："我是一头牛，还想不挨打？你爷爷也打过我。但比起上一个主人，在你爷爷家里，挨的打少多了，轻多了。你爷爷打我，就像挠痒痒。"

我说："任何人都不该打你。你不是普通的牛。"

"我是一头普通的牛。"老牛以肯定的口气说。

"不，"我说，"你有一颗狮心。"

老牛沉默了。他对我看了好大一会儿，但仍没有承认的表示。

"你会讲话。"我又找到一条理由。心想，这下子老牛不会反驳我了。

老牛眼里湿漉漉的，映照着我小小的单薄的面孔。我觉得他已没什么话可说了。我伸手抚摸他的面颊。

我的手慢慢停在了他的额头上。那里的皮毛仍然像锦缎一样光滑。我没敢摸摸他的角，连那只完好无损的角也没敢摸。我感到了指尖上的微微的颤抖。

突然，那只被打歪的牛角脱落下来。我没能接住，牛角就掉在了地上。

可能看到我的神色又凄楚了一下，老牛就说："掉了就掉了吧，我要那么漂亮也没用。我又不会像小伙子那样娶媳妇。"

你爱信不信，老牛这样说的。他的声调不以为然，但我却心如刀割。因为我想到，狮心是一头阉牛。爷爷把他从别人手里买来时，他就已经被阉掉了。我心里暗暗感叹，牛啊，世上还有没有比你更深的苦难？可是，我看出他眼里马上流露出了一丝羞愧的神色。接着，就听他模棱两可地说了句，不好意思。

我有一个非常愚蠢的念头，好像爷爷死了，我也会不久于人世。但我一点也不担心没人发现我死在爷爷的床上。老牛活得过我，他还会不顾一切，出门报信。昌盛拦路，踢死它！活不过我，也不要紧。天寒地冻的，尸体不会过早地腐烂。父亲总会有一天来到爷爷的小屋，爷爷生前打好的麻绳，毕竟还算是比较值钱的东西。另外，还有一捆色泽光鲜的麻批子。

我要等待这一天到来：我轻飘飘地从爷爷的床上起身，穿过父亲的身体，去巍峨壮观的大青山寻找我亲爱的爷爷。

我却在爷爷去世后的第四天等到了我的弟弟。

　　弟弟有个响亮的名字，胡志伟。

　　院子里传来一声咳嗽。我抬头一看，就见一个可爱的小男孩走到了门槛外面。

　　这是个人见人爱的孩子，不知道的人绝对不相信他会是我弟弟。皮肤粉白，头发乌黑，一双大眼睛水灵灵的，小嘴鲜红得如同玫瑰。可他是我弟弟。

　　胡志伟斜着身子，手提一只瓦罐。我已经闻到了瓦罐里的食物的香味。如果我有一双好腿，我早就起身迎接我的弟弟了。可我只能挺直一下脊背，而且马上意识到了自己的丑陋。

　　对我们的家庭来说，我是一个孽障。父亲不相信会生下我这样的儿子。我不光是半个人，还没一副好模样。

　　村里有个可笑的传言，说我生下来有条猴尾巴，父亲生气拽我的尾巴，尾巴给拽去了，也把我下半身的神经和血脉拽断了。我就此问过爷爷，爷爷气愤地说："他们放屁！昧着良心说瞎话，生个孩子长尾巴，连屁眼也没有呢！"

　　父亲见我模样怪，就不想要我，裹巴裹巴给丢在了洼地里。结果是爷爷把我给找了回来。爷爷一个人一把屎一把尿地把我养大。因为我，父亲和母亲的关系很不好。父亲怀疑母亲不干净。母亲有口说不清。两人常常打架。直到母亲生下了我弟弟胡志伟，两人的关系才好一些。父亲依然认为我丢了他的人，连名字也不给我起，就叫我半个人。母亲已经让父亲打怕了，也不敢来爷爷家看我。甚至为了讨好父亲，随着父亲对我诅咒，好像心越狠，就越清白似的。她生下的弟弟，也被拦着不让来，而且还故意对他隐藏我的存在。人前人后，叫他"大孩儿"。这胡大孩儿长大一些，懂得一些事了，也知道我这个跟着爷爷一起生活的怪物是他亲哥哥。但他不叫我哥哥，也从不找我玩，可能因为我的样子天生让人嫌恶。

胡志伟的到来，给了我极大的惊喜。他脸上嫌恶的神气，又让我克制住了自己。他犹犹豫豫地走进门来，把瓦罐放在我的脚边，冷冷地说了句："吃吧。"

尽管我的肚子很饿，我也没有马上动那瓦罐。我忍受着肚子里牙齿的撕咬。

胡志伟转身要走，却又停下来。他看着趴卧在地上的老牛，我觉察得到，他要骑上牛背。这让我感到欢喜。我终于可以跟弟弟一起玩耍一次了。

我装着轻松地说："你骑吧。"我不叫他弟弟。我还拿不准他是否喜欢我这样叫他。我又看老牛，用眼神问他，你行不行啊？老牛也用眼神回答我，行！

老牛老实地趴在地上不动，配合胡志伟往背上攀爬。胡志伟却怎么也爬不上去。

爷爷养的这头牛非常高大。由于爷爷的精心饲养，老牛膘肥肉厚。虽然这些天瘦了不少，但伏在那里，仍像一堵又高又宽的墙壁。

胡志伟爬不上去，我又不能帮他，他就很扫兴地不爬了。

突然，我抓起那只牛角，对他说："牛角很好玩。"其实我也不知道牛角怎么好玩。但我灵机一动，把牛角放在了唇边，没费力气，我就把牛角吹响了。"呜——"我说，"你可以把它当成牛角号。"

胡志伟将信将疑地把牛角接到手中，打量着它。

我还没见过如此矜持的孩子。他比我强一百倍。我不怨父亲那么疼他，护着他。

这只牛角号很漂亮，到大商店里都买不着。我还在煽动他接受我这个哥哥的礼物。"你吹着它可以跟人玩打仗，"我继续鼓励他，"放在嘴上，不用费劲，轻轻一口气——"

胡志伟慢慢把牛角送到唇边，但我意想不到的是，胡志伟突然变了脸色。胡志伟干呕起来。他闻不惯还没干透的牛角里的气味。呕了半天，他什么也没呕出来，那张小脸变得又灰又黄。那只牛角还在他手里呢。我叫了声牛角，才提醒了他。他抬手扔到了我的身上，然后就跑了出去。

寒风把胡志伟在街上干呕的声音吹来。我心里有着说不出的内疚。本来我是好意，却带给他这么大的痛苦。如果能够补救，叫我做什么我都乐意。我已经没心事吃饭了，就那样呆呆地坐着，深深自责。

不久，我的父亲来了。我听出了他的脚步声，马上准备挨揍。我不会叫一声疼的。父亲打得再狠，我也不会抱怨。

可是出乎我的意料，父亲来了就坐在了门槛上，好像不知道我让胡志伟作呕的事情。

他看了看我身边的瓦罐子，低声问我："饭不好吃？"我忙回答："好吃。"他也没多说什么，又坐了一会儿，起身走了。

父亲的到来，让我禁不住想三想四。这是不是向我传达了一个信号，父亲要把我接到家中去住？爷爷不在了，我自己和老牛住在一起，如果他们再不管我，这么寒冷的天气，用不了一个月，就得冻死饿死在这里。哎呀，父亲就是父亲！

越思越想，我就觉得父亲接我去住的可能性越大。我按捺不住内心的喜悦，大声对老牛说："老牛啊，我小油豆子也有了苦尽甘来的一天！"

老牛无动于衷，明明嘴里没什么东西，还在那里不停地咀嚼。我越看，他就越像一头普通的牛。

"狮心，狮心。"我连声叫。

老牛理都不理。

这天晚上，父亲又来了一次。

我看到一个黑影从院子里走过来，没想到那还会是父亲。我很紧张，错以为那是小偷。麻绳、麻批子、老牛，实际上都是好东西。如果真是小偷，我肯定无法保护爷爷留给我的财产。我想，不管怎样，我都要奋力捍卫我的家园。没有力气，我可以大声呼叫。我就是喊破喉咙，也要让全村人听见。喊声一定会把很多人引来，或许还会引来孟村长家的大狼狗。只是不晓得那条大狼狗会不会至今对自己被踢耿耿于怀。

等那黑影走近了，我才发现是两个人。一个是父亲，另一个我不认识。他们没有说话。那人到了屋里，就啪嗒一声摁燃了打火机。他弓着腰，把打火机举到我的面前，对我上上下下地照了一番。同时，我也把他看了个一清二楚。这是个瘦小的外地人，长得尖嘴猴腮，比我还要难看。他那大黄牙呈八字形朝外龇着，好像要啃我一口。我真的不想看到这张脸。幸好打火机烧烫了，他就把火熄了。一切又回归于黑暗。可是那人并没有走开，他伸出手，在我身上又摸又捏了半天。他摸捏够了，才跟父亲一起走到院子里。不知道他们叽叽咕咕说了些什么。那人走了，父亲就一个人回来了。父亲像白天一样坐在门槛上。他深深地叹息了一声。

"小油豆子。"父亲叫我。

我一听自己的名字从父亲嘴里说出来，身上就止不住打战。父亲没叫我半个人。他头一次像爷爷那样叫我小油豆子。

父亲继续说："小油豆子，不管年轻年老，人都得给自己找条活路。人也都说不清自己会摊上啥事。你看我现在能吃苦，能出力，能跑能颠，说不定啥时候就没用处了。真心话，我也不是不想养你。但我养了你一时，养不了你一世。怎么也不如你自己有个一技之长，好赖是个饭碗。就是我和你妈百年之后，也不用总是挂心你了。小油豆子，刚才那个河南人，你也看到了。他是个耍把戏的，有自家的把戏班子。他摸清了你的条件，说是可以收你当徒弟。也没什么太难的节目，钻钻罗圈，爬爬竹竿，最轻快的就是变变戏法儿……"

我想告诉父亲，他真的没必要说这么多。我的心里早就热乎乎的了，可他还在说。

"你在外面发达了，没多有少，不想着我和你妈，就只想想你弟弟，"父亲说，"把那花不了的钱，也寄回来一点。你弟弟也要上学，将来考上大学，花项也少不了。俺那小油豆子，我和你妈到了那时，不指望你，还能指望哪个？"

我哽咽起来。"爸爸。"我叫道，"我答应，我答应，"我连声说，"我答应去学耍把戏。"

"好孩子，"父亲说，"难为你了，这么小就让你出去闯荡。"

我多么渴望扑进父亲宽广的怀抱。可我做不到。既然我做不到，父亲为什么不主动把我抱进怀里？我真生他的气。

我一边抽泣一边说："爸爸，我喜欢学把戏。我可以学得很好，给您老人家增光。我有钱就往家寄。我一分钱不留。可能我不常回家，我求求你了，爸爸，别让我弟弟把我忘了！"

我再也止不住，哇的一声大哭起来。

父亲却笑了。"这孩子，"父亲说，"咱爷俩正说着好事情，美滋滋儿的，怎么哭起来了？"

可我不能不哭。我越哭声越大，越哭越想哭。

父亲站起来了。"你哭吧，"父亲说，"你觉得哭哭痛快那就哭吧。"他吱哇一声关上了两扇门。我听见他在门外说，好好休息吧。明天上午就跟你李大叔走。父亲把门锁上了。我隐约听他说，最近村里又出了小偷，不得不防。

像我父亲期望的那样，我哭得很痛快，也不知道什么时候才停下来的。我停止哭泣后做的第一件事，就是对老牛说："爸爸躲到外面哭去了。他不想让我听见。"

我相信，父亲是一个坚强的男人。

第二天不大像冬天。阳光根本不像过去那样惨惨淡淡的，而是很劲道。一缕一缕地射下来，并不马上消失，烙饼似的，摞了一层又一层。不少人在街上站得稍微一久，就只得把棉袄解开了。

我又从小窗里看到，父亲敞着怀，从街上走来。他打开屋门，我的眼睛就被门口的阳光刺痛了一下。我忽然想起，自己有很多事情都还没来得及做。

我说："爸爸，我喂喂牛。"

父亲说："你李大叔来了，在家等着呢。"父亲一弯腰，把我抱起来放在了牛背上。

"起来。"他踢了踢老牛的肚子。

我担心老牛站不起来，但他努力了几次，终于站起来了。老牛的伤还未痊愈，我坐在他背上，心里很不是滋味。但这是父亲把我抱上来的，我不好多说什么。父亲赶着牛，走出屋门。

来到街上，不少人询问我父亲是不是要送我跟人学习耍把戏。父亲笑而不答。在父亲家门口，我看到了一辆三轮车。父亲对我说，这是专门来接你的。你小子比我强，我都快四十岁了，还从没叫人拉过，都是我拉别人。

那位李大叔和他带来的三轮车夫正坐在屋中喝茶。我的感觉完全变了。李大叔一点也不像昨晚那样令人讨厌。他亲切地对我笑了笑，没说什么，但我的眼中几乎只有他了。

虽然还没到中午，父亲仍旧挽留他和那位车夫在家吃饭。我意识到这将是我在家里吃的最后一顿饭，又感到非常激动。在李大叔的坚持下，我被安排在他的座位旁边。这也是我第一次坐在饭桌前，跟这么多人一块儿吃饭。我头都晕了。

不知不觉地，李大叔要带我走了，我竟感到吃惊。

车夫坐到车座上，按响了铃铛。可是，我却像一点准备也没有。我还没有好好跟父亲说句话，也没能好好跟妈妈说句话，李大叔就要带我走了！我不由得着忙起来，摇着头乱瞧。我忽然想起来，我这是在找老牛。院子里没有老牛。正要问父亲老牛在哪里，李大叔就把我抱到了车上。车夫一蹬脚踏，车子就动了。他的力气很大，这一脚下去，就让车子前行了七八步。

慌乱中我脱口叫道："别忘了给爷爷烧纸！"

这不是一句很明智的话，但我已经顾不了许多了，因为我感到自己再也没有机会跟父母在一起了。我的眼睛一下子模糊起来。

急速行驶的三轮车，带出了呼呼风声。我简直不敢相信，那么快，我就在村外了。身后的孟家庄，似乎已经跟我断绝了任何关系。我没有回头看看。我的眼睛恢复了良好的视力，广阔的大地不断被送入我的视野。

又走了好长一段路，车子才略微慢了些，也不像刚才那么颠簸了。李大叔松开我。他眯眼瞧着我，对我说，这就对了。不管到了哪里，咱爷俩儿都应该团结一致往前看。他像说了句俏皮话似的，自己笑了一声。

我懂他的意思，但我有所怀疑。我没有往后看，并不是因为自己绝情。能够给家里挣钱，依然是我出门学把戏的主要目的。我长叹一口气，慢慢摇一摇头。

"记住了，小家伙，"李大叔又说，"从此以后，你就叫张小虎。因为我姓张嘛，你就是我的儿子。"

我没能掩饰住自己眼里的诧异。他看了出来，马上改口道："开个玩笑嘛。不过，在我们大光明把戏班子，师父就是父亲。"

这话倒叫我相信。可是，我身上猛一抖。我看到了我家的老牛。他从田野上奔跑过来，像条熊熊燃烧的火龙。要知道，他的全身是伤，狗咬的，父亲打的。他却不可能再跑得比现在更快了。李大叔和三轮车夫也看到了他。他们无比惊奇，三轮车夫甚至忘了蹬车子。李大叔突然把我抱紧了，转头向车夫叫道："快走！"

我从来没有感受过如此的迅速。我像一枚离弦的利箭，嗖嗖作响。一望无际的大地，大地上的村庄，道路两旁的树木，一切都在急速向我身后掠去。我的双腿灵活自如，我的胸膛健康有力。我不过是刚一举步，就似乎看到了大地的终点。忽然，我就不是在用双腿奔跑了。我的肋下生了粗大的两翅。我悠然飞了起来。整个大地，刹那间坠落到了无底的洞窟。可是，我感到世界又猛地颠倒了过来。

车尾高高弹到了半空，掉下来时，把我的屁股都给硌痛了。

老牛昂首站在了我们前面。如果不是车夫及时刹闸，车子就猛冲到他身上了。李大叔凶狠地叫道："你这头死牛，你这头独角怪物，不吉利的倒霉鬼，快给我走开！"

这样的话让我听了很不满意，但我没表现出来。我迫使自己用平淡的口气对老牛说："你回去吧，我们这就算告过别了。"

老牛四肢挺立，一动也不动。两只大大的牛眼紧盯李大叔。李大叔竟被他盯毛了，就移开视线，大声命令车夫："冲过去，冲过去！这头该死的老牛，看他禁不禁撞！"

我也在用眼神请求老牛走开。老牛不理我，又向车子走了两步。此时，他威风凛凛的样子真让我为他骄傲。可我不能让他看出来。我装作无情地说，他这是等着挨撞呢。

车夫显然舍不得自己的车子。李大叔又说："撞坏了车子我赔你一辆新的。"可接着又说，"赶跑这头牛我给你二十块钱！"车夫就动心了，哗啦，随手从车下抽出一根铁棍。我立刻想起了父亲那天暴打老牛的木棍，不由得替老牛害怕起来。

"我求你了，狮心。"我捂上眼睛，颤声叫道。

李大叔和那车夫肯定闹不明白我到底在叫什么。我又把手拿开，看到车夫从车梁上跳下来。他是个很强壮的年轻男人，比我父亲还要强壮。因为赶路出了汗，棉袄也脱掉了，身上只穿一件打了补丁的蓝绒衣。为了那二十块钱，他逼近老牛，高高举起了那根沉重的铁棍。我的心随着跳到了胸口。

"我要去给弟弟挣钱！"我又对老牛说，"我不过是要跟李大叔学把戏。"这时，我的心软下来。我的脸上满是痛苦。"我是家里的老大，"我说，"我有这个责任。"我强忍着哭泣。

老牛对头上的铁棍视而不见。"你上当了。"他开口道。

他的声音让车夫的铁棍停在了空中。李大叔和车夫都蓦地愣住了。他们显然拿不准是不是听到了老牛的声音。连我也愣住了，我觉得自己听到爷爷在说话。爷爷的灵魂就附在老牛身上。我不记得过去老牛说话是不是也这个腔调。

"我的小油豆子，不要欺骗自己了。"老牛接着说，"那人根本不会耍把戏。他要让你去当小叫化子，带你到大城市沿街乞讨。他有很多你这样的小孩子。"

"不，不，狮心爷爷，"我说，"你什么也别告诉我。我是家里的老大，我有责任……"

"你爸爸已经收了他的钱，"老牛说，"实际上，你爸爸把你卖了。"老牛的声音那么沉痛。

我的心里痛得难受，一时间什么也说不出来。就听那位李大叔对车夫说："这孩子疯了，不过，他说得也对。他是老大，他就得……"

"骗子！"老牛厉声呵斥他，"你不姓李，你姓张！你们大人合伙欺骗一个孩子，应该感到羞耻！"

这骗子听不懂老牛说什么，也不相信老牛会说话。他又催促车夫："敲死他！我再加给你十块！"

车夫苏醒过来似的，重新把铁棍高举。

我看到了老牛勇敢的形象。他突然咆哮一声："滚开！"不避不闪，迎着车夫走过去。

车夫不由得退后了一步。

"为了三十块钱就可以出卖自己的良心吗？"老牛责问他。"你可以去跟那家伙讨价还价，去啊！"老牛还在羞辱他，"三十块钱出卖鲜活活的良心，太不公道了。"

车夫再退。他的眼里充满了恐惧，脸色也变得又灰又绿。老牛步步紧逼。车夫手中的铁棍虽然还在高举着，但就像失去了重量。不料脚下一滑，整个人就骨碌碌滚落到路边陡峭的沟渠里了。

老牛站住四蹄，对深沟里的车夫看了一眼，就转过身来。

姓张的骗子早把我放到了地上。这家伙灰溜溜的，一声也没吭。

我们没按原路返回孟家庄。我骑着老牛，慢慢走在冬天的田野里。一路上别提我心里有多高兴了。那两个家伙就这样被我们一老一小打了个落花流水。我对老牛一遍遍地谈论着我们的胜利。不对，是老牛的胜利。但是，我有点心有余悸。

"你不害怕铁棍？"我问他。

"我的小油豆子，你就像问我害不害怕摔倒。"老牛的回答出乎我的所料。

我什么也说不出来了。透过趴伏在地的冬小麦和冻得干硬的泥土，我清晰地看到了一道道壕沟深堑，和无数层层叠叠的老牛蹄印。这整个大地，都是老牛走过的路。他在大地上摔倒了，爬起来，从不气馁，从不畏惧。尽管他很老了，尽管他伤痕累累，但他还在踩着自己的足迹向前走着，这就是我的老牛……

我悄悄低下身子，把发热的脸孔紧贴在牛背上。

回到孟家庄时，天快黑了。有一件事快让我笑死了。刚走到村口，我就看到了孟村长家的大狼狗。那狗站在街道中央，耀武扬威的，好像在训斥街上的村里人和那些不中用的小狗子。可他发现老牛走来了，突然装着没事人似的，转头就跑，叫着："走喽，天黑喽，回家吃肉去喽——"他就是这么叫的。他不会说回家吃晚饭。谁都知道，他是吃肉长大的，他把吃饭说成吃肉。那些小狗子和不少村里人，百般不解，昌盛怎么说走就走了。抬头看见了我和老牛，才似乎有些明白过来。我笑得差点翻下牛背。

这天晚上，我过得非常幸福。我和老牛好像久别重逢，一刻也不想分开。

在温暖的草堆里躺下来，我们谁都不愿动弹。没有灯光，但也没什么。这并不妨碍我们交谈，也不妨碍我们相互抚慰。不知不觉睡着了，醒来后就重新开始。

晚上的时间很快就过去了。第二天依然是个好天气。

中午，明亮的阳光照进屋子，似乎把干草都烤燃了。午后，随着光线的逐渐减弱，我意识到自己实际上是非常亢奋的，从昨天走进村子就是这样。我不能不感到有些疲倦。

我想，老牛毕竟也老了，我不能只顾自己，不停地打搅他。于是，我用那天从床上滚落下来的办法，选了根不粗不细的麻绳，绾个圈儿，套住床头的木棍，使劲把自己拉到床上。我略微感到平静一些，跟老牛说着说着话，不知什么时候，又入睡了。

我被父亲的泣诉声惊醒。我吓了一跳，我都闹不准自己是谁了。父亲把脸埋在床上，哭声像个孩子。"爸爸，爸爸。"我隐约听他在叫。他很难说出话来。我没敢动弹，但我明白了，他是在叫我爷爷。在我爷爷面前，他当然也是个孩子了。所以，我倒没觉得可笑。我想，他可能是想我爷爷了。我心里不禁有些感动。

"爸爸，爸爸，"他哭着说，"我可怎么办哪？你老人家说说，我该怎么办哪！爸爸，我得罪谁，也不能得罪村长啊。"

我竖起耳朵听。他话里有一种我暂时还说不明的信息让我担心。

"这头死牛，它以为踢了胡昌盛就算完了？"父亲嘴里夹杂着声声诅咒，"孟村长生气了。大头孟华山今早告诉我，这回孟村长气得可不轻。这头死牛，这个畜生，它以为胡昌盛是条狗？死牛！畜生！它踢死了胡昌盛，孟村长就会让我披麻戴孝。爸爸，孟村长的脾气，你是知道的。我们这样的小户人家，躲都躲不及，这个畜生偏要去惹他！"

胆小鬼！我好像觉得自己叫出了声。父亲的表现真让我感到丢脸。他为了一点小钱就出卖我且不说，因为没处诉说内心的恐惧，他就跑到这里哭来了！看看他害怕的样子吧。我看不清他的脸，但我感觉得到他身上在瑟瑟发抖。我敢说，这会儿让他站，他都站不起来了。

"爸爸，爸爸。"他连连叫着。

我想，你这会儿想到爷爷来了。爷爷在世时，怎么没想到好好孝顺他？你也不睁眼看看，床上的人是谁。他就是你要狠心抛弃的"半个人"。

……我心里又猛地凄凉了。父亲是不用去看床上有谁的，因为我这个人，对他来说，根本就不存在，连半个人也不是。

"爸爸，咱没短处况且不敢得罪孟村长，"父亲又说，"可咱现在是有短处在人家手里啊！他要是坚持让我把你从土里扒出来送火葬场火化，我可是一点办法也没有。"

我听了，也暗暗有了些担忧。但我觉得还是不能原谅父亲。他是个顶天立地的大男人。在我心目中，他一直都是我难以接近的神灵。他不能为自己的无能寻找托词。

我这么想着，嘴里却不由得发出一声叹息。父亲一点也没受惊动。他哭着说来说去，说了很久。大约是哭诉过了，心里轻快了一些。他两手撑着床沿，慢慢地站起来，又扶着床沿在地上跺了跺脚，肯定是腿脚跪麻了。

他恢复了常态，就从屋里走了。屋里很黑，但我看得清楚，他没有看老牛一眼。

屋里重又安静了。我完全被一种鄙视的情绪控制着。它把我跟这个世界隔开了。……我鄙视那个大人，甚至也鄙视这个世界。等我稍微好受一些，我才想起老牛。

老牛身上没有一点声息。

我试探地叫了声："狮心。"

老牛用反刍的声音回答了我。

"你什么都听到了，狮心，"我说，"我们不该回到孟家庄。"

"我们要到哪儿去？"老牛问我。

我想了想，坚定地说："我们去大青山，去找爷爷！"

"傻话！"老牛说，"大青山对我来说很近，对你来说很远。"

我相信老牛所言，大青山对我来说还很远，但这意味着，我还要活下去。

一直到天亮，我都在一门心思地想我该怎么活。我年纪虽小，但我认为自己活得够辛苦了。毫无疑问，爷爷、老牛也活得够辛苦，他们说过活够了没有？从来没有。我偶尔打断自己的思路时，我会发现老牛正在不停地吃草，但我没有太注意。只是到了天亮，我看清了屋子里的东西，就觉得老牛这一夜吃得太多了。我说："狮心，你这样吃草会把肚子撑坏的。"

老牛还在不停地吃。他的肚子圆滚滚的，完全撑开了，皮毛加倍闪亮。"这是你爷爷割的草，"我听老牛说，"我要把它们全吃下去。"

我说："看你大吃的样子，好像以后再吃不着似的。"

老牛突然沉默了。我感到自己说了错话，忙拽着麻绳从床上挪下来，躺到老牛怀里。我摸他的脸颊，摸他的脖子。

过了半天，老牛又开口了。

"告诉你一桩秘密，"老牛说，"连你爷爷也不知道。我积攒了不少钱，在大槐树下面的树洞里。万一你用得着的话，可以……"

我赶忙握住了老牛的嘴。我说："狮心，你说什么呀！"

老牛一抬头，闪开我的手。

"我们不要再回避了，"老牛说，"我就要死了。"

我难过极了。我已把老牛视为我的长辈。我不能承受几天之内接连失去两个亲人。

"你不会死的，你还很健康，"我带着哭声说，"你还很能吃。"

"小油豆子，不要哭，你要笑。"老牛宽慰我，"死亡并不可怕。该死的时候死了，到了大青山，你就可以得到你想要的。不该死的时候死了，生前是瘸子，死后也还是瘸子。记住我的话，死亡就像吃干草，只有嚼碎了，才有滋味。"

老牛说着，又低头把干草衔在了口里。

这时，父亲领了一帮人向屋子走来。我预感到了不妙，但老牛就像没看到他们。老牛继续咀嚼他那甘美的干草。

"还吃着哪！"父亲说，与昨晚的腔调毫不相同，"你吃吧，你吃吧。"父亲在门槛上坐下，同来的人也都站在了门外。父亲是快乐的。他转头对别人说："死囚临死前都要吃顿饱饭，自古以来的规矩。"

天哪，我看得出来，父亲不仅是个胆小鬼，还是个标准的无赖！我没冤枉他。

"老牛就要上路了嘛，井水也得管够他喝。"别人眨巴着眼皮笑道。——我暂时还不明白这句话的意思。

老牛囫囵将干草咽下，后腿一用力，就稳稳地站了起来。他是那样高大，几乎充填了屋子的大部分空间。父亲的身子不由得往后一仰。老牛向他走去，他忙跳到门外。他踩了别人的脚，人群就有些慌乱。但老牛停住了。他回头望着我。从他的眼神里，我看得出他明知自己出门就是赴死。

我忽然想起，人们常说牛通人性，死前眼里会流出泪水。我立刻盯住了老牛的眼睛。那里却只有沉静。超然的沉静。难过又让我说不出话来了。老牛朝我点点头，用前蹄在地上嘭嘭嘭刨了三下。这也许是他独特的告别方式。他又开始向门外走去。

"狮心！"我说，"他们要杀你！"

所有人听到我的声音就一愣。他们接着就哈哈大笑起来。我父亲笑得最响。显然，父亲心情很好。"这孩子。"他说。

"你开口讲话，你讲话他们就不敢杀你！"我又说，"你告诉他们，你叫狮心。你是一个人。你就是爷爷。他们不能杀人。他们不能杀爸爸！"我像在嗥叫了。

"半个人疯了。"父亲对别人说。

可是我的老牛不理我了。他走到了门外，走到了人们闪出的道路上。我深深绝望了，身上变得冰凉，忽然眼前一黑。不知是谁把屋门关上了。我重新看到的一切，全都蒙着一层寒冷的颜色。屋子里已经没有一丝温暖。肌肤所触，全是坚冰。

外面欢笑阵阵。好像所有人都在街上比赛嗓门。父亲嗓门最高。整个村子——全世界的每个角落，都能听见父亲欢快的声音。

他在羞辱老牛狮心，说他是废物、呆瓜，死到临头了还不忘了反刍。

父亲说："这头死牛，该杀！"

"杀，杀，杀！"

我满耳都是刀子锐利刚硬的飞舞。

牛角提醒了我。

……我像一条被人抛在地上的大鱼。我手握牛角，奋力扑打、翻滚，向水奔去。干草、麻绳、麻批子缠在了我的身上，使我像一条真正的鱼。屋门被撞开，门槛被翻越，我就身在阳光普照的院子里了。我的眼睛受不了这个世界的明亮。我闭上眼，像鱼那样，吞咽干燥的阳光、空气。我感到死亡已经悄然降临，我用不着再为自己积攒勇气。我沉着地慢慢睁开了双眼。

老牛早被人们拉到了街上。人们围着他，不停地对他加以耻笑、羞辱，说他肚子这么大，会不会要生小牛了。

父亲的声音依然最响，他要告诉全世界，他要杀牛。这头牛活该千刀万剐。

我没看到孟村长，也没看到他家的大狼狗。我想，孟村长走到天边，也会听到我父亲轻松快乐、乖巧驯顺的声音。大狼狗根本不用来现场。自然有人会把新鲜温热的牛肉送到他的口边。

来的都是些短腿小狗子，兴奋地围着老牛乱吠，钻来钻去，等待吃些人们不要的东西。

我又看老牛。他像块巨石一样站在人们中间，也像石头一样没有一点知觉。他没看我一眼，我却确信他知道我在看他。

街上那么多人都没发现我滚到了院子里。要看到屠戮场面的欲望，完全支配了他们。我只听到一声针对我的叫声。那是我的弟弟胡志伟。他看到了我的样子，却又马上转过头去。

有人挑了一担水，向人群走来。水桶上冒着缕缕白汽。他吆喝着："水来了，水来了，又清又甜的井水哟！"

我的耳朵被刺得火辣辣地痛。今天，在孟家庄，每一个人的嗓门都如此响亮。每一个人都在竭力让所有人听到自己的声音。

我不看了，也不想听了。我向院中的大槐树爬去。

在大槐树下面，我找到了老牛所说的那个树洞。里面塞满了宽大平整的杨树叶，有的发黄，有的发黑。我想都没想，就把它们掏出来，塞进怀里。然后，我从身上扯下一根麻绳，系在牛角上。坐在树下，我仰脸看着，选中了一个较低的树杈。抬起胳膊，一使劲，就把牛角扔了上去，正好卡在了树杈上。我拉拉麻绳，试了试是否牢固。牛角不会滑落的。我忽然想到，那是老牛的角。牛角在树上，就是老牛在树上。老牛一定会拉我一把。

我紧拽麻绳，不顾一切向树上爬去。老牛，帮我。老牛，帮我。我在心里不停地念叨着。我的手接近了树杈……我把树杈抱住了。与此同时，我感到自己失去了沉重的双腿。我的全身轻快无比。没怎么费劲，我就骑在了粗大结实的树杈上。可是我呆住了。

我看到了人间最为悲惨的一幕。老牛把头埋在水桶里，他的肚子已经鼓胀得不成样子。他的四肢已被绳索捆住。突然，人们牵动绳索，老牛訇然倒地。又一伙人一拥而上，把他死死压在下面。老牛哀号一声，惊天动地，但惊动不了这些村子里的人。我看到圆溜溜的牛眼暴突出来。牛嘴大开，呼一声喷出粗粗一股老牛刚刚主动喝下去的甘甜的井水。井水好像染了血丝的炮弹，打得跟前的人一趔趄。没等牛嘴合上，一根木棍马上捅了过来。我看到几颗白色的牙齿从木棍下急速飞起，飞得好高好高，飞射到天上去了。我看到我的父亲有力地拎起一桶井水，向老牛合不上的嘴兜底倾下。井水一半灌入牛嘴，一半洒落在地。水倒干了，父亲随手把水桶扔掉，又换一桶。第二只空桶砸在第一只空桶上，发出空洞的声音。第一只桶骨碌碌向前滚去，第二只桶随后紧跟。又有第三只桶，第四只桶。它们在街上不停滚动，从人群的缝隙，从人们的脚下，似乎没什么能够阻挡它们。溅湿的泥土，迅速结成乌黑的冰块。那些摁住老牛的人走开了，因为老牛已不能动弹。由于众人的压力，灌下的水还会从三孔七窍徒劳溢出。老牛四脚朝天，大张的牛嘴变成了一眼汩汩翻涌的山泉。父亲的水桶倾下，两道水流猛烈撞击出一团团雪白的浪花。

　　我朝树顶爬去，像鸟儿在天上一样轻快，像鱼儿在水中一样自由，双腿已经不再是我的累赘。

　　不管你信不信，在大槐树上，我完全是一个健康的人。下身不再冰凉，双腿又直又灵活，我全身是劲儿！从一个树杈，到另一个树杈，每一次翻越都让我感到力量大增。哦，我的大槐树，我的大青山，你救了我！我活过来了！

　　终于，我站在了最高的树杈上。你以为我看到了什么？我看到了另一座大青山，绿油油的，真正的大青山，比我脚下的这一座更加巍峨高大，但它隐现在蓝天里。我仍然看到了。而且，我还看到了日夜想念的爷爷。跟爷爷在一起的，是一头牛。不是老牛，但我认出来他是狮心，是头没阉过的年轻的公牛。他们走下山来，就像赶来迎接我。

我眼前模糊起来。忽然，爷爷身边多了个年轻人。我知道，那是我的新爸爸。他在爷爷跟前仿佛一个孩子。一旦离开爷爷，也就是一个大人了。

"爸爸！"我不由得大声叫道。

那个年轻人听到了，向我转过清洁宁静的面孔。他完全是一个爸爸的样子了。我一直渴望长成的，就是这样一个人。

"爸爸！"

"跳下来。"爸爸说。

我看看脚下的树梢，觉得头晕。我听到了自己的呼吸声。

几片金黄的杨树叶，从我怀中翩然飘落。

"不要怕，跳下来。"爸爸微笑着。

爷爷也在微笑。爷爷捋着白胡子，朝我点头。"跳下来，小油豆子，跟我们在一起。"爷爷说。

只要往前跨一步，一切就都过去了。我想告诉你，我已经不再害怕。可我看到狮心哭了。他的眼里，泪花闪闪。

哦，大青山！我在这里！站在这里……

芝麻花开

/// 东紫

　　其实，就一句话。母亲反反复复地掂量，不敢出口。她知道
这句话对父亲来说是刀子，扎心。但又不得不扎。性格急躁爽直
的母亲生平第一次把话长久地窝在嗓子眼里。

　　父亲手术一年后，没有像全家人期盼的那样，一天天好起来，
而是越来越虚弱消瘦。母亲就明白父亲的日子不多了。母亲在和
我独处的时候，一句话把我精心编织的谎言戳得稀里哗啦，母亲
说，二丫，你心，我懂，但你大大的病我比大夫都清楚，我一天
一天眼瞅着他，咋能不清楚。比父亲还年长三岁的母亲，在父亲
生病的日子里，陪着父亲一起迅速地消瘦。仿佛，两个人的肉身
连在一起，一个人的病两个身体担着、熬着、耗着。

　　母亲想跟父亲说——咱把坟砌了吧。

原本，父亲身体强壮的年月里，就厌恶母亲做和死有关的准备。大约是十年前吧，母亲发现自己的眼有点花的时候，就自作主张买了深蓝和细白的棉布及上好的新疆棉花，给她自己和父亲缝寿衣。再遮掩，再偷偷摸摸，也难免被父亲发现。父亲气红了脸，脖子上的青筋鼓得跟树枝子一样，对母亲发脾气——你这个娘们儿，好事不琢磨！

遮掩不过去，母亲干脆在院子的地上铺了席子，光明正大地缝。树荫下，斑驳的阳光洒下来，如银亮温热的花朵。母亲不时地在银灰的头发里蹭细小的针。细小的针，针脚自然细密。母亲仔仔细细地裁，认认真真地把棉絮分出薄薄的层，像蓝天上风吹过的纱巾云一样薄。一层层，一层层地铺陈。那些针脚，瘦芝麻一样，整整齐齐地从母亲的针尖下生出来。邻居问时，母亲的大嗓门爽朗朗地说，趁有本事做送老衣裳呢！母亲的手艺是一流的，从年轻时就是。母亲对夸赞她的人，欢欢喜喜地说，一辈子最后一套衣裳，能不用心么。

父亲的脾气向来短，一句话，惹了母亲一堆理由后，他的脾气就偃旗息鼓。母亲的理由有祖传的也有她自造的。母亲说，做寿，做寿，做了才得寿。再说这世间万事万物，都有个头也都有个尾。怕，那头就不开始了？那尾就不结束了？既然那头尾是避不过去的，就得有准备，省得到眼边前抓瞎，那样就只能潦潦草草地结个尾。你愿意潦潦草草结个尾？！你愿意我还不愿意呢，我手巧了一辈子，最后的一套衣裳到我眼花得看不清了，让别人缝得歪七扭八地到祖宗那里丢我的脸，毁我一辈子能干的名声。趁着我眼能看见，把咱俩那尾都给缝得漂漂亮亮的。

　　母亲把自己和父亲的寿衣缝好后，放到她陪嫁的木柜子里，每年夏天拿出来在毒太阳下暴晒一回，热热的，把细菌虫卵都杀灭，再用塑料纸包裹起来放进去。有一年夏天回家，正遇上母亲晒寿衣，一根从堂屋扯到南屋的铁丝绳上，两个大袄，两个夹袄，两条棉裤，在烈烈阳光下泛着莹莹的蓝光，母亲坐在堂屋的马扎上，瞪眼瞅着，仿佛那是一群栖息在铁丝绳上的蓝色大鸟，不用眼管束着就会飞走。小半天后，母亲依次将它们拍打，翻个儿，蓝色的大鸟变身白色的，像垂翅而栖的仙鹤，懒洋洋地闭目养神。我想帮忙，被母亲制止了，母亲摆着手说，别动，别动，你哪会呀。翻个衣裳，我不会？我嘴上犟着，手却乖乖地妥协，坐到马扎上，看。其实，母亲是怕我粗心，把汗渍弄到衣服上。太阳给整个院子镀了一层晃眼的光晕，有种波光粼粼的感觉，母亲和那些大鸟们都在神秘温热的微微荡漾里，母亲拍打寿衣的样子，仿佛在透明的水里哄慵懒的鹤睡觉。那时的寿衣，和生离死别没有关系，连个想象都算不上，它只是传说中一场演出的道具，拥抱着拍打着，却从不相信它真的会发生。

　　故乡的人都坚信魂灵的存在。坚信寿衣只有在人咽最后一口气前穿上才能被魂灵得到，否则只是穿在躯壳上，魂灵是穿着旧衣裳或赤裸着的。我小的时候，曾听母亲讲过一个姥姥村里的事——一个人从外地赶回家乡时天才蒙蒙亮，因为是寒冬，山村还处在寂寥无声的状态里，走到河边，看见本家的堂嫂匆匆忙忙地走着，边走边扣着腋窝下的大襟纽扣，他招呼说，四嫂怎么起得这么早？四嫂说，我走了！他想她要往哪里走，走得这么早这么着急忙慌，衣服扣子都没扣好。进了家门，和他母亲说进村只看见四嫂一个人。他母亲听了，说肯定是你四嫂走了。母亲往四嫂家跑，他也跟着跑，以为四嫂打架离家出走，想去告诉四哥，四嫂走的方向。进了四嫂家，才知道四嫂刚咽了气，腋窝底下的那个纽扣还没扣好就死了。

最近，又听说了个我们村里的事——大新泰和他老婆都是难得的孝顺人，但就是未能给他娘及时穿上送老衣裳，让他娘在三年前死了个光腚。三年里，家人不是这个莫名地发烧就是那个病恹恹地打不起精神，吃药打针都不灵验，最后请了个懂阴阳的先生来家。先生在他家坐着喝茶，歪头看见门后面站着个全身一丝不挂的老妇女，苦巴巴地望着他。先生惊得一下站起来。原来大新泰他娘的魂灵，因为光着身子，羞得出不了门。遵照先生的指导，大新泰两口子给他娘重做了衣裳，在门后面烧了，说了些求母亲原谅的话。他母亲的魂灵得了衣裳，才体面面地走了。大新泰家随即安宁下来。

父亲术后放疗的时候，母亲让大姐芬独自在医院照顾父亲，她赶回家去。她说家里很多事等着她。后来，才知道她最大的事是回去把父亲的送老衣裳补齐全。当年，她只做了难度最大的棉衣和鞋帽。父亲白色立领对襟的衬褂，锦缎的单衣单裤还没做。

母亲闩了院门，戴了花镜默默地缝。发脾气的人不在眼前，母亲反而更要避人。避着所有的人。当死触手可及时，母亲害怕了。它像个飘浮的气球，在她的心头和脑海飘着，经不起任何一粒唾沫星的刺扎。这次，母亲不单单为父亲缝漂亮的人生尾儿，她更多的是缝愿望。她把父亲的单衣缝好后，打开柜子，慢慢地把原来存放在柜底的棉衣拿出来，小心谨慎的样子让人觉得那些衣裳真是大鸟，沉睡的仙鹤，只要不惊醒它们，它们就能一直沉睡，永远不会起飞，也就永远带不走父亲。母亲把所有的衣裳合并，用塑料纸包严实，用笾子盛着，高高地吊在屋顶的梁木上，祈愿父亲高寿——寿衣高高挂起，寓意高寿。

母亲日复一日地掂量着那句话，琢磨着怎样才能去了它的锋芒。四月，万物复苏，百花盛开，母亲在田里干活时获得了磨钝那句话的方法。闰年，而且是闰九月，百年不遇的闰，一年有385天的闰。有人利用这百年不遇的闰，在做棺砌坟——家乡人除了在亲人突遭意外离去时匆匆置备除外，凡是有准备的，都选择闰年，估计是因为闰年的岁月长些，有长寿之意。母亲在田间和村里走着，打探着，她要搜集到足够的证据，证明打棺材砌坟是个很多人都在干的事，而不是针对病人的。掌握了详实资料的母亲回到家，装作新奇地跟父亲说，刚听说今年闰九月呢，说是百年不遇，下一个闰九月要等到一百二十年以后。——东边宋老五家，北头子皮笊篱家，少白毛家，西边建设他大哥家，很多，都在抓着这好时候砌坟，做寿器呢。母亲把棺材改成好听些的寿器。母亲说完就睁大了眼慈爱柔软地看着父亲。不，不是看，是兜。忙忙碌碌、吵吵闹闹的一生里，她从没顾得上宽容温暖地看他，她总是举着坚硬的盾牌，抵挡他发出的任何带刺的话语。此时此刻，所有疼痛的尖锐都被她顽强地阻隔在心里，只把温暖柔软散射出来，成一个大大的包袱，等待着兜起他的气愤和呵斥。她等待着他像往日一样红着脸鼓着脖子上的青筋呵斥她——你这个娘们儿，不琢磨好事！而他没有，他听她说话的时候低头摆弄小闺女给他买的戏匣子，他只是屁股底下的马扎滑擦了一下，靠着墙的身子颤了颤。她知道他又害怕了。刚查出病的时候，她跟他说，听二丫说，你那里得做个小手术。她故意加了个小。他当时在弯腰穿鞋，也是这么一颤，坐到了地上，抬眼仰望着她，呆呆地，愣愣地，不知所以地无助。她扶起他，想着该像以往一样给他刺回去才能安他的心。她说，看你出息的，不就个小手术么。话出口，她听出来刺没了，刺了一辈子的锋芒瞬间磨秃了。瞬间，她体会到，原来，说话带刺也需要力气，那个力气需要斗志，那个斗志需要旗鼓相当，两口子才能叮叮当当。现在，矛没了盾也就没了。他弱了，她就软了。她本能地软成包袱，兜起他的无助和惶恐。从那时起，她看他，不自觉地会把眼睛睁大。

其实，她的眼睛睁不大了。睁大，只发生在她的意念里。衰老，用松弛缩小了她的眼。眼皮早就有了过度吹起的气球撒气后的松软和皱褶，漫过那道叫作双的漂亮沟堑。过界了。像田里贪心的邻家在分界的田埂上做的手脚。曾经，它们双得像半圆的桥拱一样结实好看，支撑着情绪的河流恣意流淌。欢喜的。焦虑的。愤怒的。无奈的。奋争的。滚滚而过。从没有绝望哀痛。绝望哀痛的洪流，是在他手术后日渐衰落的岁月里才生发的。他日渐的衰弱，在她心里日复一日地堆起一座荒芜的土山，慢慢地塌方，浑浊地流淌。好在，衰老的松软，如帷幕遮蔽下来，一切都不再明显。

他的眼皮，也有着漂亮弧度的沟堑，也像桥拱一样，只是更结实些。他的消瘦，像身子骨里悄悄进行的收紧，原本已出现的松软缩回了。变小的眼睛，变大了，大得像孩子的眼睛，无辜地大着。一世的沧桑盛在无辜的底盘上，让看见的人心疼而无措。

曾经，四目相对，四条河流，旗鼓相当的激情和流量，流着相依为命为友为敌的岁月。

她嫁给他，是在"文化大革命"发生的那年。她的嫁妆有一张三屉的桌子和一个柜子。柜子顶上放着一床褥子一床被，桌子上有用红线勾连固定的六个白瓷红花的碗和六个盘、一个茶壶和六个茶碗、两把细密的竹丝编织成壳的暖壶，上面贴着用剪刀剪出的粉红双喜。一份颇为丰厚的嫁妆。在桌子中间的抽屉洞里，珍藏着她共产党员的证明，那是她用超过男人的付出换来的，是她旺盛的青春激情和热血凝结而成。在没有战争的劳作里，凝结的方式只有一种，满怀斗志地流汗。十二岁，1953年，入社的田野里，集体劳动，她开始成为一个整劳力，青壮的男人干多少她干多少。十四岁，植树造林，修治荒芜的浮来山，她和哑巴叔、裹了小脚的大娘一组，哑巴叔挑水，小脚大娘放苗，她挖坑，干成植树最多、成活率最高的先进标兵。十七岁，"大跃进"开始，所有人家里跟铁相关的物件，大到饭锅，小到门鼻子上的铁钉，都被收集起来，大炼钢铁，赶超英美。没有锅的人们，被集合到村里的食堂，大吃特吃。亩产几十万斤，国家富足得流油，全世界人民都不如我们幸福，大吃特吃算个啥。人们的热情被引导到临时架起的火炉上，跳跃旺盛的火焰和人们的激情一起蹿长。地里的庄稼熟了，不能收。收庄稼，一是耽误大炼钢铁，二是显得不相信国家富足。都富足得流油了，还需要收吗？粮食在田里腐烂。吃完了村里粮仓里的粮食，炼出了几个大铁疙瘩后，饥肠辘辘的人们发现富足的国家并不发粮食给他们。人们被发动着去未收割的地里耕种，未腐烂的庄稼秸秆和枯草支棱着，让新播下的种子无法生根发芽。上面派来的技术指导员，用权威把祖祖辈辈从事耕种的嘴捏紧了——谁不听谁就是成心破坏抓革命促生产。人们沉默着按照指导员的命令去地里放火焚烧，没来得及发芽成长的种子被烤焦了。岁岁年年养育着人类的土地，用彻底的绝产断了人们富足的梦想。人们开始吃菜吃草吃树皮。这时，她被征调去五十公里外修水库。这对她和她的家人来说都是一件好事，家里少了一张吃饭的嘴，而她能吃到粮食，每顿饭一碗稀得照见人影的稀粥和三个小地瓜，多么幸福呀，她站在青峰岭水库深达百米的库底，在刺骨的冰水里挽着裤腿，斗志昂扬！人们在她装满淤泥的推车上插上红旗，在她的铁锹上拴上红绸花，在大广播喇叭里日夜播放铁姑娘的事迹，打夯的男人们把对她的尊敬和不解编成号子唱着——

　　你说那个叫福秀的小闺女哎——

　　嗨哟——嗨——

　　她哪里来的精神劲儿呀——

　　嗨哟——嗨——

　　几千人里她最能呀——

　　嗨哟——嗨——

　　样样活计她都行呀——

　　嗨哟——嗨——

　　三个指头大的小地瓜她就成标兵——

　　嗨哟——嗨——

　　原来她是铁打的姑娘钢铸的人儿——

　　嗨哟——嗨——

　　……

　　铁姑娘还没有来得及把她又红又专的证明转交给婆家村里的党支部时，人们就把长达一米的藤条破粪筐子糊上白纸，写上"打倒保皇派"的大黑字，扣到了她公爹的头上。她的党让她困惑了——原来她只要拼命干活就能让党满意，让伟大领袖满意的简单不存在了，她一个又红又专的铁姑娘嫁到了被党揪斗的人家里，她能做的就是用新媳妇的身份劝说和守护满头粪渣子一心寻死的公公。她反复掂量着上交党员关系的后果。一天烧晚饭的时候，她打开抽屉，摸出那个信封，悄悄地用火钩子挑着放进了灶膛深处。生命在跳跃的火苗里分段——前小半段，为证明自己；后大半段，为和嫁的这家人一起往前簇拥着过活。很多年以后，母亲回望自己的生命历程，也是以那团火苗为分水岭——前小半段，在娘家当驴；后大半段，在自己家当驴。母亲说，我前辈子里肯定是头没拉完磨就死了的驴，这辈子继续拉。母亲总结父亲时会说，你大大，就是头老黄牛。这话听了很多年，也没去琢磨过牛和驴的不同，以为母亲就是随口一说，近年来，才慢慢地体会到母亲说话的智慧，很多很多的话，都是她生命的体验，是用她和父亲一生的辛劳、一生的感受提纯出来的，比如这牛和驴的比喻——老黄牛的劳作场景是相对单一的，大都在田野里，从田里出来，它能趴在水沟或树荫里休息休息。它也有季节，冬天它还有些悠闲，在太阳地里，反复嚼着干草，不去忧心阳光外的生计。驴，不同，既能在田里当牛用，也能在家拉磨，还能套上车拉货，它优于牛的迅捷和灵活注定了它是劳苦的多面手，而且它不会反刍，不懂得慢慢地反反复复咀嚼一点干草的怡然和满足，它注定比牛焦虑。

铁姑娘既能和男人一样干活，也能和男人一样打架。他们的第一架打得旗鼓相当。用母亲的话说叫谁也没占着便宜。那是1967年的春节，母亲嫁过来半年后。两个月前，分家了，父亲和母亲从奶奶的大家庭里被分离出来。母亲并不害怕单过，她有的是力气，人家两口子是一男一女出力干活挣工分，她的家相当于是两个男人，她相信一定能过得好。奶奶家除了爷爷还有二叔三叔大姑二姑三姑小姑，按照人口比例，父亲和母亲只能分到一小半的一小半，三十斤蜀黍（高粱），三辫子玉米棒子，五十斤地瓜干，一口半窨锅，一个瓦盘，一个用高粱秆穿成的锅盖顶。按照惯例，分完家后，要在新人的家里吃饭，一为答谢主事的，二来取意烧炕暖锅。吃完了五斤地瓜干煮成的晚饭后，大姑临走时拿起母亲还温热的锅盖对奶奶说，这个盖顶得拿回去，给她就没有盖煎饼盆的了。母亲看着消失在黑夜里的锅盖顶，抹了几把泪，立马想起瓦盆也能当锅盖。

　　大年夜，除了两捧蜀黍外，所有的粮食都已吃完。母亲坐在炕沿上，父亲坐在灶肚口，两个饥肠辘辘的年轻人瞅着空锅，过年。母亲虽饿，并不焦躁，明天可以用那两捧蜀黍撑着——只要熬过了大年初一，就到了出嫁的姑娘回门的初二——新媳妇新姑爷新正月地回去，祖上从来就没有让他们饿肚子的规矩——铁定会有吃的，可能还会有一顿饺子。美好的东西都有个共性，离得近了，就让人挠心地想伸手去够；离得远了，只激发想象。母亲的饺子离得远，在十里之外，在漫长的大年夜再加一个更加漫长的初一。父亲的饺子离得近，就在几条街后，他甚至已经闻见了香味。一年一次的饺子啊。父亲在鞭炮声里，在幻觉里吞咽着口水。他站起身，拍了拍屁股上的干草，掀起当锅盖的瓦盆看看再盖上，头不抬目不斜地走了出去。他知道锅里是空的，他只是用这个动作告知坐在炕沿上的女人——锅空着，你别怪我撇下你去找吃的。

刺骨的寒风中，父亲掖紧他的棉袄，揣着手，朝着他的家跑去。是的，那才是他的家！他生活了 22 年的家！他的父母他的弟弟妹妹！他一年一度的饺子！父亲撞开他家的柴门，推开堂屋的薄木门，看见他盼了一年的饺子，在碗里，在筷子间，在爹娘和弟弟妹妹的嘴边，热气腾腾，香气逼人。来不及找筷子，父亲伸手从二姑的碗里捏起一个，二叔的筷子啪地打向父亲的手，二叔愤愤地说，分家了，你的饺子在你家锅里，你省着不吃跑来吃我们的！饺子掉落在桌子上，父亲转身走出他的家，没有一个人出来挽留他，他依着低矮的院墙哭了。哭他竟然不再属于这个家。他第一次感到了彻骨的孤独。结婚，对他而言，就是和一个陌生的女人各自蜷缩在床的两头，和她一块吃饭而已——他只是以这种难为自己的方式，给弟弟妹妹腾挪出一点空间罢了——让他们睡得宽敞一点，在饭桌子边坐得也宽敞一点。竟然，这个家和他不再是一个家。竟然连一个饺子也和他没关系了。他的泪蜂拥而出。22 岁了，他不记得哭过。他也不记得孤独过，不记得害怕过。这一切，却在大年夜，一起袭来。以后怎么办？就只和那个女人一个家了吗……眼泪滴进脖子里，流到光溜溜的胸膛上，划出尖锐的疼痛。远处有人走来，他掖紧棉袄，搓搓面颊，往回走。

母亲看见父亲出去，知道他是回家找饺子吃去了。瞬间，初二的饺子，窜到了眼前嘴边，母亲咽起口水来。她眼巴巴地瞅着门口，期盼着吃了饺子的父亲能带几个给她。看见他回来了，重新坐到灶肚口去。她热切地问，吃饺子了？没给我带几个回来？他一肚子的委屈孤独和惶恐找见了根源——都怪她，要不是因为她，他就能坐在家里的饭桌边和弟弟妹妹挤着吃饺子了！不善言语的人，一切的情绪都在目光里，他瞪起的眼睛里，满了委屈和愤怒。她讥讽地乐起来——哎呦，这是没吃上呀？还是撑得眼珠子往外凸？他恼了，抓起柴草堆里的一块粗干柴朝她扔去——都怪你！她闪身躲过——怪我？分家一捧麦子都没给，一分钱也没有，我拿什么包？你以为我是神仙吹口气就能变出来？！她站起身，也把眼珠子瞪得委屈而愤怒。他警觉地站起，两个新婚半年谁都不敢碰触对方身体的人隔着半米的距离怒目相视。总是脆弱的那个先发动进攻，他抓起一个小板凳朝她抡去。她躲闪的时候，看见了墙角的扁担，抓过来，踩到脚下，用力一折，断为两截。她把地上的一截往他脚边一踢说，今天不是你砸死我就是我砸死你。

小小的一间锅屋，两个用相同武器的人势均力敌地战在一起，在大年夜凛冽的风声里，犹如江湖上深夜郊外的一场仇人相遇。她招招朝着他的小干腿，他下下抡向她的脑袋。一场战争帮助他们克服了不敢碰触对方的羞怯和恐慌。打累了，心里的委屈和愤怒泄干净了，他们心平气和地重新坐回各自的位置，揉搓自己的伤痛，默默地听吼吼不止的风。

母亲的二姑父，我的二姑姥爷，他们俩的媒人，想起来去看看他们的第一个春节过得怎么样。二姑姥爷返回家，从水缸和粮囤上揭下两个掌心大的"酉"字帖，抹上浆糊，割了两根肋骨宽的一长条肉，拿了一棵白菜，两瓢面，放在筐里，让他的两个孩子抬着送过来。犹如巨额的财富从天而降，母亲和父亲喜出望外，欢欢喜喜地包起饺子来。你一个，我一个，两个人均等匀速地吃着他们成家后的第一顿饺子。剩下十个的时候，母亲提出留"压锅"。"压锅"很重要，犹如大海里船底的压舱石，决定着新的一年里家庭的命运。母亲说，留十个吧，十全十美。父亲看着饺子，咽口唾沫说，再吃俩，还没饱呢，留六个，六六大顺。

父亲和母亲把六个饺子认真地摆在碗里，掀开瓦盆，郑重地放进锅里。

一条家庭的小船从此开始起航，孩子们一个跟一个地来了，或许是因为六个饺子的"压舱石"过于轻了，生活这个风雨无常波浪翻滚的大海，时常把他们冲上浅滩，撞上暗礁。而四个儿女已把两个人的心魂压得稳重牢固，让他俩在风雨里不得不彼此安慰彼此抱怨彼此搀扶。

父亲生病后，母亲不但要照顾他，照顾儿子和读高中的孙子，照顾鸡狗鹅鸭，还要忙田里和菜园里，帮着忙儿子家的田和菜园。母亲原来总是小跑的走路习惯改变了，她的脚没有了远离地面的力气，像两支光秃的老笔在粗糙的纸面上划拉、拖拉、努力，再也没了饱满圆润的笔画和书写，只有支撑和支撑的愿望在坚持。

虚弱是唯一能让生命安静的捆绳，父亲被捆在孤独的安静里，听着老妻的脚步和疲乏，他第一次意识到她老了，她累了。那个身强力壮的女人，那个干净利索脾气急躁的女人，那个指挥了他一生，督促了他一生，常常因为他行动比她缓慢而讥讽他"迈着方步放着四棱子屁""过个门槛要先数数有几个脚趾头"的女人，竟然也缓慢了，竟然也老了，竟然拖拉着走路了。他第一次为她心酸起来，等她进屋拿东西时，他说，你歇歇吧，等我好了，我干。看她没有停下来的打算，他恳求说，歇歇吧，听你拖拉拖拉的，我心里难受。这是他说给她的最深情的话。她停下来，心里眼里都酸得生疼，她背对他倒了碗水端着，吞咽着突然被勾起的委屈和恐慌———一辈子，到末尾了才知道心疼她，可谁知道，这末尾能有多长？他能疼她多久？

　　曾经他和她都身强力壮的年月里，被他气急了的时候，她就发狠说，老天爷要是长眼，就让我死前边，让你过过没我的日子，你才知道我的好。他不懂服软，也不会妥协，他总是嘿嘿一笑，慢慢筋筋地用洞悉一切的口气说，我还不知道么，谁死前边谁享福。这话细思量起来很伤人，如剧毒的药，能要了人命——好像那个死是个巨大的福利，是个巨大的便宜，她在抢。也好似和她一起的世间生活多么地不堪忍受，她这个人多么地不值得留恋。好在，她和他早已知己知彼，她常说他抬抬屁股她就知道他要拉什么样的屎。她心情好的时候，会半是埋怨半是教训地说，你是哪句话不药人不说哪句，你就不会拣句好听的说？哪怕半句，也暖暖人心。心情糟的时候，她就反击——嗯，你算说对了，谁死前边谁享福，我伺候了你一尖辈子，够够的了。一尖辈子——仿佛，她和他一起过过的日子像地瓜干一样，一片一片地有着形状，有着颜色，在粮囤里储存着，满了，冒了尖；足了，足足的了；够了，够够的了。

在我的家乡，够了有两个意思，一是表达满足，比如你去别人家借化肥，看到数量达到了自己的心理需求时，会说，够了，够了；再就是表达不满足，厌倦甚至厌恶，比如，吵架的两口子，一个对另一个说，我和你过够了，够够的了。够够的，就是顶级的烦，顶级的厌倦厌恶。

够了，够够的了。她和他都曾情真意切地不止一次地说过。好在它尖锐的法力都不持久，半天一天，甚至转眼就飘散了。或许是因为他们用半截扁担打开日子的航程时，过于激烈了，高高地定下了两个人心理的承受界限。或许是没有改变的途径，只能一路到底。

到底了，才明白生命旺盛时的愤怒和厌倦都有着虚张声势的夸张——其实，彼此在对方心里划下的都是浅浅的细纹，拿一点点的好一星星儿的疼惜就抹平了；深些的，也能用生离死别的恐惧和不舍进行彻底的打磨和刨光。

母亲睁大眼站在父亲跟前，她瘦得仿佛只有腿没有腚了，当年腚是腚腰是腰的美荡然无存。没有腚的腿，像无根的木头支撑着身子，有种眼看着要歪斜的不稳——她累，看的人也累。他往墙上靠靠，拍了拍旁边的小马扎说，你坐坐。她把右胳膊拃在胯上，支撑着上半身，想趁热打铁让他答应把坟砌了。她说，天这么好，别光坐着，我领你出去转转。他早就瘦得像各种规格的木头棍插起来的了，他仰头瞪着大而无辜的眼睛说，不想出去。

父亲出院后，也曾积极地出去过。除了四十年前到沂水县城给儿子做手术外，他从没有离开村子超过一天。这一离就那么久，三个月呢。三个月没到地里看看了。三个月没到菜园里看看了。三个月没看见村里的人了。他在田里村里转着，像个外出做买卖失败了的游子归来——一切的人和物都格外稀罕，亲切，又惴惴，怕人询问那买卖的失败。

确实是场血本无归的买卖，他和她积攒了一辈子的，加上四个孩子家凑的，十几万全部搭了进去，只换了人家把他的肋条子掀开，把他用来吃饭的管子割了一大截去，还把他绑在床上，和一排哎哎呦呦叫唤的人一起，关了三四天，把他的鼻子里插上了三根管子，身子上插了三根管子，据说是把他的胃从肚子里提到了嗓子眼下。撤掉管子后，他相信了那个传说，因为只要稍稍吃点东西进去就往上漾——要不是在嗓子眼下面不能漾得那么快。后来，他们又让他脱光上衣把他按到一张床上，照着他的上半身塑了一个模子，每天让他躺进去，在一个仪器下，不痛不痒地躺着呆上眨巴几下眼的工夫，就挖空了他的家底。他坚决地认为被坑了，她和孩子们全都上当了。不就是咽饭的时候觉得阻挡一下么，喝几口水就好的事。我一个整劳力，放下推土的推车子进的医院，你们把我弄成这样——他的愤怒够不到那个不敢回首的医院，他只能愤愤地够她——你和闺女嘀嘀咕咕就把我弄成了这样，我啥时候能再推车子下地干活？！她不敢说实情，只是安慰他，病去如抽丝，一丝丝地抽，哪有那么快，劳动了一辈子，借着机会歇歇吧。

父亲不知道人们将用询问的方式告知他另一场更大的失败。说更大，是因为它不是他一个人的，是全家的，是让他在那一瞬间宁愿嘎嘣一下断气的。全身插满管子的时候，他也没有过渴望死的念头。他从来就是个怕死的人。那一刻，他脸发烧，发干，跟干树叶子一样要碎了掉地上，他想捂起来——像害怕人家用肮脏的扫把疙瘩来挠似的。原来，他唯一的儿媳妇，他读高三的孙子和上学前班的孙女的母亲，离家出走的原因，不是和儿子吵架了，而是和小包工头跑了，给人家当二奶去了。人人皆知。人家询问他——你儿媳妇怕是回不来了吧？和那包工头都明目张胆地在工地的楼上，用水泥袋子遮了窗户瞎闹呢，她娘家支持，包工头有钱，我亲耳听你儿他舅子说，那家子拉磨的一倒日子就到头了。你觉得还能回来吗？父亲哆嗦了，气喘了，他踉踉跄跄地走回家，躲起来。躲起来琢磨，愧疚，心疼，害怕。琢磨自己到底是啥病，到底病得多厉害，能让人家觉得这个家到头了。愧疚怎么就生了病，让儿子的家散了。心疼残了右脚的儿子，没了老婆，咋往下过？心疼孙子，就要考大学了，自己厚皮老脸都没处搁放，大小伙子，面皮最薄的年纪，咋着受？被领走了的小孙女，小孙女呀，得来不易的小孙女呀，这辈子还能见上面吗？

他想起儿子儿媳到外地躲计划生育的情景——第一次计划生育小分队半夜里翻墙进来抓人的时候，他吓蒙了，还是她机智，但她也吓得忘记了穿衣服，就站那里喊，你们要是把我冠心病弄犯了，我做鬼也不放过你们！或许是她的冠心病唬住了人家，或许是因为她赤身裸体不好意思抓，人们漫过她把他从床上揪下来，拿件棉袄往他背上一披就把他押上了面包车。人们让他招儿子儿媳藏在哪里。不招不给饭吃，不给觉睡。他忍着。三天也没说。第四天，人家说，你出来。他头重脚轻地跟着前面的背影走。拐角处，突然眼前一黑，头上被罩上了纸箱。他先是觉得自己成了练拳的袋子，接着成了个球。他不敢扯掉纸箱子，他只是蜷缩着，在别人的拳头和脚下哆嗦，抽搐。他不敢反抗，生怕会加强人家抓儿子儿媳的决心。他以为这是他必须承受的。在他的儿子儿媳还没有外出躲计划生育的时候，从别人家的经验里他就知道这是必然要承受的。当他被人拖回关押的房子时，他蜷缩在地上，一遍遍安慰自己——不就是挨顿揍么，挨顿揍算啥，能换个孙子或孙女呢。两天后，人们放了他，他瘸瘸拐拐地回到家，想着要跟她显摆一下自己的坚强，却发现她在抹泪，在埋怨儿子的丈母娘——没出息的老死尸，两个耳光子就把自己的亲闺女出卖了！七个多月的孙子被害死了！听见她这几句话的时候，他刚走到院子中央，突然就觉得浑身的力气被嗖地一下吸走了，腿软得立马打了弯，瘫软在地。他坐在地上，呆呆地望着她，眨巴着眼，希望把自己从噩梦里眨巴醒。她来扶他的时候，询问他身上的淤青，他才发现自己浑身疼得快散架了。没了超值的换算，突然地委屈就上来了，羞辱也上来了，他的脑海里翻涌着自己被人家拳打脚踢的样子，不是球，是条瘦弱的遭人憎恨的老狗。是的，人家踢他的时候，就说打死这嘴硬的老狗！他躺到床上，默默地吞咽自己的屈辱和疼痛——肉体的和失孙的。三天。

后来，他和她都有了经验。他跟她说，我比你结实，小分队一来你就说犯了冠心病，我把衣服尽量穿厚点。她叮嘱他，人家说不能挨打的时候一声不吭，就得使劲喊要打死人了，要出人命了，喊救命，喊打人犯法，他们就下手轻些。他像个小孩子那样频频点头赞同。像个英勇不屈的战士，一次次走向酷刑的牢狱去承受屈辱和折磨。三次之后，终于换来了小孙女。那是六年前的寒冬腊月，他和她得到消息赶到时，他们的小孙女在一个简陋的乡村卫生院里用一个单薄的小包被包着，在儿媳的床脚处孤零零地命悬一线。大夫说，太弱了，活不了。她到底是从不肯轻易放弃的人，问大夫生下来时有没有明显的毛病？大夫说没有。她伸手摸摸孙女，发现孩子浑身冰凉。她打开包被，把孙女暖在怀里，她说孩子是冻坏了，跟团冰疙瘩似的。她身上寒了，再塞进他的怀里。他小心翼翼地暖着孙女，暖着自己经了三次折磨和屈辱换来的血脉。大半天后，他的孙女放出了一个长长的冰凉的屁，小赖猫一样哇哇地哭起来。孙女活过来的瞬间，他觉得自己从里到外都一步进了春天，阳光灿烂，鲜花盛开。他曾承受的，顿时，一笔勾销。

再次，父亲躺在床上，让泪悄无声息地流到污浊的枕头上。他从来不会讲人生道理，也从来没给任何人讲过，可此刻，他不由得在心里跟儿媳讲，反反复复讲，你咋就不知道掂量掂量轻重呢？咋不想想孩子呢？别听人家的，我能好起来，大夫给我看错了，我要真有那厉害的病哪能不痛不痒就吃饭时挡一下。只要我好了，你家地里的活都我干……他流着泪原谅了儿媳二十年没用和父亲这个身份相称的称呼叫过他，她只说哎或听见了吗或他爷爷甚或背后里叫老驴种、老死尸、老不死的。原谅了她睡到中午起来，对在她家地里劳作了一上午，没能喝上一口水的他，刚刚回到家把开水倒在小铝锅里等水凉的他，呵斥说，懒煞了，蹲那里怪舒坦啊，不知道去帮着收拾收拾地里么！那一刻，他哆嗦了，要炸，可她是儿媳，不是闺女也不是自己的姐妹老婆，炸不得。他哆嗦着等儿媳翩然离去，他才炸，把小铝锅啪啪地朝墙上摔打。热水四溅。锅一下下地扁瘪了，他才略略平静下来，怕老伴回来知道又要去找儿媳替他要公道吵架，顾不上喝水用锤子一点点地把锅敲圆。这个事后，曾有人传话说，儿媳在外面说，小孩他爸和他爷爷没脾气，让站着不敢坐着，就他奶奶厉害，治不了。他对着传话的人嘿嘿干笑，他庆幸没人看见那个扁了的锅。他知道近几年儿媳越来越看不起老实巴交的儿子，他也知道村里很多媳妇都和自己的儿媳妇差不多的脾性。用老伴的话说，怪社会，社会不一样了，不讲究老少尊卑了，只讲究吃穿享受。他不知道怎么能让儿子的生活过得更好，只能自己多出力，把儿子和儿媳妇该干的活尽可能地都干了。

父亲躲在家里，喝各种草药汤，喝核桃枝子煮鸡蛋的水，喝大闺女的朋友的朋友的外甥的生意合作伙伴从日本免费赠送的白金纳米离子水。每一样，都传说有神奇的疗效。每一样，他都乖顺地喝着，一丝不苟地喝着。他渴盼着自己赶紧好起来。渴盼着好起来的消息能传遍村村落落，能传进儿媳的耳朵里。干活怕啥的？！他从不怕干活，还有什么能比得过土地的好？啥不是地里长出来的。人靠地活着，得好好侍弄好好对待……他躲在家里，说得最多的话是，等我好了，我干。他问得最多的问题是，啥时候我才能推车子下地去？他不知道他这辈子的活在他躺上手术台时已经干完了。他不知道他这一生再也没有机会侍弄他热爱的土地了。或许，他是知道的，只是不敢相信，不愿相信。他强烈地渴望着自己跟冬眠的熊一样，等他走出家门，结束冬眠时，已精神勃发，到田野里，到他的疆土上，甩开膀子，挥汗如雨。播种。收获。早日挣回那些亏了血本的钱，早日把孩子们的钱还回去——怎么能花孩子们的钱呢？他们挣钱都那么不容易。他们那钱有重要的使项，供孩子上学读书，那才叫花得值，比吃了拉了强多了。他最瞧不上那些从子女手里抠搜钱的人——自己吃得差点穿得差点怕啥？孩子们过得好不就是个最好么！抠搜了子女的钱填进自己的肚子里顶个啥？吃得再好，就是龙肝凤胆也得变成屎。

"不想出去。"在母亲恳切疼惜的盯视下，父亲仰着脸对母亲重复一遍他的决定。如果前面那遍是个无辜无力的回答，这一遍就是执拗执着的反抗。

不想出去，不想出去，你都在家里闷成耗子了，春暖花开，地里麦子青油油地到小腿肚子了，出去转转，四处看看，多好呀！我就不明白了，生个病有什么怕人的，又不是做了见不得人的事。人吃五谷杂粮，哪有不生病的？你出去试试，看谁敢说你，他只要张嘴，我就去和他理论，问问他是不是娘胎里出来的，难道跟孙猴子一样石头缝里蹦出来的？！不吃粮食不生病？！母亲生气了。她转身拖拖拉拉地往屋子里走。父亲的执拗和执着摇晃了，他站起身，把戏盒子放到窗台上，跟进屋问，麦子真没到腿肚子了？那就该追肥了。她看他的心晃动了，鼓劲说，你去看看，麦子长得那个喜人，补的那些苗竟然都活了，长得比原来的还旺相，就跟通灵性似的，知道在别人手里得乖着点。他嘿嘿乐了——你厉害，麦苗都知道，哪敢不好好长呢。她瞪了眼斜瞅着他说，把我说得跟后娘似的，那些麦苗有我这样的后娘还真是享福，水单喂着，肥料单吃着，跟养小孩子的心思一样。她说着体会到他绵软的语气，实在不像是讥讽她，遂落了眼皮转身去拉桌子上的抽屉找钱——麦苗都比你听话，让它好好长它就好好长，你呀，哎，你呀——她的无奈和焦虑变成一缕长长的叹息，从胸膛里飘出，在他身上缠绕。他看着她腔不是腔腰不是腰的背影，咽口唾沫说，我也听话，我不一直都听你的么。她扭头看着他，一瞬间她的脸犹如傍晚落霞散射的天，苍茫而灿烂。她笑着说，哎呦，你这不也会说软和话么，我还以为你就只会把话说得跟镢头似的，刨人。他嘿嘿地乐起来，软和话谁不会说？就是得看时候，吃不上喝不上的时候说不了，又累又忙的时候说不了，得不愁不忧的时候才能说。他说着说着，就觉得自己的话并不正确，他现在说了软和话，可他心头的忧愁厚得跟山似的。

　　唉，他浓黏的哀愁如深秋的风吹得她心里发紧后背发凉。她把包钱的手绢紧攥在手里，不知道如何接对，肺腑里却早已生出了叹息的回应，就要涌出的时候，她意识到只要它一出声，就等于对他承认——她没了办法，他的病没了指望。她生生地拦住，张开嘴，悄悄放它出去，用玩笑的口吻说，怎么跟车袋似的，撒开气了。车袋撒气得补，人撒气也得补，你怪有办法呢，撒撒气，就让人明白得上营养，明天把那只黑母鸡杀了。他一听她又要杀鸡，眼瞪起来——你这娘们儿，就是不知道过日子！她看着他瞪圆的眼睛，心里突地涌满了疼痛和悲凉，她在心里责怪他——你还能吃几天呀，还有几天的活头呀！临死了，还这样过！就是过下金山银山，没了命顶什么用？！四目相对，浑浊的悲凉无奈和疼惜湮灭了她惯常燃烧的火药。没一点火星也不对，她强硬地说，把你那牛眼珠子缩回去，一说弄点东西给你上上营养，你就急，现在是那吃不上喝不上的年代吗？你抠搜什么不好，偏偏抠搜肚子，没出息！他说，春天，开始下蛋了。她沉了脸说，你哪只眼看它下蛋了，就因为它不下蛋不甜欢人才杀它。这样说着的时候，她想清理鸡内脏的时候，断不能让他在跟前，要是看见一肚子的蛋茬，又该心疼得咽不下。她把手绢上的细布条缠好，塞进兜里说，走，我带你出去转转。她说完就到院子里推三轮车，把一个旧棉袄搭到车斗的靠背上，开玩笑说，看这沙发座，小卧车的标准。他横横地从她身旁飘过，坐回他的马扎——转转！转转！我能不想转转？！我能不想转转么？！家里这头子事能出得去门么？！她升腾的火焰嗖地被吹灭，她在心里咒骂那传话的烂舌根子——就不知道行行好，让他心里痛快点……她把三轮车推到他跟前安慰他——会不会算账呀？啊？你会不会算账？咱们祖祖辈辈安分守己，规规矩矩，不偷不抢，不奸不诈，积攒下的是啥？不就是个脸面吗，现在这一个事就毁了好几辈子的积攒了？它是不好，丢人，但跟整个脸面比起来，算个啥？不也就算个灰星儿么。这种事，不得看社会呀，老社会里它大起天，一丢丢好几辈子，现在这社会它就是个灰星儿，连个痦子都比不上。儿家那一片，跑了八个媳妇了，不独咱家呀，就这样的社会呀。要丢脸，也是社会丢，你计较个啥吗，你计较得来吗！他仰望着她，静静地，呆呆地。良久后，他爬到三轮车里，倚着旧棉袄坐下说，想想办法找回来，我们得看孙子孙女的脸，只要回来，比什么都强，谁也别奚落她。她推起车子说，已经发动了九波人去请，没请回来。后街小中华家的儿媳妇跑了好几个月，回来了，我找小中华他老婆问了，说十里堡的神老嬷嬷可灵验了，回头我去求求。他说，现在就去，我和你一块儿。她说，行，先去十里堡，回来去地里转。

　　去十里堡，必经舍林。

　　村里的坟大都集中在村北的果园里。村里的人管那里叫舍林。管上坟叫上林。坟地叫林地。谁家祸事连连被怀疑祖坟出了问题的时候，怀疑的人会提醒说——八成是你家的林出了问题。有学问的人都知道林的规格很高，仅次于陵。孔子死后，他的弟子们从各自家乡携带了树苗植在老师的坟周围，以此成林。我的祖先，我们全村人的祖先都没有成器的。默默无闻碌碌无为生活着的人，把埋葬自己亲人的地方称为林，大概是因为出于对树木根植土地顽强繁衍生息的认同，希望人也如此———一辈一辈，活着，长着，开枝散叶，绵延不尽。林，是活着的人之根，之源，之佑护。

　　其实，我们早已没了祖坟。舍林里埋着的，辈分最高的是我父亲这辈人的父母，我这辈人的祖父母。我们的祖坟在史上最著名的1958年被平掉了。那一年，我们的祖国掀起了"放卫星"热，不管哪个行业都试图把产量业绩弄得蹿天高。想一步跨进人人富得流油的日子，让英美帝国的人自愧不如。深耕密植在公社干部的严格监督下进行的时候，国家又发出了"平坟开荒，向鬼要粮"的号召，全国人民的祖先就被从安睡的泥土里挖了出来。祖先们以赤裸白骨的姿态回到了后世子孙的眼前。一村人的祖先，被镐头刨起，被铁锹铲出，扔到一起，骨骨相撞，发着干涩低哑的惊恐。一村人的祖先。一公社人的祖先。一县人的祖先。集合到唯一的火化场。累累白骨，堆积如山。所有人的祖先，跨越了阶级，跨越了出身，跨越了年代，跨越了性别，跨越了年龄，跨越了悠悠岁月，被集合到一起，爬烟筒。爬烟筒，是家乡对火化的另种称谓。

挖祖坟，是数千年的禁忌，是最恶毒的报复，是人和人是否以死相拼的那道红线。是要遭天谴的。是要有大灾祸出现的。所有的被挖了祖坟和挖了别人祖坟的人都惶恐不安。好在，批斗封建迷信的风潮紧跟着席卷而来，人们在公社干部的带领下，把偷偷给祖先烧纸求饶的几个人抓起来，批斗。人们用伟大领袖的指示和被批斗的恐惧，涂抹覆盖内心的惶恐和忧虑。半年后，那些掘了祖坟的人们，连同他们衰老的爹娘稚嫩的儿女，在饥荒里倒下，被野狗甚至亲人啃噬成新鲜的白骨。那些活着的，啃着树皮，嚼着草根，舔着泥土，相互撅着腚抠大便。没了掩埋的力气，没了林地，没了迷信的勇气和能力。他们能做的只是绿着脸，黄着脸，黑着脸，佝偻着枯瘦如柴或水肿如渗浆布袋的躯体，寻觅能入嘴的东西。

活下来的人，守得云开见月明，迎来了改革开放。二十多年杜绝封建迷信的教化到底抵不过几千年传承的理念，"迷信"像冬眠的蛇一样在吃饱穿暖的人心底里苏醒。人们又开始给死去的亲人造坟，让他们入土为安。

父亲和母亲曾无数次一起路过舍林。他们的一块地，就在舍林的东北方。他们都早知道舍林里已没了林，好几年前承包人就砍掉了所有的果树，在坟墓的空间搞起了各种养殖。猪、兔子、鸡、鸭。很多人到村领导那里提意见。不管用。村领导说，各家都有自留地，谁觉得自家老祖在养殖场委屈就迁到自家地里。动祖坟的大忌，让去的人灰溜溜地回来。自此，那些黄土堆砌成的最后归宿，再也没有了春天鲜花盛开的芬芳和夏天果实累累的兴旺，自然也没有秋天的金灿和喧闹。连万物萧条的冬天也大不如从前。有果树时，那些绛紫色棕色灰黑色的枝条在苍黄的坟间，像经世的国画里水墨的浸染，陈旧而有意蕴。又如阴阳间的一道枝条织就的帘幕。阴在那边，阳在这边。阳间的子孙们碌碌生存，但总会在最寒最冷的腊月赶回家，跨过这道帘幕，去看望祖先。他们在冰冻的土地上费力地挖，直到挖出赤金色的新土，一层层地撒到坟上，把坟修整得浑圆新鲜。那些被深挖出的新土，用蕴藏的鲜艳和松软，呈现出棉絮般的温暖，把经受了一年风吹雨淋的沧桑和凋敝遮盖掉。干得出汗时，他们把外套脱下来，顺手搭在果树上，那是祖先为他们准备的衣架。他们深信老祖们在这道帘子后面日夜不息地望着他们生活，佑护着他们。年关的时候，他们带着鞭炮，领着同宗同祖的男孩子来，隆重地把祖先请回家，让他们坐在堂屋正当中的八仙桌上，守着丰盛的饭菜和甘烈的白酒，坐一场七天七夜不散的宴席。

村北头秃露毛的老婆长着能透过所有的帘幕看到阴间的眼。秃露毛老婆坐在家里就能看见谁家的老祖盛装打扮兴高采烈地等着子孙回家里过年，谁家的老祖无精打采地蜷缩着打长长的瞌睡。秃露毛老婆的这个功能从被人们知晓并加以验证后，就成为类似于纪律检查委员会主任的角色，那些因为各种原因没有去上坟和请祖宗回家过年的人，隔老远就避着她。村里人都知道，她的特异功能是在三十年前的腊月，她新婚的夜里被发现的。那天，她

坐在用高粱秆和六个大红包袱装饰成的婚车里，头上盖着大红的
四方围巾，第一次踏入我们村，等夜深闹洞房的人散去，四处漆
黑得寂寂时，她出去撒尿，透过半人高的柴墙，发现北面有一个
完全不同的村落，灯火通明，人来人往，有走路的，有擦拭门窗
的，有推磨的，有做豆腐摊煎饼的，也有蜷缩着睡觉的。她回到
屋里问秃露毛，那个村叫什么名，怎么大半夜的那么热闹。秃露
毛半信半疑地随她出来看，在她指指点点的解说中，看得浑身汗
毛陡立，当晚就逃回他爹娘那里。后来，秃露毛一家确认她除了
晚上能看见村北的村外村之外，并无其他异常，才回自己的家里。
秃露毛老婆一辈子没有生养，有人说她是仙姑，仙姑怎么可能跟
凡人一样生孩子呢。更多的人说，怪秃露毛爹娘无知，新媳妇过
门不出三天是不能见星星的，被星星扑了，必定不能生养——连
这都不懂，活该当不成爷爷奶奶。

　　父亲和母亲，早都远远近近地看过多次变成养殖场的舍林，
仅仅是在心里泛起无奈遗憾之类的情绪，夹杂着无法言说的不满
而已。现在看见，竟然恐慌起来——第一次，真切地意识到离它
很近，离死别很近。死别，一别就阴阳两隔，生生世世都无法再
跨越。那些曾以为过够了的岁月，真要结束的时候，又宁愿无休
无止地延续下去。他俩谁也不敢仔细端详它，都低了头，一个默
默地蹬，一个默默地坐。遇到土坡，母亲扭动右车把加大电瓶的
马力，同时抬起身子，想借助身体的重量使脚底的蹬子转动起来。
老旧电瓶鞔鞔的声音和着她粗急的呼吸，努力了三次，仍不能翻

越。父亲说，我下来帮你推。母亲先下车来扶他，两个人的右胳膊搭在一起，相互抓着。她因为蹬车热了，袖子挽到了胳膊肘那里，他低头看见她犹如瘦长的风干了的腌萝卜一样的胳膊，老抹布的颜色，松软皱褶，密布着几近枯裂的细纹。哎，老了。他在心里替她感叹。她抓着他依然穿着厚毛衣的胳膊，轻飘飘的一把把，她忍住没把这句话说出嘴。想躲避对方衰败的目光只能搁放到远处。远处，被药物控制着昏吃昏睡昏拉的成千上万只牲畜，积聚在简陋肮脏的圈窝里。圈窝旁，他父母的坟，像两只鼓凸的眼哀怨地瞪着。再也躲不过的相遇。

哎，咱叔咱婶。无头无尾的话。

她后背登时冷飕飕的。在哪？

我说那坟，周围糟蹋得不成样子了。

她舒口气批评他——什么时候学会说话大喘气了，吓唬人。

他们都知道如果看见了逝者，是最不吉利的，是注定要走的。他咽口唾沫，安慰她也给自己打气说——家里还有那么多事，谁也不能叫我走。她听他这样说，给他鼓劲——大老爷们儿得说话算话，吐个唾沫星儿成钉。

父亲兄弟姊妹八个，只有他叫过爹娘，也仅仅是两岁以前。两岁的时候，他四岁的正生麻疹的哥哥在父母和邻居为了一棵树进行的拼斗中，吓得高烧不退，夭亡了。有人说他们没有当父母的命，除非生的孩子不用爹娘的称呼叫他们。从此，他被要求改口叫爹娘为叔婶。叔和婶还不放心，又央求着远房的哥嫂给他当干爹娘，用人家多子多福的命帮忙——压着，干爹娘给他取了一个让叔和婶放心的名字：树，大树。

名字叫树的人，像树一样生长了一生的人，将归于无树的荒凉和牲畜的围困中。

哎，原来吃不饱穿不暖的时候，以为只要吃饱穿暖就没事了。如今，事儿事儿一头子一头子的。父亲浓稠的忧虑浮上来。他软她就硬、他悲观她就坚强的惯性，遮住她的惶恐和无措，她推起三轮车翻上坡，扶他坐上车说，吃饱穿暖了才有精神头儿处理事儿，人活着再没点事儿，那不成神仙了。有事儿怕啥，一件件拆拓，自古不都是兵来将挡水来土掩么。办法有，得人自己去找，从来都是人找办法，没见办法找人的。话说到这里，她突然就找见了和他开口说砌坟的办法——请风水先生来看看祖林，让人家顺嘴说，保准他丝毫觉不出是针对他的。

说得轻巧，有啥办法？他大着眼看她，虽然从开始这个家需要的办法都是她找出来，他按着她的指派去做，虽然事实证明那些办法基本都对，他依然对她没有信心，因为现在的事儿不同于以往。以往，是为了吃穿，他俩拼拼命努努力就能办到。比如，三十多年前，生产队把谁家都不愿要的地边分给他们当菜园。地边被路人踩来踩去，总有两扎宽的地长不了东西。她却拿着人家的欺负当好事，说边有边的好，靠着河，河坝有个斜坡，把河里的泥挖上来，就能填块地出来。整整一个月，每个鸡不叫狗不咬的后半夜，他俩站在初春刺骨的寒水里，偷偷地挖泥，到底是在河边拓出小半分的菜园来。让分地时费尽心思不要地边的人，羡慕嫉妒而后悔。比如，春天缺粮，她总能发现哪个地方有榆树，哪几棵上的树叶多，所有春天的凌晨，他都被她的脚丫子踹醒，让他去撸榆树叶，掺到高粱面里摊煎饼，或放进稀粥里。

神老嬷嬷原本就是一普普通通农村妇女，和母亲的四妹同村。和同年代的女人一样没有进过学堂，文盲，乖顺地嫁人生子，再熬到子生孙，按部就班地活了七十年。七十岁的那年，大病一场，七天七夜不吃不喝，不言不语，睁着眼睛却人事不省。家里人以为没救了，给她穿好了送老衣裳，只等着她咽气装棺。不曾想，她活转过来，说了一大堆莫名其妙的话，什么阎王不收她，是因为泰山老母奶奶委任她帮人看病祛灾啥啥的。当时没人在意，只当她做了个七天七夜的长梦，说梦话。后来，村里人真就发现她能掐会算，不管是生了病还是遇了灾祸，也不管是丢了鸡狗还是婚丧嫁娶，——都在她的手指的掐掐算算中得出灵验的解决办法。

父亲和母亲走进神老嬷嬷家时，她正在给泰山老母奶奶的塑像上香。听见有人进来，也没回头，而是专心专意地手把着点燃的香，鞠躬，插香，祷告。直到仪式结束，才转身招呼父亲和母亲说，来了。青烟袅袅，肃穆安静。母亲看着泰山老母奶奶的坐像，点头回应说，儿子儿媳闹不和，儿媳妇跑了，来求泰山老母和您帮忙想想办法，好歹别让一家人散了。神老嬷嬷说，他们俩人的生辰八字都知道？母亲说，知道知道。

按照母亲提供的生辰八字，神老嬷嬷掐着皲裂的不太能伸直的指头算了算，闭着眼咕哝了片刻，进到里屋在红纸上画了拐拐弯弯的符咒，又出来当着他们的面用剪刀剪了两个双喜字，从八仙桌上供奉的泰山老母像旁边的纸盒里，捏了红花和艾草，用红纸包了，把喜字放到纸包上，用九股红线缠绕了九道，打了死结。父亲和母亲拘谨地收着胳膊腿，定定地看着，生怕闹出动静，影响了红包的法力。神老嬷嬷把两个红包用一张草纸合着包了递给母亲说，回去放到你儿的左脚鞋里和你儿媳妇右脚的鞋里，然后在他家院子里挖个深坑，把两只鞋并排放到里面，埋上。记住，一定是鞋尖朝着堂屋。母亲从手绢里按照打听到的价格往外拿钱，不放心地问，这样就行了？神老嬷嬷语气坚定地说，除非把它挖出来扔了，要不这深埋的姻缘就是整辈子的。父亲盯着母亲的手指，在心里和她一起数钱。母亲把九十块钱递过去问，家里老不顺，会不会是林地的事？神老嬷嬷说，林地，我不会看，你得另请高人，毕竟那是根儿，根上出了问题，自然家里就不安生，即使咱们现在破解了也总还是受干扰。母亲看着父亲，微微扬下头，提醒他注意神老嬷嬷的话。

出了门，父亲坐上三轮车说，九十块钱，也不讲讲价，你这娘们儿就是扔钱不响。母亲心里感觉是赚的，遂不和他计较，说，我又不傻，早打听了，县城里当官的来都是这个价。你听她说了么，林地是根，得找风水先生看看。我说你不信，神老嬷嬷说了你可得信吧。父亲叹口气说，信，你说我也信。他仰头看着天，再叹口气说，哪能不信呢。

她说得没错，原来，他是不信的，儿子出车祸那年，她就说要找人看，他扯着脖子和她吵，硬给拦下了——看了能咋着？！能把养殖场关了？！你以为你是村支书？！何况，请人就要花钱。别说风水先生，就是神仙也不能把儿子截掉的右脚给长回去。儿子残了，干不了沉活，我多干就是了。再好的风水，人懒了地就懒！

现在，他连喘气的劲儿都不足，哪有力气不信呢。哪怕是棵稻草，也是个抓头儿。

听他转了弯，她心里轻松了些，脚上蹬车的劲儿比来时足了两成。她说，我三姨夫他兄弟家的小儿子，那个叫陈顺的表弟，就会看风水，回头让大丫去请了来，看看。他嗯了一声，再也无话。他默默地坐，她默默地蹬，心里却万语千言地跟他说着，转了弯就好，盼你转弯我都盼好几个月了，不找个合适的借口把坟砌了，我这心里就慌得没底，你跟头老黄牛似的拉了一辈子犁，怎么着也得给你把尾儿结得漂漂亮亮的，对得起你这辈子的辛苦……

两人回到家，趁儿子外出买化肥的空，找了儿子和儿媳的鞋，按照神老嬷嬷说的办法，深埋"整辈子"的姻缘。他看她刨得气喘吁吁，忍不住上来夺镢头，你歇着，我刨。她晃晃身子，躲过他的手说，有福不会享，看别人干活自己歇着多好，这点活儿也用不着你。他在心里笑话她，这点活儿，你还干得气喘。他执意抓了镢头把儿，脑子里是往昔高高扬起镢头，结结实实落下，脆生生地切进地里的记忆——我哪一镢头都能刨起半个脸盆大的地儿来，哪像你吭哧半天，跟鸡刨似的。见他执拗，她只得松了手。

老习惯，先往手心里吐口唾沫，掌心对掌心搓搓，这样抓得结实。

这是那把镢头吗？他打算举起的时候发现它沉得不对劲。再吐口唾沫，边搓边打量。没错，是它，槐木把儿，左手常抓的地方有个疤瘌眼，他曾用破玻璃瓶子的底儿，刮了好几袋烟的工夫才把它刮平。它早没了当初的姜黄色，在风吹日晒和他的唾沫汗液里，陪着他一起变深，泛出新酱的颜色和光亮，而他自己早已是陈年老酱的色泽。

用力举起，全力落下。没有脆生生一切到底的爽快，只切进地里三四指深，比她的还浅。再举，再落。再举，再落。他跟自己较劲儿——邪了！我还就不信这个邪！

三指。

两指。

一指。

七八下后，连一指的深度也没有了，镢头在落下的时候，歪向一边，跟打瞌睡似的。他的脸阴了，他知道镢头和地都没变，是他自己变了。变得如此无能。连镢头都拿不动，还指望好吗？她看在眼里，不敢对他的目光，伸手接过镢头，继续刨，故意高抬轻落，装出吃力的样子说，这地板结了，镢头碰上去，跟牛皮一样韧。他听了脸色稍稍缓了缓。

刨好坑，她进去踩平整，问他，没过膝盖，够深了吧？他点点头说，应该够了。她爬出来，把红包分别塞进儿子儿媳的鞋里，跪着伸了胳膊把鞋放进去。他提醒说，鞋头朝着堂屋，摆齐，摆齐。

她拿了铁锹往回填土，说，这回跑不了了。他想着儿子走路的样子：左脚踏实，右脚因为只剩脚后跟，走起来一戳一戳的，说，好在是左脚。她说，就是右脚，也跑不了。两个人相互安慰，怀着同一个期盼——儿媳妇早一天领着他们的孙女回来。她的期盼比他的更急迫，得让他看到孙女，心无挂碍地闭上眼走。

母亲不会拨电话，拿着"老人机"到前面的邻居家，让人帮忙拨了大闺女芬的电话。日头刚刚偏西的时候，芬就来电话说已经请到风水先生，让他们直接去林业汇合。这次他没有犟嘴，不仅因为他想抓根稻草，也因为他知道上林地见祖宗这种事，离了男人是不行的。女人的手只能用来给祖宗送钱——烧用钱打过的烧纸。用钱按压烧纸，叫打纸，只能由男人来。女人打的纸，祖宗是不认的，无效。他很乖顺地爬进三轮车里坐好，看着她打开包钱的手绢扒拉着找百元钞，发现没有又去屋子里找，不一会儿拿着一大摞烧纸出来放到他脚下，转身又把铁锹放进车斗里。到了林地，他打纸，她添土，清杂草。待烧了纸钱，磕了头，跟叔婶说明了来意后，他俩和芬站起身，一起看着风水先生。

风水先生陈顺连连叹气，吸气，嘴唇动着不见话儿出来，偶尔出点动静也仅仅是咂巴一下嘴。母亲说，表弟，早都听人家说你看风水好，请你来就是听真话，有什么说什么。陈顺知道有什么说什么是他的职业底线。难就难在这里。随着他们看他的时间延长，他咂巴嘴的频率不自觉地加快，有一把无形的刷子在一遍遍给他的脸和脖子上色，直至紫红如茄——这，这林，破过了。

咋看出来的？三个人用眼扫着两座沉默的坟，试图找出蛛丝马迹。

我，是我来破的。陈顺的脸红得快滴血了。表姐，对不住，我不知道这林是你家的。当时，这家排行老二的请我来破，我不知是你家，我得满足客户需求，我……

怎么破的？啥时候的事？他为啥请你来破林？

六七年了，当时，我一看，这块林的风水就是发老大家，老二老三家都差一些。我就如实说了。我印象特别深，因为他要求只发他家，还要求用最绝的招。我心里不落忍，就犹豫，说给调调，让三家一起发。他不肯。我，我就应了，东边主老大，用了打黑豆墙的办法，西边主老三，深埋了铜钱和压制石，中间主老二家，埋了兴旺发达的法器。

黑豆墙！黑豆墙！母亲绝望地重复着，身子打了个趔趄。父亲和芬都看着她。熊熊怒火在她心里燃烧，同根相煎的惊诧和疼痛如热油浇泼。

什么意思？黑豆墙咋了？芬急切地问。

母亲早就听人说过破风水破脉气最毒最彻底的方法就是打黑豆墙，任何法器都可以挖出来，可那黑豆只要一发芽，就再也没有能破解的办法。她盯着父亲咬着牙说，老二和你是一个娘吗？！是一个娘吗？！父亲心里一阵揪痛，脑子里嗡地一响，身子像枯树遇了强风，眼睛大而无辜地看看母亲又瞅瞅陈顺，嗫嚅着，老二不能啊，不能啊……

　　母亲意识到自己失控了，跟芬说，扶你大大坐下。芬把三轮车上母亲给父亲制造的"软座"拿下来铺地上，扶他坐下。坐下的他，定定地看着咫尺内父母的坟，觉得他们也在看他。看着重病缠身拿不动镢头的他，突然地流起泪来，纵横满面。上次流泪，还是他结婚后分开家的那个大年夜。那次流泪，让他意识到和他们的远离，意识到自己必须成熟。这次，却是亲近，是逆回。回到孩童时期，回到那个生怕失去他，宁愿选择与人分养他给他改名改称呼的年岁，那时，他们整天把他背在身上，怕离了身就被灾祸捉了去。那时，有啥事他只需在他们的背上缩了身子抓紧他们的衣裳就可以了。叔——婶——他在心里热切地喊他们。只是，他们早已不能佑护他，还被裹挟利用，成为损伤他的暗器。

　　一点办法没有吗？芬追着陈顺问。

　　陈顺摇摇头说，早都生效了，该发的发了，该败的败了。

　　我就不信，最起码把兴旺他家的法器给掘出来扔了，他对咱不仁咱也对他不义。芬说着拿了铁锹问，埋哪里了？表叔，埋哪里了？

　　这又犯了陈顺的忌讳，他的脸重新红起来，嘴巴开始快速地吸气吐气。

　　母亲长叹一口气，从芬手里夺了铁锹拄着说，咋学这个！跟着好人学好！不是还有天么，天在看！

　　陈顺舒了口气，卖好地说，我用看家本领给你和表姐夫看块林地，让你们百年之后，旺子孙。没想到陈顺未经引导就主动提出来，把父亲难以承受的事给拐得自然顺畅，母亲快速地瞅了父亲一眼。父亲已擦干了泪，呆呆地看着她。她说，那敢情好，哎，就是除了这祖林也没啥地方可去。

陈顺皱着眉头沉思了片刻说，那只能这样办，你和表姐夫将来在这里，从这中间往西砌两穴，男在东，东为上，占中间发达的风水，再往下来一些，在东边栽上几棵万年松挡挡煞气。

只能如此。母亲把铁锹递给陈顺。陈顺拿着铁锹，悬空着——确实就这里了？母亲看着他说，就这里吧。父亲习惯性地赞同她，机械地点点头。陈顺弯了腰，仰头再问，就这里？点了？母亲说，点吧。

风水先生的铁锹是有法力的，他用它画出的杠就是阴宅的地基线。

父亲和母亲，一起看着风水先生用铁锹画，画他们恒久的未来。

从舍林出来，陈顺说还要去东边给另一家看林地。母亲说，可惜我们原来在东边的那块自留地换给别人家了，要是留着现在就不至于憋屈在舍林里了。

父亲说，弹药库南边那块从高峰家换来的地，也算自留地。自留地是不管土地怎么流转或重新划分，都固定不动的。

母亲说，我知道，那块地南北太窄，怕安点不下。陈顺为兑现自己的承诺说，去看看吧。

弹药库，是备荒备战时期县里盖下的一排石头房子。几十年历经风雨却衰颓得极为缓慢，那高高的插满玻璃片，围了铁丝网的院墙，依旧孤零零地在茫茫的田野里，固守着当年的秘密，延续人们的记忆，像水流里的一块大石。只是那久不开启的油漆斑驳的绿色铁门，下沿卷缩了些，偶尔有大狗趴在那里往外窥探嗥叫，有小狗崽毛茸茸地钻出来，在路过的人脚边，闻嗅，跟随，等人走远了，再悄悄钻回去。

三轮车和摩托车一到弹药库门口，五只趴在门缝里往外窥望的小狗崽欢天喜地地钻出来，晃扭着身上黑白相间的花朵和长而蜷曲的尾巴，追随过来。或许是因为意识到它们是自己将来漫漫荒芜寂寞岁月里唯一的邻居，或许是因为不再需要劳累匆忙，父亲没有像以往那样无视而过，而是停下外八字的脚步，任它们闻嗅，围转。父亲慈爱地看着它们，跟母亲说，这一茬小狗个个都带着花。母亲已匆忙走远，她要走在前面给风水先生当向导。父亲看看母亲的背影，再看看四周的树林、麦田，然后将目光重新落回到五只小狗崽身上，他啧啧地唤着它们，飘飘地往前走。五组会奔跑移动的花团，在他身后欢快地跑跑，停停，再跑跑。

等父亲和狗赶到，母亲回转身来看他的眼光里已盈满了欣慰，欲言又止。知道自己的话没有风水先生的话有分量，母亲朝拿着罗盘米尺在和芬丈量的陈顺说，表弟，赶紧跟你表姐夫再说说刚才的话。陈顺直起腰说，你们有这么块地方是子孙的福气，要是这里成了林，后代人清爽干净，不沾污糟之事。我量了量，正好够。

母亲定定地看着父亲。只见父亲大而干涩的眼睛，逐渐灌满了浆，瞬间灵动欢欣起来，他连声说，可好了！可好了！说着，那股灵动欢欣就散射满脸。母亲瞅着父亲跟芬说，快看，你大大又会喜了，一两年了没见他脸上露点喜模样。父亲说，孩子们好我才喜得出来。父亲喷喷地唤着撒欢的小狗崽，跟它们说，快过来，别碍事。他转身带领着小狗往南边走去，在四五十米外的地头上背对着他们坐下。听着陈顺用铁锹嚓嚓地画他的阴宅。每一下都像铲在心上，痛得他哆嗦，周身寒凉，而又欣慰得泪流满面。他留恋这个世界，其实就为留恋那么几个人，他的孩子和孩子的孩子，期盼着自己能帮他们把日子过好。镢头都拿不动了，还能帮啥？！想不到的是，还能用自己的死帮他们，让他们都清爽干净，不沾污糟之事。死，还有什么可怕的呢？！还有什么不舍得的呢？！死吧，死吧，早死早入土成林，佑护孩子们。

阳光暖暖地包绕着他，把他脸上的泪照亮再照干……

芬根据陈顺提供的号码，电话叫掘墓的人，又联系买砖买水泥，联系会砌坟的人。因为陈顺说今天的日子最适合动土安宅。不一会儿，掘墓的人就来了，他们脱掉外套，像他一样往手心里吐了唾沫，握紧铁锹把儿，左脚踩在铁锹顶端的边沿上，让铁锹噌地一下切进地里。

噌。噌。噌。……

父亲抚摸着一只小狗崽，脑子里浮现着铁锹进地，掀起扬开，新鲜泥土的色泽和形状，腿有了走过去的愿望。他们都是有经验的人，看他病弱的样子，自然明白是为他挖的。有白发的那个看看他，用讨好安慰的语气说，你会选，选这么个地方躺着，肯定享福，你看看，这一锹锹的，跟红面糖似的，干干净净，一点杂七杂八的东西都没有。父亲没有接话，眼神直直地看他们噌噌地下锹，呸呸地往手心里吐唾沫，结结实实地把红面糖一样的泥土掀起来，抛洒去。

良久，父亲对母亲说，等我来了以后，你一定想着在上面种上芝麻。芝麻花开节节高，让孩子们越过越好。

告诉我哪儿是北

/// 常芳

一

在北京找胡梅子的第六年，文成卓遇到了胡凤霞。那天胡凤霞坐在儿童医院附近一家包子铺的玻璃窗后面，穿着一件红色的羽绒服，冬天的阳光穿过玻璃，落在她的身上，头发上，使她看上去好像特别地明亮，特别地温暖。

文成卓从包子铺门前走过，准备到公共汽车站坐车，去潘家园旧货市场找梅子。

在北京的六年里，文成卓每个星期都要去一些古旧市场里找梅子。文成卓总觉得，梅子一定和某个古旧市场有一种什么关系，他在北京的古旧市场里，一定会找到梅子。要不，自己为什么老是梦见梅子在古旧市场里，向别人问路呢。

　　文成卓在北京找梅子，起初只是天天到天安门广场和广场附近的地方去找。梅子走丢前，他和梅子坐在开往北京的火车上，决定到北京后要看的第一个景点，就选天安门广场。所以文成卓觉得，梅子肯定会到天安门广场来的。文成卓每天凌晨起来扫完马路之后，就到天安门广场的人群里去找梅子。

　　梦见梅子在北京的古旧市场里，不停地问别人哪儿是北后，文成卓就开始每个星期都到古旧市场里去找几趟。

　　六年下来，北京的大街小巷，已经被文成卓跑得跟他老家的村子一样熟了。特别是北京所有和古旧东西有关的大小市场，每一个小摊子跟前，文成卓的脚印都能摞上几尺高了。文成卓夜里躺在床上，想找到梅子之后，他首先就要带上梅子，叫梅子去看看自己这些年四处找她踩出的脚印子。那些水泥路面都很硬，但文成卓踩在上面的脚印子，文成卓都能看得见。文成卓相信找到梅子后，他踩的这些脚印子，梅子也一定能看得见。文成卓觉得他的每一个脚印子里，都印着梅子的名字，如果梅子的那些名字能像树种子一样发芽长叶子的话，现在也该长成碗口粗的树了。

　　看见胡凤霞的一霎那，文成卓心跳得牙齿都在打哆嗦了。

　　文成卓心里说梅子呀，我天天从这里路过，怎么就没想到往包子铺里看一眼呢。你在这里，怎么也不知道往家里写一封信呢？你走丢了，你肚子里认识的那些字和咱们家的地址，难道也和你一起走丢了吗？

　　已经过了吃早餐的时间，包子铺里静悄悄的，似乎只有阳光的脚步，在玻璃上穿来穿去的，和梅子做着温暖的游戏。文成卓觉得梅子的脸上，那些跳跃的阳光耀得他睁不开眼睛。文成卓眼里的泪，就在梅子脸上耀眼的阳光里，落了下来。

文成卓看见梅子的眼睛往他这里看了看，好像并没有看见他。文成卓想阳光耀着梅子的眼睛，所以梅子才没看见自己。梅子的眼睛最怕强烈的光。他们谈恋爱的时候，如果冬天迎着阳光走在雪地上，雪地上折射起的光线，就会照耀得梅子睁不开眼睛。梅子总喜欢用一只手遮住了眼睛，被他拉住了另一只手，往前走。

看见梅子，文成卓的右手下意识地又伸了出去。这只右手，在梅子走丢之前，是一直习惯牵着梅子的手走路的。梅子走丢的那个晚上，同样是这只手，在下了火车后牵着梅子的。

文成卓一直不能原谅自己的，就是当时自己的手为什么没坚定地牵着梅子的手。梅子走丢后，文成卓在所有人多的地方，都会下意识地伸出右手去，想要拉住梅子的样子。每次都是手伸出去了，才想起梅子已经走丢了。

文成卓冲进包子铺里，嘴里兴奋地叫着："梅子，梅子，我可找到你了！可找到你了！"

胡凤霞听见有人进来，立刻站了起来，问："请问您是要包子吗？"

文成卓说："是我，梅子。你认不出我来了？我是文成卓。"

胡凤霞愣愣地看着文成卓，说："你认错人了吧？我不叫梅子。你要几个包子？"

文成卓看着梅子的脸，着急地说："梅子，你别和我开玩笑了行不行。我找了你六年，都快想死你了。你不认识我了？你连我都不认识了？"

胡凤霞觉得这个人有点怪异，自己都说不认识他了，他还一个劲地叫自己什么梅子。胡凤霞心里就有些害怕，心想如果遇上了一个精神病，那可就麻烦了。这会儿，铺子里的几个人都在里面忙活，就她一个人在这里。胡凤霞就往铺子外看着，盼着这时候能有个人进来，给她解解围，但这会儿根本就没有人光顾他们的包子铺。胡凤霞只好绕到一张桌子后面，说："你真的认错人了。我叫胡凤霞，不叫什么梅子。"

文成卓跟过去，一把拉住了胡凤霞的手，说："梅子，胡梅子，你怎么连名字都改了？怎么改成叫胡凤霞了呢？"

胡凤霞往外抽着手，心里想着怎么才能摆脱掉这个人。这个人穿得还算干净，看上去似乎也像个正常人，但说出来的话，却让人不明白。什么梅子，还杏子呢，让人听了莫名其妙。胡凤霞说："我一直就叫胡凤霞，从来没叫过什么胡梅子，你真的是认错人了。你松开手！再不松开手，我就要喊人来了。"

文成卓有些奇怪地看着胡凤霞，猜不出梅子这是怎么了，为什么不认自己。文成卓松开手，从包里翻出他和梅子合影的照片，递到胡凤霞的手里，说："你看看照片，你还和我开玩笑。梅子，我这六年为了找你，是比原先瘦多了，老多了。"

胡凤霞拿着照片，看了一眼，就惊得有点说不出话来了。照片上那个被叫作什么胡梅子的女人，除了发型和她的不一样外，连站着的姿势，几乎都和她一样。胡凤霞想，要不是自己在看这些照片，知道自己没穿过这样的衣服，没留过这样的发型，换了任何一个人，都会说照片上的女人就是胡凤霞。

文成卓说："梅子，这回不能再和我开玩笑了吧。你知道这六年，我和家里人是怎么过的？想你都快想疯了！你看你，就不知道给家里人写封信。这回好了，可找到你了。"说完这句话，文成卓觉得自己整个人都松弛了下来。

胡凤霞看着照片，听了文成卓说的这些话，觉得文成卓的精神应该是正常的，就说："大哥，我真的不是你找的人。不信，你可以看看我的身份证。我看见这些照片，也有些惊讶，想不到世上还真有和我长得一样的人，跟我就像双胞胎。我自己都看糊涂了，怎么会有这样的事呢，并且还和我一个姓。"

文成卓端详着胡凤霞，说："梅子，你是不是受了伤害，失去记忆了？你忘了吗？咱们是结婚的第二天，来北京旅游的。谁知道一出火车站，你就走丢了。一丢，就丢了六年。"

胡凤霞放下手里的照片，转身去桌子的抽屉里拿出一个小包，从里面翻出一张身份证，递给文成卓，说："大哥，你看看我的身份证，我真的不是你要找的那个人。你听听我的口音，和你说话也不是一个地方的。"

文成卓看着胡凤霞的身份证，说："现在大街上那么多做假证件的，什么样的证件做不出来？你在外边过了这六年，口音肯定会有一些变化。梅子，你如果不是故意和我开玩笑，那就一定是走丢后，受了伤害，把咱们原先的事都忘了。你想着你爸厂里的范小慧了吧，范小慧说她的妹妹有一年骑自行车摔倒了，醒来就不认识自己家里的人了。你是不是和范小慧的妹妹一样，失了记忆，才不认识我了？"

文成卓把身份证还给胡凤霞，猜测梅子在走丢后，一定是因为受不了这么严重的刺激，一着急，就把过去的事都忘了。自己做的那些梦里，不都是梦见梅子在古旧市场里，声音像被火烧着了一样地焦急着，四处问别人哪儿是北吗？梅子说过，她在玉米地里走着都掉向。一个不认方向的人，在人生地不熟的外地猛然走丢后，还不就是急都急疯了。所以，文成卓想，梅子在走丢后，和那个范小慧的妹妹一样失去了记忆，也是绝对可能的事。

文成卓看着胡凤霞恍惚的神态，安慰着胡凤霞说："梅子，你别着急，你现在想不起来咱们的过去，现在不认我，都没有关系。我找到你了，就高兴了。等你想起来了，你再认我，你什么时候认我都行，我慢慢地等着。我都找了你六年了，现在找到你了，就不怕你不认我了，早晚有一天，你会想起来咱们的过去，会认我的。"

文成卓在桌子前坐下来，又说："梅子，你现在给我几个包子好不好，我太饿了。你走丢后，我几天不吃饭也不饿，六年了，从来没有觉得饿过。但是今天看见你，我一下子就饿得像是六年没吃过饭了似的。"

看着文成卓狼吞虎咽吃包子的样子，好像他真的六年没有吃过饭了。胡凤霞忽然同情起这个叫文成卓的人来。一个人，为了找另一个人，六年没有感觉饿过，那是一种什么样的感情。胡凤霞看着外面的阳光，发现阳光有些刺目，就想这个人要找的那个女人，此刻，如果看着找了自己六年的丈夫这样吞咽包子，脸上不知道会露出什么样的表情。

文成卓认准了胡凤霞就是梅子。找了六年，现在终于找到梅子了，文成卓当然不会再离开梅子一步。吃完包子，文成卓就一直在包子铺里坐着，看着胡凤霞忙来忙去地卖包子。

包子铺老板见文成卓一直坐在铺子里不走，就问胡凤霞是怎么回事。胡凤霞只好把文成卓错认了她，非说自己是他走丢的老婆的事，说给了老板听。老板不信，说会有这样的事？神经病吧。就要叫人往外轰文成卓。胡凤霞拦住了老板，说："依我看，他的脑子肯定没有问题。是我，真的和他老婆长得一样。"

胡凤霞说着走到文成卓的身边，让文成卓拿出了他和梅子的那些照片让老板看。老板看完了，疑惑地看着胡凤霞问："照片上这个女的，真不是你？"

胡凤霞说："他如果只拿着一张照片，你不信也罢，但他拿着这么一沓子，还有结婚证，你还能怀疑什么。只能说真的有这么一个女人，和我长得一模一样。只是她走丢了，而我又被她的丈夫遇上了。所以我说我不是他找的人，这个人偏偏不信。"

包子铺老板又扫了一眼胡凤霞，说："别说他不信，你要不是和我一个地方出来的，连我都不信。世上哪有这么蹊跷的事情，专门去找也找不着。"

胡凤霞把照片什么的还给文成卓，说："大哥，我和我们老板是一个地方的，我是跟着老板来北京的。你也看过我的身份证了，我们是河南人。你的结婚证上，上面的大红印可是证明你们是山东人。现在你总该相信，你是认错人了吧？我真不是你要找的那个胡梅子。"

文成卓想这怎么可能呢，眼前这个人明明就是梅子，只是她不像以前那么爱笑了。不爱笑，这完全可以理解，想想一个人刚结婚就走丢了，一丢就丢了六年，在外头不知道遭了多少罪，怎么还会笑呢？自己找梅子的这六年，不是也不会笑了吗？

二

胡梅子走丢后，文成卓开始反复地做着同一个梦。梦里，他和新婚的妻子胡梅子在北京的古旧市场里走散了。走散后，梅子在古旧市场里不停地问别人：哪儿是北？

文成卓在梦里，知道胡梅子是在找自己，但猜不出胡梅子为什么要问别人哪儿是北，文成卓想他们的家，明明是在北京的南边呀。在胡梅子问别人哪儿是北的时候，文成卓清晰地看见了天上的北斗星。他听着胡梅子焦急的询问声，就想，梅子，你怎么不知道抬头看看天呢？北斗星就挂在那儿，你看见了北斗星，不就找到北了吗？文成卓心里替梅子着急，急得心都要碎了，才想起来，给梅子打个电话不就简单了吗？告诉她哪儿是北，再告诉她自己现在的位置，梅子不是立马就可以找到自己了？文成卓找到电话去拨号，发现电话上的按键已经掉得残缺不全，他怎么按，也拨不出号来。

每到这个时候，文成卓就能听见自己的心嘭的一声碎了，像一个大玻璃花瓶猛然摔在了地上，那些蹦跳起来的清脆的声音，细细致致地划破了他的每一条血管。他血管里流出的血，就漂着一些碎碎的花瓣，很慢很慢地向前流淌着。文成卓认识那些碎花瓣，那是他们结婚时，梅子让文成卓早早起来去摘的月季花瓣。梅子希望他们的婚礼，和别人的有些区别，不仅仅是被家里人在他们的头顶上，撒一些染得花花绿绿的，代表着美满幸福的麦麸皮。她说，结婚的时候撒一些花瓣，像电影电视里结婚的人那样，那是多么浪漫和诗情画意的事情。梅子为自己的创意，很有些自得，还说月季花的花瓣，和玫瑰花的花瓣是一样的。

每次从这个梦里醒过来，文成卓都是一身的汗水。

文成卓不明白，第一次做这个梦时，自己从来没去过北京的古旧市场，甚至都不知道北京有什么古旧市场。但自己为什么会梦见它呢？文成卓想，胡梅子和自己一样，在准备来逛北京时，只知道北京有个中国最大的天安门广场，有条八达岭长城，有座住过很多皇帝和妃子的故宫，有座秋天冷了枫叶儿才红的香山，还有个被八国联军烧剩下的圆明园和颐和园，除了这些旅游景点，谁会操心它有没有什么古旧市场！那么剩下来的可能，是不是就暗示着，梅子在走丢后，真的去过北京的哪一个古旧市场呢？

文成卓是在桃花一片灿烂的春天，把梅子娶回家的。梅子喜欢春天，说春天里所有的花儿都像新娘，她也要在春天里做新娘，让自己的幸福像盛开的花儿一样。娶梅子的那一天，文成卓看看院子里一株盛开的桃花，再看看梅子桃花一样艳丽的脸庞，忽然开窍似的，明白了什么是人面桃花相映红。

婚礼的第二天一早，文成卓和梅子告别家人，先是乘了一个多小时的汽车，下了汽车后又转乘火车，到北京去旅游。梅子穿着一身的红衣服，脖子上系着一条红纱巾，头发上，还戴着一朵大红的绢花。在火车上，很多人都在看梅子头上的红花，看得文成卓都有些目光游离，不自在起来。文成卓看看梅子，发现梅子的幸福感一点也没有受到影响，依然自由自在地在车厢里走来走去，好像一尾红色的金鱼，游在他们的洞房里。文成卓看着车窗外绿意盎然的大地，不由得想，原来幸福也可以让一个人变得这样目中无人。

梅子脸上的笑靥，像花儿一样地盛开着，好像世界只是为她一个人存在的。文成卓从窗子外绿色的大地上收回眼睛，看着梅子脸上的笑靥，悄声说："你后悔不后悔出来旅游？我觉得有点后悔了，把这么好的时光，都浪费在了路上。"

梅子听了，放着红光的脸又敷上了一层艳丽的桃花，照耀得文成卓醉眼迷离。梅子把嘴巴贴在文成卓的耳朵上，声音里带着一丝甜腻的笑说："不许乱想坏事。"然后又抬起头来，放开了一点声音说："到了北京，咱们先看天安门呢，还是先看长城和香山？"

文成卓想了想说："先看天安门吧，咱姑父不是说天安门离火车站很近吗。下了车咱们买张地图，再看看别的景点离天安门有多远。就是春天去看香山，香山上的红叶肯定还是绿叶子，不是红叶子。"

梅子从文成卓的肩膀上捡下了一根头发，在手里捻动着，看着上车下车的人说："这火车怎么好像比汽车还慢。跟头犁不动地的黄牛似的，走走停停，什么时候才能到北京。"

文成卓说："这是慢车，每个小站都停。看样子到北京得是黑天了。"

梅子坐直了身子，眼睛瞅了瞅窗外有些橘味的天色，说："那咱们到了北京，真就两眼一抹黑了。天黑了，下了车，咱们往哪里走呀？"

文成卓笑着说："北京怎么会黑天呢，你看电视上放的，满大街都是雪亮的灯，照得跟白天没有一点区别。你以为是咱们村里那样，天黑了，人走在街上，就像只老鼠在黑洞里走。"

梅子说："村子里再黑，也能摸到家门口。北京再亮，咱在这里也没有家，不是还得满大街找住宿的地方。这又不像在咱们双城市里，横竖那么几条街，一条一条地走，也能找到旅馆住。到了北京，北京那么大，咱们连哪儿是北怕是都认不出来。我在玉米地里走着，那么一点地方，还掉向呢。"

文成卓看着梅子的大眼睛，发现梅子刚才的幸福里，一下子藏进了许多的忧郁。那些忧郁像秋天被风吹落的金色的槐树叶子，在梅子的眼睛里，一飘一飘的。文成卓看着梅子眼里那些一飘一飘的树叶子，说："你放心，跟着我，还能在北京走丢了？我把自己丢了，也不能丢了你。北京的火车站跟前，肯定有住宿的地方。你看双城汽车站，对面就是旅馆。"

听了文成卓的话，梅子眼睛里飘的那些忧郁的树叶子马上就落尽了。梅子和文成卓换了一下位置，坐到靠窗的位子上，头抵着玻璃，开始看铁道边上那些向后跑去的绿树，田野里的麦苗，远处公路上的汽车、摩托车、自行车和行人。在一个道岔口上，一堆的车和人被一根刷着红杠白杠的栏杆拦着，给他们乘坐的这列火车让道。梅子盯着站在火车道边上的那些人看，发现那些人也在盯着火车上的人看。

火车过了道口，梅子想这些人看见她头上的红花和她身上的红衣服，一定会猜测她是一个出来旅游结婚的新娘，就扭回身子悄悄地问文成卓是不是这样。文成卓看着梅子身上的红衣服和一脸的甜蜜，说："当然是全世界的人都能看得出来。"文成卓想明天去天安门广场，遇上几个外国人的话，还不真是连外国人也看出来了。

车到北京站，真的已经黑天了。下了火车，文成卓背着包，拉着梅子的手，跟着人群往出站口走。但是还没走到出站口，两个人拉紧的手就被流水一样的人群给冲开了。梅子说："不用拉手了，我跟紧你，走不散。"

　　文成卓看了一眼黑压压的人群，说："那你走在前边，我看着你的红衣服。你的衣服红，看起来耀眼，在人群里一眼就能看到。"

　　梅子在前边走着，文成卓发现梅子的红衣服在地下通道的灯光里有些变色，好像有些发紫，发黑。文成卓觉得灯光照耀下的人群不仅是黑压压的，看上去还有些影影绰绰的，让人感觉一点也不真实，仿佛他们的身体都失去了重量，随时都能飘起来，找个缝隙飞走似的。

　　一走出验票口，文成卓就被一个女人拉住了。女人扯着文成卓的包，说去住他们的旅馆吧，车接车送，房钱还便宜。文成卓用力甩开那个女人的工夫，包里的东西就稀里哗啦地漏到了地上。文成卓停下来，发现是包底的线开了，就只好把包倒过来，蹲在地上收拾东西。文成卓收拾着东西，喊："梅子，梅子，包漏了，来帮我捡东西。"

　　喊了两声，没听见梅子答应，文成卓就觉得有点奇怪。梅子可不是喜欢闲起来看蚂蚁上树的那种女孩子，文成卓的母亲看中梅子的，除了梅子的善良，就是梅子眼里的活。比如文成卓的爷爷一去摸烟袋，旁边的梅子就已经手疾眼快地把文成卓爷爷喜欢用的一节点烟的茼秆芯子拿过去，用火柴给点着，努着嘴巴轻轻地吹出红火球来了。这样一个梅子，看见文成卓背的包漏了，是不用文成卓开口叫她来帮忙收拾的。文成卓叫着梅子的名字，抬起头找梅子，就发现梅子已经不见了。

文成卓顾不得收拾东西了，站起来四下张望着喊："梅子，你别乱走。我在这儿呢。"

喊了半天，没听见梅子的回答，文成卓一下子就慌了。文成卓发现火车站前晃来晃去的人里，根本就没有了梅子的影子。

三

文成卓的表哥和表嫂子，是为了躲着想生个儿子，才跑到北京来的。生了儿子后，他们觉得还是北京好，北京人扔出来的一包废品，都能卖钱。不像在村里，守着两亩地，吃一斤盐都得掐着日子算计。文成卓的表哥能吃苦，半夜里起来扫完了马路，白天再去收废品。慢慢地收了一些旧电视，觉得拉回老家去卖，肯定比在北京卖了废品值钱，就写信让文成卓的姑父到北京，把旧电视拉回老家去卖。文成卓的姑父借机会逛了一趟北京城，看了天安门，回去炫耀得不得了。正是听了文成卓姑父的炫耀，梅子才决定和文成卓结婚后，到北京旅游。

梅子的父亲在镇上开了一个小锅炉厂，生产学校里用的那种茶水炉。文成卓进厂子的第一天，就被胡梅子看上了。那天胡梅子站在父亲的办公室门口，看见父亲的办公室主任领着一个小伙子从大门口进来，小伙子瘦高瘦高的，脸上是一脸的紧张和羞涩。胡梅子看了他一眼，他的脸刷拉一下子就红了。胡梅子没见过男孩子这样脸红过，觉得好玩，就又看了一眼文成卓的大眼睛，发现文成卓的眼睛里，目光竟是女孩子一样的清澈、柔和，像一条静静流淌的小溪，又像一树春天刚刚绽放的树叶子，在早晨的阳光里，新鲜而安静地泊着。

梅子在父亲的厂里当会计，知道文成卓就是父亲新招来的原料保管员。梅子听父亲的办公室主任给她父亲介绍过，说文成卓高考的成绩，离录取分数线只差两分，家里人让他再去复习一年，但是文成卓死活不去复习了，原因是家里的经济太困难了。他不想让家里人为了供他考大学，一年里连个鸡蛋都舍不得吃。

文成卓十三岁的时候，父亲患了肝硬化腹水。因为拿不出钱来吃药住院，天天用一些土方子治疗，结果拖来拖去的，就耽误了。

文成卓的父亲去世后，上小学五年级的文成卓要辍学，说把学费让给弟弟妹妹，自己在家里帮母亲和爷爷种地，结果被母亲好一顿暴打。母亲一边打文成卓，一边伤心地哭着说："你一个做哥哥的都不学好，你的弟弟妹妹还指望什么学好？"

文成卓的爷爷在一旁抽着烟说："卓，我和你娘吃糠咽菜，也要叫你们都学成一个挣工资的人。你爹就是因为得了病没钱治才走的。这个病要是有钱早去治，哪能那么快就死了人。有药保养着，拖，也能拖着多活上几年。"

高考成绩下来后，文成卓偏偏就差了两分。文成卓的母亲逼着文成卓再去复习一年，文成卓坚决不去。文成卓的弟弟已经读高二了，每次会考都是全学区的第一名，家里一下供两个大学生肯定供不起，文成卓想让弟弟去上大学。

　　村里四五十岁的女人，头发都是黑黑的，文成卓发现唯有他母亲的头发，花白得像撒满了烧柴草烧出来的清灰，身子大概还没有一捆谷秸重。文成卓每次跟着母亲在地里干活，都害怕会来一阵风，把他母亲的骨架子吹散了。

　　让文成卓下决心求人到梅子父亲的厂子里上班的，是文成卓爷爷的一次重感冒。那次文成卓的爷爷得了重感冒，发烧烧得躺在床上几天没起来，文成卓就催着母亲，去卫生所里给爷爷买了三毛钱的感冒药。文成卓拿着药去给爷爷吃，爷爷就说文成卓在学校里学得文气了，受个风寒，还去烧包花上三毛钱买药。大鸡蛋得去卖四个，才能卖三毛钱呢。

　　那次，文成卓始终没能劝动爷爷吃下那三毛钱的药。爷爷说："留着吧，你们三个孩子谁赶上有个头痛脑热的，省得再去花钱了。"

　　听了爷爷的话，文成卓蒙住头哭了半宿，决定去求他同学的父亲，问问能不能到他们的小锅炉厂里去上班。文成卓的那个同学考上了大学，走的时候，文成卓去送他，知道了他的父亲在锅炉厂里当个小头目。当时他同学说文成卓："你要是不想再复习了，想找个地方上班挣钱的话，我爸爸肯定会给你帮忙。"

　　梅子看上了文成卓，和文成卓恋爱了一年后，就和文成卓订了婚。开始文成卓不同意和梅子恋爱，原因是自己的家境太对不住梅子了。梅子说："我看上的是你这个人，我觉得人比钱重要。往后，就是不靠着我们家的厂子，我们两个人也有机会挣很多的钱，过好日子。"

和文成卓恋爱后，梅子把工资和父亲给她的零花钱，都变着花样拿了出来，让文成卓拿回家里去买化肥农具什么的贴补家用。文成卓家的邻居们知道了，都羡慕文成卓的母亲，说文成卓母亲的苦日子终于熬出头了，文成卓虽然没考上大学，但是却给她找来了这么一个又孝顺，长得又好看的儿媳妇回来。梅子家里开着那么大个厂子，这要等文成卓把梅子娶回家，文成卓家的日子还不就腾云驾雾地起来了。

文成卓的母亲听了，一个劲地点着头，说一定是祖上哪辈子里烧了高香，才让文成卓今世里遇上了梅子这么个好媳妇。

梅子走丢后，文成卓为了找梅子，从老家里返回北京后，就找到表哥，跟着表哥扫马路。表哥夜里扫马路，白天收废品，文成卓就夜里扫马路，白天找梅子。

文成卓每天扫着马路，都希望能在路上看见梅子白天走过的脚印子，文成卓觉得自己能在路上看见许多人的脚印子。有一天文成卓把这个话说给表哥和表嫂子听，他们听完就哈哈地笑了，说这个文成卓想梅子想得都有特异功能了。

文成卓的表哥扫马路扫出了门道，几年下来，领着一群人包下了几条马路，扫出了一套房子，扫出了一辆小轿车，扫出了满把的票子，还扫出了一个搔首弄姿的二奶。不用夜里扫马路，白天走街串巷地收废品了，文成卓表哥的腰里塞满了票子，马路老板开始当得有模有样了。但文成卓呢，却还没有找到梅子的下落，哪怕是寻到有关梅子的一线蛛丝马迹。

文成卓一直住在表哥家里。开始挤在一起是文成卓的表哥为了省房租，后来文成卓的表哥有了钱，买了房子，就有了另外的打算。男人有了钱，有的是去处，文成卓的表哥有钱后，就常常不在家里住了。现在文成卓还住在表哥家里，就是表哥三天两头不在家里住的时候，想让文成卓在家里对老婆孩子有个照应。

逢上下雨天，又赶上表哥在家里没有事，表哥就去拽住要冒着雨出去找梅子的文成卓，说好不容易赶上个把人堵在屋里的下雨天，叫你嫂子给炒上两个小菜，咱们哥两个喝喝闲酒。一年到头里，也没有几个能松散下来的日子。城里的钱虽然比在老家里好找，可以说垃圾桶里都藏着钱，但是力气下得，也比在老家的地里紧多了。地里的草你不想除了，拖一天拖三天的，你自己看着办，自己不嫌地里荒，就没人管你。但这城里人走的马路，不长草不打粮的，你却不能拖一天不打扫，除非你不想吃这碗饭了。

常常是几杯酒喝下去，文成卓看着外面的大雨，悲伤就开始雨水一样地在心里横流了。每个坐在家里喝酒的雨天，文成卓都会说："这样的雨天，我坐在这里喝酒，谁知道梅子现在在干什么呢，她是不是在外边的雨里淋着，遭着什么罪呀。"

表哥听了文成卓的话，就说："每回喝酒，喝着喝着，你都是这个样子。依我说，都找了好几年了，连个影子都没找到，你还傻傻地找什么找呀，哪天让你嫂子再给你介绍一个。在北京，好看的女人多得比天上的星星还稠密。你往汽车站牌底下一看，那一大溜，看看哪一个不比梅子亮堂。这几年，因为一个梅子，看把咱成卓都折腾成什么样子了。以前小牛犊似的一个小伙子，现在都快变成干萝卜头子了。你找了这几年，不管梅子是死是活，说什么也对得住梅子了。"

文成卓放下酒杯，说："除了梅子，什么样子的女人也落不进我的眼里，是我把梅子弄丢的，我死也要找到梅子。这些年，梅子一定是在一个什么地方受苦，但是却跑不出来。"

表哥说："傻蛋样！说不上梅子在一个什么地方享福享得早把你忘了。梅子的爹娘都不让你找了，你还找，不是傻是什么。腿在她梅子自己的身上，她走丢了，怨谁？怨不了天，也怨不了地，要怨只能怨她自己。"

文成卓说："怨我没有拉着她的手。如果我拉住了她的手，她就不会走丢了。我明明知道，梅子在玉米地里走路，都会认不出东西南北的。"

表嫂子说："成卓，不这样想，是梅子没有福分和你守着过日子。这人哪，人好，但命不一定就好。人活着，无论发生什么样的事，你都要把它想成是命中注定的。这样，心里就不会那么难过了。事都出了，你再难过，有什么用呢？听嫂子的话，好好活着，好好过日子，说不上哪一天梅子突然就回来了。到时候她一看，她不在的这些年里，你的日子过得这么一团乱麻似的，她岂不是更难过。"

文成卓扬着脖子喝下一杯酒，流着泪说："嫂子，我心里的苦，你们谁也不知道。我只有每天去扫马路的时候，一遍一遍地给马路说：'马路呀，你要是通着梅子的脚下，就把梅子的脚印子领了来，我好顺着梅子的脚印子，去找到梅子。'"

表哥说："你听你那个没出息的劲，不就一个女人吗，当时要是你走丢了，那个梅子能这样找你？能等你等到今天？早不知道在谁的怀里，滚出几个孩子来了。"

文成卓的表嫂子想起文成卓表哥做下的那些不要脸的事，就说："你当是成卓跟你似的无情无义？我跟你拼死拉命地生了三个孩子了，你还在外头不停地找女人。"

表哥说："你有本事也出去找男人去，看看外头还有几个男人像成卓似的。收废品的张大牙，现在还有个相好的呢。我现在也是有钱人了，找个女人算什么，不缺你吃不短你喝的。你以为只许城里的男人找乡下来的女人过花瘾？咱进城的农民腰包里有钱了，照样可以当大爷，被那些城里的女人伺候着。城里男人能享受的，我一样不缺地都能享受。并且，我有的，他们还不一定有。我能和他们一样，在城里有钱有车有房子，有老婆有孩子有相好，他们能和我一样，在乡下有上一块地吗？所以我说成卓，别再心心念念地找什么梅子了。没了胡梅子，还有赵梅子李梅子，女人多着呢。你伸出一根杆子去，能挑回好几个来，干吗非在梅子这棵树上吊死。"

因为文成卓的表哥在外面找了个二奶的事，文成卓的表嫂子已经和文成卓的表哥动了几次菜刀了。所以听了文成卓表哥对文成卓的这番劝说，文成卓的表嫂子就看着丈夫，恼咻咻地说："你别在成卓面前说这些不上台面的话行不行？你说的这些话，我都替你脸臊。什么时候你也有了那个艾滋病，你才心满意足地死了心，不和城里人攀比了。什么狗杂碎心理！"

文成卓的表哥扫了一眼文成卓，瞪着老婆，说："去去去，你懂什么。我是在给成卓说明一个道理，女人走丢了就走丢了，咱还在这里犯什么傻。要是一辈子找不回来梅子，你还就一辈子不再另娶了？"

文成卓说："表哥，你不知道我心里是什么滋味，天天比油煎还难受。梅子在我心里的分量，就是用刀子挖也挖不去。谁让我拿着命去换回梅子来，我也愿意。"

文成卓的表哥喝下一口酒，看着老婆说："看来成卓的死心眼子，真是没的救了。"

四

文成卓在包子铺里发现了胡凤霞，第二天天还没亮，文成卓匆匆扫完了马路，回去换上一套干净衣服，就又去了胡凤霞干活的包子铺。

找了六年的梅子，现在终于找到了，文成卓兴奋得一夜没有睡觉。

凌晨起来扫马路，文成卓第一次觉得北京的夜是那么地温馨，闪烁的灯光是那么地迷人，就连脚下的马路，也在泛着温暖的气息。文成卓站在一盏路灯下，仰头看着在淡淡的薄雾里光辉四射的灯光，对路灯说："路灯，我找到梅子了，我找到梅子了你知道吗？今年，我可以带着梅子回家过年了，我们已经走散六年了，我们已经六年没回过家了。路灯，到哪天，我先把梅子带过来，让你看看好吗？你看了我六年了，但是你还没有看见过梅子，是不是？"文成卓在宽阔的马路上，在一条灯光织成的温暖的带子上，开始唱一些梅子原先最喜欢听的歌。唱到'我被青春撞了一下腰'这句歌词后，文成卓就蹲到地上唱不出来了，泪水像暴雨一样从眼里往外倒。文成卓想他和梅子，不是被青春撞了一下腰，他和梅子的腰，是被六年前梅子走丢的那个春天的夜晚，毫不留情地撞断了。

文成卓想起梅子走丢的那个晚上，他在火车站前明亮的灯光里，来来回回地找了一夜，嗓子都喊出了血。那个春天的夜晚，是他一生里经历的最寒冷的一个夜晚。天一亮，他就往天安门广场跑，他想梅子是不是一个人去了广场。

在天安门广场上，文成卓只要远远见到穿红色衣服的人，心就狂跳起来，心里祈祷着说：你是梅子吧，你是梅子吧。但所有穿红色衣服的人，都不是梅子。天黑了，文成卓又奔回了火车站。就这么找来找去地找了三天，也没找到梅子的任何踪迹。

三天后，文成卓抱着心底里仅存的一丝侥幸，坐上了回家的火车。

坐在火车上，文成卓一路都在想，也许梅子和他走散后，因为找不到他，就一个人先坐上火车回家了。文成卓不敢给梅子的爸爸打电话，问梅子有没有回家。

下了火车转汽车，文成卓下了汽车后，一直等到天黑才敢往家里走。文成卓的母亲给文成卓打开门，往文成卓的身后看了看，没看见梅子，就诧异地问："梅子呢？你们不是说多玩几天吗，怎么早回来了？是不是两个人闹别扭了？"

听见母亲的问话，文成卓知道自己心底里最后一丝希望也破灭了。梅子根本没像他希望的那样，自己一个人先回来了。文成卓一句话没说，伸出一只手扶住大门，就水一样慢慢地滑到了地上。

母亲看见文成卓软成泥的样子，知道儿子一定是惹了大事，但没想到是梅子丢了。文成卓的母亲一把抓住了文成卓的胳膊说，你是不是欺负得梅子不跟你回来了？你怎么这样不懂事，我给你说了多少回了，遇到什么事，都要学会让着梅子。你知道不知道，娶了梅子，是咱们一家人八辈子修来的福分！

文成卓在黑夜里摇着头，说不是，是我把梅子给弄丢了，在北京一走出火车站，就找不到她了。我在北京找了三天，也没找到。

说完这句话，文成卓就听见母亲一头栽到了地上。

文成卓的爷爷听见动静起来后说，一个大活人哪能一转眼花就丢了？这还能是遇上拍花的，给拍走了？

文成卓哭着问爷爷什么是拍花的。文成卓的爷爷说拍花只在旧社会里有，是拐子拐孩子使的恶招，就是拿一种能让人迷糊的药，把人诱惑着走了。文成卓的爷爷不解地说："难道现在的世道上，又有这种害人的玩意了？"

文成卓的母亲已经醒过来，吓得舌头直打颤，打了半天手势才说出话来。文成卓的母亲说不会不会，梅子肯定是一时走迷了路，梅子肯定会回来的。梅子跟着我到玉米地里去，还说过她一个人在玉米地里走，都爱掉向呢。她指定是走迷了路，一定能找回来。

文成卓的爷爷说，现在什么都别说了，赶紧着到梅子的娘家去，先去把事情给梅子的爹娘说明白了，这事越拖越没法给梅子的家里人交待了。这会子，梅子还不知道在哪里受罪呢。

文成卓和母亲在爷爷的带领下，连夜去了梅子的家里。一进梅子家的大门，文成卓的爷爷和母亲就跪下了，文成卓几乎是趴在了地上。

梅子的哥哥听说梅子丢了，上前一脚就把文成卓踹翻了。梅子的哥哥骂着文成卓，梅子丢了？一个大活人怎么会丢了！你自己怎么没丢了？把梅子弄丢了，你还活着回来干什么！我妹妹嫁给你才一天，你就把她弄丢了，你是一个死人吗？

梅子的母亲早就昏倒在地上。

梅子的父亲坐在地上掐着梅子母亲的人中，喝住了梅子的哥哥。又说文成卓，你去把你爷爷和你娘都扶起来。人已经走丢了，你们就是都抹了脖子，还有什么用。现在是怎么想办法，抓紧去北京把梅子找回来。

早晨，胡凤霞到铺子里来上班，一眼看见文成卓又来了，就说你这个人怎么这样，昨天都给你说了多少遍了，我叫胡凤霞，不是你要找的什么胡梅子，你怎么就是不信呢！

胡凤霞越说自己不是梅子，文成卓就越不相信。文成卓夜里躺在床上，反复地回想胡凤霞在包子铺里的一举一动，说的每一句话，看人的每一个眼神，越想越觉得梅子是在和自己开玩笑。想梅子说自己不是梅子，是什么胡凤霞，这不是开玩笑是什么。梅子也不想想，自己这么说，还不就是此地无银三百两。哲学书上都说过，世上没有两片相同的叶子。既然世上连两片相同的叶子都不会有，又怎么会有两个长得一模一样的人呢，就是双胞胎，也有个一丝一毫的差别吧。文成卓觉得梅子不承认自己是梅子，理由只有一个，就是她这几年在外头吃苦吃得太多，遇上什么让她失去记忆的事情了。

看着胡凤霞，文成卓说："我来吃包子还不行吗？你不认我，还能不卖给我包子？"

胡凤霞说："我们老板说了，所有来铺子里吃包子的顾客，都是包子铺的上帝。你来吃包子行，但是不许再说我是你找的那个什么胡梅子了。我真不是你要找的人，你该怎么去找她，我劝你还怎么去找去。到时候耽误了，你可是谁也怨不得。"

文成卓想梅子真的把我忘了，我只能让她慢慢地去想。以后我天天来吃包子，天天让她看着我，相信有一天，她肯定能想起来过去的事情。

文成卓就先要了几个包子，坐在那里故意慢腾腾地吃。昨天看见胡凤霞，文成卓在胡凤霞的包子铺里吃了一天的包子，晚上回去，仍然觉得饥肠辘辘。

一看见这个叫文成卓的人，胡凤霞就知道自己昨天给他解释了一天的话，都是白说了。他根本就不相信自己说的那些话。所以胡凤霞就想，他来吃包子是假，认准了自己就是他要找的那个女人才是真的。想到这里，胡凤霞觉得这个人既让人好笑，又有些让人可怜和可叹。为了找一个女人，用上六年的时光，这是不是都该让人有点肃然起敬了？看看现在的社会上，还有几个这样的男人，对自己的女人这样专心专意。

吃完了包子，文成卓就在包子铺里坐着，想他和梅子在一起时的那些时光，想梅子走丢前的那些言谈举止，一个眼神，一个动作，还有她在火车上担心到了北京找不到住宿的地方时，眼里飘过的那些树叶子一样的忧郁。一想起梅子眼里的那些忧郁，文成卓的心就像结了冰的河水一样，沉重得再也跳不动了。文成卓想梅子走丢后的这些日日夜夜，一个人忽然间离开了所有的亲人，她的每一秒钟，肯定都像是压在磨盘底下的小草那样过的。她肯定是痛苦绝望得不能忍受了，才干脆把过去的事情都忘了。

包子铺里的人知道了文成卓的故事，看了文成卓的那些照片后，都明白文成卓是把胡凤霞当成了他的老婆。大家觉得新鲜，好玩，甚至还有那么一点的刺激，就都任凭文成卓在那里坐着，也不往外赶他。胡凤霞发现就连她的老板，在文成卓的身上，也表现出了前所未有的善良。不仅不往外赶文成卓，还抽空和他说了很多天南地北的话，好像他真是胡凤霞的丈夫。胡凤霞想这个文成卓找了六年的老婆还没找到，看见了自己，又把自己误认为是他的老婆，这个人也真是够命苦的。既然包子铺里所有的人都在同情他，而自己长得又真的像她老婆，他想看，就让他看几眼吧，全当自己好心做了一件行善积德的事。胡凤霞想过了，看文成卓的眼神里就有了些柔和，任凭文成卓坐在那里看着她，她自己则忙来忙去地卖包子。

包子铺里人手不够用，胡凤霞卖完了包子，还得去收拾桌子，忙得像陀螺一样团团地转，大冬天里，鼻子尖上还在往外冒汗。文成卓看得心疼，就放下包子，去帮着收拾桌子上的卫生。胡凤霞的老板看见了，心里一下子乐得像开了豆腐花。老板想包子铺里因为一个胡凤霞，就引来了这样一个不要工钱的伙计，看他干得那个卖力气，就是花钱雇也雇不到这么死心塌地干活的人。

过了吃早饭的档，包子铺子里的客人少了，胡凤霞又开始坐在窗子前，在阳光的照耀里，目不转睛地看着外面街道上的行人。

文成卓看着胡凤霞，见胡凤霞把目光置在了玻璃上，神情专注地看着一个什么地方，就猜想梅子一定是在努力地回想他们从前的事情了。梅子怎么能忘了他们的从前呢？

阳光照在胡凤霞的身上，胡凤霞的头发在阳光里泛着金色的光。文成卓觉得那些金色的光就像他心里的希望一样，在梅子的头发上，在他的心里，一点点地荡漾着。

五

胡凤霞是在老家割完麦子后来的北京。跟着包子铺老板来北京前，胡凤霞刚离了婚不久，和女儿在母亲家里待着。胡凤霞的女儿三岁多一点，哥哥家的孩子五岁，两个孩子在一起，就像狗和猫一样喜欢抓抓挠挠。胡凤霞看着两个孩子闹来闹去，跑来跳去的，觉得很好玩，就任由他们闹去。

按胡凤霞老家的风俗，一个女人离婚后，是不能再住回娘家的。胡凤霞的嫂子认为她能容忍胡凤霞母女回娘家住着就不错了，可胡凤霞偏偏是个不识趣的主，离婚后住回了娘家，还从来都不知道多管教些自己的孩子，不知道什么是眉高眼低。

麦收前，两个小家伙为了争一个塑料水壶玩，又争斗起来。一个抓住了不松手，另一个见对方不松手，就趁势在对方的脸上抓了一把，然后是受委屈和没受委屈的，两个嗓子一齐嗷嗷地哭叫起来，声音差一点没掀破了屋顶上披的那层薄薄的黄草。

胡凤霞的嫂子听见儿子又在婆婆屋里哭，以为是儿子受了委屈，心里早就窝着的火一下子拱开了。胡凤霞的嫂子从自己的屋子里一步跳到了院子中，没鼻子没眼睛地骂起来。胡凤霞听见嫂子骂，就赔着笑脸从屋里走出来，解释说是自己的女儿被侄子抓了脸，先哭了，侄子看见小妹妹哭了，才跟着哭的，不是侄子受了委屈。胡凤霞的嫂子原本就是看见胡凤霞离了婚，回到娘家来白吃白喝，眼里看着，心里上火，才借着儿子的哭，出来撒气的。

现在看见胡凤霞还敢站出来和她分辩，她的气就更不打一处来了，差不多是从一根一根的汗毛孔里在往外喷火。胡凤霞的嫂子弯腰从地上端起一盆洗菜的水，隔着半截子墙豁口，哗啦一声就泼了过来。

胡凤霞哪里想到嫂子会泼水，没作防范，就被嫂子泼了一头一脸的水。

胡凤霞的嫂子盯着胡凤霞身上头上挂的那些烂菜叶子，滴滴答答着往下落的水，还有突然受袭击后落魄的神态，就一手拎着盆，一手抔着腰，冷笑着说："胡凤霞你记住了，你现在就像泼出去的这盆水，泼出去就泼出去了。再回到这个门里来，你赖着吃赖着住可以，但在这个门里，绝对没有你一句的发言权了。家里省下些粮食来养条狗，还懂得看家望门呢。养了你们，还不就是填了无底的洞！你在这里闷吃闷喝也就算了，还跳出来往脸上贴花，也不看看自己是颗豆子还是粒芝麻。"

胡凤霞站在那里委屈地流眼泪，张了半天嘴，又把话生生地咽了回去，瓷在那里，像尊被雨浇透的泥塑，只有流淌泥水的份。

胡凤霞的母亲站在屋里听了半天，没敢往外伸头。一直到胡凤霞的嫂子骂够了，回屋里摔上了风门子，胡凤霞的母亲才流着一脸的泪，出来把胡凤霞拽进屋里。胡凤霞的母亲递给胡凤霞一条手巾，自己用袖口擦了擦眼角，悄声叹息着说："人在屋檐下，就得学会低下头。人家都说荞麦三个棱，一人一个命，谁让你命不好，让你爹给找了那样一个人呢。既然是这么个命了，就受着吧。

咸的淡的，都把它当作耳旁风，刮过去就刮过去了。外人的气都吃了，自己家人的气，更得忍着受着。"

胡凤霞的老家在伏牛山的深处，山高地薄，无论栽地瓜点玉米，还是种花生耩豆子播谷子，所有的五谷杂粮，都得顺着老天的心情长。老天高兴了，喜欢多挥两下笔，给薄如纸的山地多洒下些颜料，让开花的多开朵花，结果的多结个果，就风调雨顺地让地里的营生多收成点。老天不高兴了，不愿让种地的人吃饱喝足，种地的人也就只能干瞪着眼睛，盼着下一年老天发了慈悲心，再更多地眷顾他们一些。

日子穷，村子里的男人就轻易娶不上媳妇。胡凤霞的嫂子，原本是胡凤霞姨家的闺女，是胡凤霞的母亲千哀万求，胡凤霞的姨才同意把闺女嫁过来的。胡凤霞哥哥的婚期定下来后，胡凤霞的父亲就带着胡凤霞，到山外头赶集去给胡凤霞的哥哥买结婚的家具。买完了家具，天也过了晌了，胡凤霞的父亲就在集市上找个小饭馆，给胡凤霞要了一碗面，自己要了二两烧酒，从口袋里掏出一块咸菜，一边歇着脚一边喝。喝着喝着，胡凤霞的父亲就和饭馆的掌柜搭上了话。饭馆的掌柜瞅着胡凤霞长得那个俊俏样，就说胡凤霞长得这个水灵劲，真是山高出俊鸟。这么个中看的闺女，要是还嫁在山里头，真是可惜了人才。

胡凤霞的父亲喝了二两酒，说："掌柜的，你要是遇上合适的，就在这山外头给闺女寻上一门亲，省得跟着我在山里受委屈了。"

两个人山里山外地闲扯着，掌柜的儿子就从灶间里出来了。

掌柜的儿子看了一眼胡凤霞，两只眼睛就看得不会打弯了，看得胡凤霞一个劲地捧着碗喝汤。掌柜的看见儿子这个神态，就拿下了主意，指指儿子，和胡凤霞的父亲说，他这个儿子，可是有能耐着来，这个饭馆，就是儿子张罗着开起来的，自己这个掌柜，也就是挂了个虚名。哪家的闺女跟了自己这个儿子，都是上一辈子修来的福分。手里有个饭馆，先说是吃喝上不用愁油水。

胡凤霞的父亲不停地点着头，心里当下就决定把胡凤霞嫁到这个小饭馆里来。

人穷了，想法也跟着简单。胡凤霞的父亲想得就很简单，把胡凤霞从穷山沟里嫁到这样繁华的街面上，还不就算掉到福窝里来了？饭馆里剩菜剩汤中挂下来的油水，都能把自己的闺女喂养胖了，以后自己一家人出来赶个大集，还能吃上一顿不花钱的大油大水的饭菜。比比山里常年累月清汤清水的日子，这样的好事情，也真是胡凤霞的造化了。当然更重要的是，胡凤霞的父亲听饭馆的掌柜说，现在他们这里的行情，儿女一定亲，男方就会一把给女方三千块钱的彩礼钱。三千块钱，是胡凤霞家里人想也不敢想的天文数字，那得换多少粮食和牛羊。胡凤霞的父亲琢磨着，有了胡凤霞定亲的三千块钱，胡凤霞哥哥的婚事，就能办成山里最体面的了。省得胡凤霞的姨嫁了个闺女，嫁得一肚子委屈，说话咬着尖一副居高临下的施舍，走路扇起来的风让胡凤霞一家人不敢抬头。

胡凤霞的婚事，因为胡凤霞跟着父亲出了一趟门，给哥哥买了一套结婚的家具，就这么意外地被父亲敲定下来。

胡凤霞嫁进饭馆里一年，有了女儿后，丈夫又到国道边上开了一个带停车场的大饭馆。开始生意比较清淡，胡凤霞的丈夫就学着其他饭馆里的做法，到山里头找来了几个女孩子当服务员。又给服务员们统一买了大红色的衣裙，意思是让她们鲜鲜亮亮地坐在饭馆的门口，像城里路口的红绿灯一样，让那些跑长途货运车的司机，从远处看见她们这些光芒四射的红灯似的衣裙，就能刹住屁股底下的车轮子，到他的饭馆里来吃饭，住宿，往外掏银子。

慢慢地，胡凤霞的丈夫发现这些跑货运的司机，到了他的饭馆里，可不是光想着吃吃喝喝，吃好睡好，他们还喜欢对着好看一点的服务员，动手动脚，勾勾搭搭。胡凤霞的丈夫开了几年的饭馆，眼睛早就开油了，只瞟了几眼，就挖出了挣钱的路子。

胡凤霞的丈夫把饭馆里最好看的一个服务员找过来，说有个挣钱多的活，你想不想干？

那个服务员看着老板，问是什么活。胡凤霞的丈夫说："肯定是个好活。你要是干了这个活，往后就再也不用跑前跑后地端盘子，洗盘子，干那些脏活累活了。另外我开给你比现在多两倍的工钱，还给你买城里最时新的衣裳。"

那个服务员想了想，低着头说："你是不是想让我和来住宿的司机睡觉？这样不清白的活，你给多少钱我也不干。干了这样的活，将来就找不到好婆家了。"

胡凤霞到窗台上拿东西，在窗外头听见了，就走进来支使开了那个服务员。

　　服务员出去后，胡凤霞对丈夫说："咱们本本分分地开店挣钱，这样丧尽良心的事，亏你怎么想得出来。人家小闺女清清白白的一个身子，你让人家去干那些肮脏下流的事，也不怕老天爷发了怒，天打雷劈地报应了你。"

　　胡凤霞的丈夫一个耳刮子抽到了胡凤霞的脸上，说你个山窝窝里爬出来的山猫野兽，没见过世面的山雀子，你知道什么是清白身子？被男人睡上一觉，那才是什么都清白了。丧良心，良心几毛钱一斤？你爹不丧良心，三千块钱把你卖给了我？

　　胡凤霞摸着鼻子里流出来的热热的血说："我爹把我卖给了你，那是另一回事，和你打的这个歪主意不一样。你是拿着人家的闺女，让那些孬种司机去糟蹋，让她去挣肮脏的钱。"

　　胡凤霞的丈夫坐到椅子里，架起二郎腿，晃悠着脚尖指着胡凤霞说："你是不是看我把这个活给了别人你眼红？你要是身子痒痒，想留着自己干，今天黑夜里有来住宿的，你就可以过去陪着睡，挣了钱你留下一半当私房钱。你干了，还省了我破费工钱饭钱衣裳钱。"

　　胡凤霞撕了一块卫生纸，擦着鼻子里不断流出来的血，说丈夫："你下流成这个样，叫自己的老婆去卖身子，说出这种话，你就连猪狗都不如了。"

　　胡凤霞的丈夫把手里喝水的玻璃杯扔在桌子上，眼睛看着杯子在桌子上来回地滚动，说："你不干呀？你不干你他奶奶的还管着我叫谁干了。我雇了人开店，想怎么开就怎么开，我开成孙二娘的黑店，卖人肉包子，那是我乐意。这个店里，哪里有你个臭婊子插嘴的份！"

晚上，胡凤霞的丈夫把那个服务员和胡凤霞喝的水里都下了安眠药，然后把那个服务员抱到了自己的床上，说胡凤霞："我现在就让你这个婊子当面看着，我是怎么让你们这些臭婊子装清白的。我让你们装！"

胡凤霞的丈夫三下两下就扒光了服务员的衣服，又一件一件地摔在了胡凤霞的头上。胡凤霞像一只被人一棒子敲愣了脑壳的呆鸡一样，歪在床头上，眼睁睁地看着丈夫，在翻来覆去地蹂躏服务员。胡凤霞的丈夫一边折腾着服务员，还腾出一只手来抽了胡凤霞一耳刮子，说你不许闭眼，你睁开狗眼好好看着，老子让她上阵，是她一辈子的福分。一只山鸡，要不是在这里，别人吃着还他奶奶的嫌肉柴呢。

胡凤霞看见服务员脸上的一行泪，在昏黄的灯光底下，像一条透明的小虫子，在慢慢地蠕动着，扭曲着，拼命地往胡凤霞的心里钻。胡凤霞的心里，就被那条透明蠕动的小虫子，一点点地蛀空了。

六

这两天，文成卓的脸上有了一丝不易觉察的微笑，就像初春时树梢上正在慢慢洇开的那抹绿意。文成卓的表嫂子瞅出来了，就悄悄地和文成卓的表哥说："成卓是不是在梅子走丢这件事上忽然想开了，把那个梅子忘了？成卓来了北京都六年了，我可从来没见他的脸上挂过笑。但是这两天，我总觉着他变了，脸上好像一直掖着笑。"

文成卓的表哥说："你是闲得眼睛花了，我怎么就没看出来他哪块地方有笑模样。"

文成卓的表嫂子说："你那个眼珠子，只在外边的女人身上好使，什么桃红柳绿，你都能仔细地分辨出来。对自己家里的人，你能看见什么！"

晚上，文成卓的表哥打量了好一会子文成卓，才说："成卓，你嫂子说你这两天有点变了，脸上有笑模样了，给我说说，是不是在外边遇上中意的女人了？我就说嘛，北京城里，比那个梅子漂亮耐看的女人多得去了。你这些年，就是死脑瓜子不开窍，在梅子这棵树上，耽误了多少好花好景。你看看满街上那些女人，花似的，一朵比一朵鲜亮。别说掐在手里拿捏着了，眼里看着就让人心里透着爽快。"

文成卓的表嫂子瞥了一眼男人，说："你那嘴里怎么就一时一刻也离不开女人呢。你真该一辈子都种地，扫大街，收废品。一旦过上了像模像样的人日子，你看你，满身上哪里还能找出一点人模样了。"

表哥把脚搭在茶几上，没理老婆，而是继续看着文成卓，说："你嫂子啥也不懂，别听她瞎叨叨。咱们男人活着为了什么，还不就是为了让女人围着你转。月亮还围着日头转呢。你开了窍就好，开了窍，就知道种子撒在哪块地里都出苗，都开花了。"

文成卓看看表哥，又看看表嫂子，说："我可不想让别的女人围着我转，我这一辈子，只要梅子围着我转来转去的就够了。"

文成卓不想和表哥他们分辩什么，就只埋头看电视。文成卓盘算好了，找到梅子的事，现在还不能告诉表哥他们。梅子至今都不肯承认她就是梅子，硬说自己叫什么胡凤霞，还说她老家是河南伏牛山的。所以文成卓想，等着什么时候梅子想起来过去的事，记起自己是她的丈夫文成卓了，他再把这个天大的喜讯告诉家里人也不迟。梅子现在这种情况，什么也记不起来，她的家里人见了她，还不是会一样地难过。既然找到梅子了，文成卓觉得自己就该把一个好好的，彻头彻尾，根须完好无损的梅子带回家，把六年前走丢的那个梅子带回家。

昨天下午，文成卓见包子铺里清闲了，就找着话茬和胡凤霞说话。文成卓先是试探着问胡凤霞去看过天安门广场没有。胡凤霞说北京城这么大，她一个人从来不敢出门，她一出去，就觉得分不出东西南北了。

胡凤霞说："万一我走丢了，可没有人像你找你的那个什么梅子那样，来找我六年，把北京城都翻遍它。"

文成卓就顺口说："梅子，你放心，我再也不会让你走丢了。你说哪天去看天安门，我就哪天陪你去，我绝对不会再松开你的手了。"

　　胡凤霞用夹包子的竹镊子敲着桌子说："你这个人，听清楚了，给你说了多少遍了，我是胡凤霞，不是你找的那个什么梅子杏子酸枣子。真是的，哪样说你才清楚？"

　　这边胡凤霞一敲桌子，那边坐在一起择菜的几个人就笑了，兴味盎然地看着文成卓和胡凤霞。文成卓到包子铺里来的这几天，他们天天像看戏似的，看着文成卓和胡凤霞，盼着发生点什么新鲜事。人的骨子里，好像都喜欢看一些新鲜的事，跟猴子喜欢鲜桃，蝴蝶蜜蜂喜欢花粉似的。

　　文成卓看着胡凤霞的眼睛，笑着说："是是是，你不是梅子，你是胡凤霞行了吧。就算你不是梅子，你想哪天去看天安门了，我也可以陪你去。"说到这里，文成卓又想起了在火车上和梅子说的那些话，觉得应该重复重复，说不上哪一句话就能让梅子想起来点什么，于是就故意强调说："咱们再买张北京地图拿着，看完了天安门广场，你想看别的什么景点，我再陪你去看别的，看长城，看故宫，看香山都行。就是现在的香山上，不知道还没有红叶了。"

　　胡凤霞说："你又把我当成你的那个梅子了是不是？你这个人，我怎么说你才信呢。实在不行的话，我就只有领着你回趟我的老家去看看了，省得你总是不死心。"

　　文成卓说："我没有不死心。即使你不是梅子，咱们现在认识了，也算是朋友了吧？是朋友了，陪你逛逛天安门广场，有什么不妥？"

　　胡凤霞看着窗子外的阳光和行人，心里忽然有些凄凄的感觉，想，我如果真是他要找的那个梅子，该有多好。至少在这个人的眼里，他把那个梅子看成了世界上顶顶重要的东西。他为了找这个人，找了六年了还没有放弃。母亲说的话一点也不错，真的是荞麦三个棱，一人一个命。自己和他找的那个梅子长着一模一样的外表，但遇到的男人，却是天上地下的区别。那个梅子，现在又在哪里呢？六年了都找不到，她会不会根本就不在人世了？即便在的话，恐怕也不是六年前的情形了，这个文成卓找到她，结局又会怎么样呢？

　　胡凤霞侧回头瞅瞅文成卓，见文成卓还在含着笑脸看着自己，就悄悄地叹了口气，从心底里悲伤起来，不明白自己方才为什么会去想那些不着边际的事。那个梅子在或者不在，和自己又有什么关系呢？

　　见胡凤霞不说话，文成卓就有些惊慌，不知道梅子的心里在想什么。这两天，文成卓的脑子里一直在转来转去地想，用什么办法，才能让梅子早一点想起以前的事情呢？

　　文成卓想起兜里的两个铜钱，就从兜里掏出来，摊在手心里，让胡凤霞看。这两个铜钱里，有一个就是梅子给文成卓的，文成卓想梅子看见了这两个铜钱，说不上就会想起点什么。

　　胡凤霞拿过铜钱看了看，说："你还喜欢铜钱呀，我家里有过一泥罐子呢。铜钱不值钱，都让我们扔着玩了。这个比不上银圆，银圆能卖钱。"

一听胡凤霞这么说，文成卓感觉心里一阵一阵地喜悦。记得梅子当初给他铜钱的时候，就是这么说的，说她家里有一泥罐子铜钱呢。

文成卓两只眼睛亮亮地看着胡凤霞，想梅子呀，你能记起家里有一罐子铜钱的事，为什么就不能记起我和我们以前的事呢？

文成卓试探着问："那你能不能想起来，有没有把那些铜钱送人？"

胡凤霞想了想，摇着头说："一个铜钱，谁老想着它呀。给人肯定给过人，但给了谁，我早都忘了。"

文成卓进一步提醒着胡凤霞说："你好好看看，看仔细点，我这两个不一样，这是唐朝时从日本传进来的。梅子给我说过，这样的铜钱传下来的很少。"

胡凤霞把铜钱放回文成卓的手里，看着文成卓的眼睛说："这是你那个梅子给你的呀，那你快收起来吧，别把它弄丢了。要不等你找到她的时候，没法交代。"

文成卓故意说："六年了，我就怕梅子见了我的面，不认识我了，哪里还认识铜钱。"

胡凤霞说："老天哪能那么狠心。你都找了六年了，人家都说老天不会负了苦心人。"

把两个铜钱捋在手里，文成卓看着胡凤霞的手，感觉就像捋住了梅子的手。

文成卓手里握的两个铜钱，其中一个是梅子给文成卓的，另一个是文成卓前些日子在古旧市场里买的。文成卓每个星期都到古旧市场里去，拿着梅子的照片，挨门挨摊地询问，几年下来，差不多每个古旧市场里卖东西的人，都认识文成卓了。文成卓一到市场里去，就会有人问："还没找到你老婆呀？再找下去，你手里的照片都快成文物了。"

开始的两年，文成卓拿着梅子的照片，四处问人家见没见过照片上的这个女人。人家看看文成卓，再看看梅子的照片，都像看怪物一样地看着文成卓，说有到古旧市场里淘古玩字画的，破瓦烂罐的，也有淘毛主席像章，五八年的《人民日报》的，再不济，还有淘各个朝代的古钱币的，到古旧市场里淘老婆？不纯粹是脑子有问题吗？

几年找下来，古旧市场里的很多人就和文成卓熟了。文成卓有时候也在他们摆的各种旧物前停下来，看着那些看上去破破烂烂的旧东西，和他们聊上几句话。他们知道文成卓是梦见了自己的老婆在古旧市场里，四处问别人哪儿是北之后，才来古旧市场里找老婆的，就都摇着头，说文成卓是不是听聊斋之类的故事听多了，把梦都当成真了。你老婆在古旧市场里问别人哪儿是北？古旧市场里所有的东西，都是找不到北的。你问问哪件东西，能自己找到北了？它们连自己是哪朝哪代被谁制造出来的，都不清楚。在这里，什么东西都是真真假假，假假真真。你在这里找了这么多年的老婆，良心上也过去了，就别认真了。

听着古旧市场里那些人的话，文成卓常常只是苦笑一下。以后，照样每个星期都去。古旧市场里的人，看见文成卓又来了，就说文成卓比古旧市场里这些旧东西还怀旧。不就一个女人嘛，找不到明朝的，找不到清朝的，但现在的女人，你闭着眼去摸，也一摸一大串，粉的，紫的，什么样的没有。这古旧市场里的各类东西，都是年岁越久了越值钱。但是女人，总是新的比旧的可爱吧？

不管别人怎么说，文成卓总觉得梅子一定会和某个古旧市场有关。要不，他怎么会不停地做那个古怪的梦？前些日子，文成卓在一个摊子上，发现了一枚和梅子给他的那枚铜钱一模一样的铜钱，就买了下来，心心念念地觉得这一定是一个好兆头，也许离找到梅子的日子不会远了。梅子说她从一本书上看过，书上说这样的铜钱，传下来的不是很多。

拿着铜钱，文成卓一直认为这是一个天意。结果买了这枚铜钱还不到一个月呢，文成卓就在包子铺里看见了他找了六年的梅子。

但是现在，文成卓手里拿着这两个铜钱，就放在梅子的眼前，梅子却还是一副无动于衷的样子，想不起来一丝一毫过去的事情。这让文成卓有了些隐隐的伤感。

胡凤霞去卖了两个包子，扫了一眼文成卓的眼睛，就看见了文成卓眼睛里的潮湿。胡凤霞看见文成卓眼睛里那些正在漫溢开的潮湿，竟觉得心里有些隐隐地作痛。胡凤霞想自己这是怎么了，这个男人，明明是为了另外一个女人才流眼泪的，他流出的泪又不是为了自己，自己为什么要心痛呢？

七

胡凤霞是在丈夫把那个服务员睡得怀了孕以后，才被迫和丈夫离婚的。

胡凤霞的丈夫把那个服务员抱到了自己的床上后，就开始每天晚上毒打胡凤霞，每次都把胡凤霞打得昏死过去才算完事。为了躲避挨打，胡凤霞晚上就跑到饭馆的平房顶上去睡觉，一个夏天一个秋天都没敢回屋里去。

在平房顶上睡觉，胡凤霞发现丈夫并没让那个服务员去陪那些住宿的货车司机，而是每天晚上都睡在他们的屋里。日子长了，那个服务员也渐渐地有了老板娘的派头，替胡凤霞的丈夫管理着饭馆里大大小小的事务。还带着胡凤霞的丈夫，回到山里找来了两个漂亮的女孩子。那个服务员用胡凤霞的丈夫当初对付她的手段，先帮着胡凤霞的丈夫把两个女孩子睡了，然后就把她们锁在屋子里，逼着她们专门卖身子给那些过路的货车司机。

夜里坐在房顶上，胡凤霞看着满天亮晶晶的星星，听着从远处的田野里传来的此起彼伏的虫鸣，常常是一夜也不能入睡。胡凤霞不知道在这个世界上，还有没有比她更软弱的女人，自己为了躲避丈夫的毒打，逃到了房顶上，把自己的床让了出来，给丈夫和另外一个女人寻欢作乐。而自己，开始想的，却是怎么去保护这个女人，不让她受到侮辱。现在呢，竟是这个女人心甘情愿地和自己的丈夫鬼混起来，并且两个人联着手，一起做起了伤天害理的事情。

躺在房顶上，越睡不着，耳朵里越是塞满了被丈夫锁在屋里的两个女孩子在黑暗里发出的尖锐的哭叫。胡凤霞听着她们幼狼一样的哭喊，在丝丝缕缕的风里飘散着，把远处田野里的虫鸣都盖住了。胡凤霞看着天上银河里那些密集的星星，看着黑夜里小灯笼一样一闪一闪的萤火，看着院子里鬼火似的一盏电灯在风里摇着，想不出自己到底该不该去帮助那两个被锁在屋里的女孩子。

瞅准了一个丈夫喝酒的晚上，胡凤霞从丈夫的抽屉里偷出了钥匙，想趁着夜深时偷偷地把那两个女孩子给放了。胡凤霞拿着钥匙，刚要给她们开门，就被丈夫发现了。

胡凤霞的丈夫一把揪住了胡凤霞的头发，就把胡凤霞的头摔在了红砖砌的墙上。胡凤霞听见丈夫恶狠狠地骂着她："你这个臭婊子，怎么就学会了处处和我拧劲。看来我不让你去陪那些过路的人睡觉，是浪费你的人才了。"

胡凤霞醒过来时，发现自己已经被丈夫捆绑着，锁在了另一间屋子里。

半年后，那个服务员和胡凤霞的丈夫怀了孕，逼着胡凤霞的丈夫和胡凤霞离婚，胡凤霞的丈夫才从黑屋子里放出了胡凤霞。离婚后，胡凤霞连一身换洗的衣服也没拿，就带着女儿回到了伏牛山深处的娘家。

胡凤霞的嫂子看见胡凤霞回去，开始以为胡凤霞还像以往走娘家似的，只是回娘家住几天，见了胡凤霞，脸上还挂着讨好的笑。后来知道胡凤霞是因为离了婚，才回娘家的，胡凤霞嫂子的脸上立马就黑了下来，像是谁把一口黑锅扣在了她脸上，铁青铁青地冷。胡凤霞离了婚，被男人赶出了门，就意味她们一家人到山外头去赶集，再也没有歇脚的店和免费的饭菜可以吃了。

被嫂子撕破脸皮骂了后，胡凤霞哭完了，就和母亲商量，离开家到外面打工去。看着母亲忧心忡忡的样子，胡凤霞宽慰母亲说："你放心，老天还饿不死瞎眼的鹰呢。"

胡凤霞从电视里看见过，现在，很多的乡下人都到大城市里去打工活命了，只要舍得下力气，在城里干什么活都能养活自己。母亲端详了胡凤霞半天，叹了一阵子气，也想不出别的好办法。

收完了麦子，胡凤霞的父亲到一个远房亲戚家里喝喜酒。亲戚问起胡凤霞的情况，胡凤霞的父亲就说胡凤霞现在一心地想出去打工，死活不愿在这个地方待着了。那个亲戚说，他们村里有一个在北京开包子铺的，这两天他父亲死了，正好回来奔丧。胡凤霞要是真想去外边干活的话，不妨去问问他，看能不能把胡凤霞带到北京去。

胡凤霞知道后，等那个人一办完了丧事，就去了那个人的家里探问路子。那个人倒也热情，说他在北京也是在别人的包子铺里打工。不过，他现在正想自己干，也想开个包子铺，正在打听着找店面。如果胡凤霞真想去的话，可以跟着他过去，他给老板说说，让胡凤霞先在他现在干活的铺子里干着，等他的包子铺开了张，再跟着到他的包子铺里去干。

到了北京，胡凤霞在那个人介绍的包子铺里一干就干到了冬天。那个人的包子铺，直到现在才张罗起来。胡凤霞感念那个人把他带到了北京，让她找到了一条活命的路子，就跟着那个人，到了他新开张的这个包子铺里。其实两个包子铺，相隔也就十步远。

胡凤霞没有想到，这个包子铺刚开张，她刚在窗子前的阳光里坐了没几天，就遇上了文成卓。并且，这个叫文成卓的男人，还把她认作了是自己的老婆梅子。

这几天，胡凤霞从文成卓的眼睛里和话语里，感受到的全都是文成卓对那个梅子的爱。闲下来的时候，胡凤霞的眼睛里看着文成卓，觉得那个叫作梅子的女人虽然走丢了，但是，在某种意义上，那个梅子是多么地幸福。她走丢了六年，这个男人就找了她六年。就连她送给这个男人的一枚铜钱，这个男人都像宝贝一样地随身带了六年。

从文成卓的手里拿过铜钱时，铜钱上散发着的温热，仿佛一股细细的暖流，从胡凤霞的指尖，慢慢地流到了心底。在一刹那，胡凤霞差一点就把自己想象成了是那个胡梅子。胡凤霞为自己的这个想法，一时又有了些面红耳赤。心想自己怎么会反复地冒出这样的心思呢，如果自己假装就是那个胡梅子，岂不就等于误了这个文成卓对他那个梅子的一片苦情。

把两个铜钱放回文成卓的手里，胡凤霞就转身走到大家择菜的菜堆前，去帮着大家择菜。

胡凤霞一过去，大家就哄的一声笑了起来，然后纷纷转过眼睛去看文成卓。见文成卓独自坐在那里发呆，就七嘴八舌地拿着胡凤霞打趣，说你怎么这么狠心哪，人家苦苦地寻老婆，寻了六年了才寻到你，你却死活地不认人家。

胡凤霞看着众人，虎着脸说："你们以后不许再这样胡说了。这个人本来就不信我的话，你们再跟着他起哄，就真的耽误人家了。他找了六年的老婆，也够苦的了。"

铺子里卖票的女孩子说："胡姐，他说你是，你就先认了他呗。你也许真是他要找的那个女的，像他说的，是失去原先的记忆了。"

胡凤霞说："我倒是想把原先的记忆都弄丢它，但就是丢不了。"

一个小伙子捏住嗓子眼说："你要是看上他了，可以假装失去记忆呀。像这样的男人，现在可真是稀有动物了。换了我，我想我都做不到。别说找六年了，就是找一年，找六个月，怕是也坚持不下去。现在是个什么世界了？是个花花的世界了。什么是花花世界，花花世界就是乱花纷纷眯着你的眼，像下雪一样，你随便在雪地里踩，愿踩哪朵雪花就踩哪朵。"

卖票的女孩子扬手一巴掌，打在了小伙子的手背上，挑着眉毛说："你敢再说一遍？"

小伙子笑嘻嘻地看着女孩子，说："世界花花，我不花花就行，你瞪什么眼嘛。我在开导胡姐姐呢，到手的幸福，该抓住的就得抓住，要是不留心让它跑了，你想追都没得追了。我已经把你抓在手里了，你打死我，我也不会把你弄丢了呀。再说，你比黄蓉还聪明，我怎么舍得丢了你呢，倒是我在地球上丢三回，你保证也能把我揪回来。"

胡凤霞笑着说小伙子："没看出来，你还真够油嘴滑舌的。我看看，你是含了一嘴的猪油，还是含了一嘴的外国黄油。"

小伙子弄出了一脸的滑稽，说："姐姐哎，我在帮你寻找幸福，你也帮我说句好听的话行不行。你看，我是那油滑的人吗？多实诚的一个小伙子，每天踏踏实实地买菜，蒸包子，为北京人民的吃饭问题做着贡献。比这个找老婆找了六年的人，老实多了。"

胡凤霞没心和他们斗嘴玩，就低下头去，心不在焉地择着菜，想着文成卓的爱情故事。想文成卓找的那个梅子，现在可能是什么样子，会不会也落在了自己丈夫那样的人手里。胡凤霞后来听说，丈夫的饭馆里，被丈夫关在黑屋子里的两个女孩子，其中的一个，就摔碎了玻璃杯，割破了两只手腕自杀了。那么文成卓找的那个梅子，会不会也遭遇了同样的结局？不然，她怎么会丢了六年呢。就是被人拐卖了，被什么人买去做了老婆，六年下来，肯定也生过孩子了。生了孩子后，能跑出来的机会就多多了。在胡凤霞的老家，就有从人贩子手里买老婆的，但有了孩子后，他们对买来的老婆，看管得就没那么紧了。

文成卓握着手里的铜钱，坐在那里发了一会子呆，听见大家在一阵一阵地哄笑打闹，就把铜钱装回了衣袋里，走到他们择菜的地方凑热闹。

文成卓择一棵菜，看一眼胡凤霞。胡凤霞抬头时看见了，就继续低下头去择菜，假装没有看见文成卓。另外的几个人见胡凤霞不理睬文成卓，就故意地往胡凤霞的手上扔菜叶子。

八

文成卓的表哥在商场里给情人买了一条金手链，一时大意，发票没清理好，回家被文成卓的表嫂子发现了，两个人就又发动起了一场战争。文成卓的表嫂子把家里能摔的东西统统摔在了地上。

文成卓晚上回了表哥家里，看见一地的碎碗烂盘子，锅盖饭筷子。剩菜剩饭撒得满屋都是，没地方插脚。文成卓最害怕看见表哥家里的这个场景了，但是这个场景却是三天两头地重演，看得文成卓心惊肉跳。文成卓始终想不明白，表哥要儿有儿了，要钱有钱了，要房有房了，要车有车了，这些在老家里种地时想都不敢想的东西，现在样样都有了，表哥天天还想要什么？文成卓觉得表哥有钱后真是变了，不再是在老家里时那个本分过日子的表哥了。表嫂子也不是从前的表嫂子了，从前的表嫂子又贤惠又温柔。现在的表嫂子，看上去都有些歇斯底里了，和男人打架，动不动就用抱着儿子跳楼去威胁丈夫。好像孩子不是孩子了，是他们两口子在上面扯来扯去拉锯的一截木头，就看哪一个的心先狠下去，把孩子的小命给拉成两段。

每次看见表哥两口子打架，文成卓心里都难受得想哭。好好的一家人，好好的日子，这是文成卓做梦都想和梅子过的生活，但是表哥两口子，却一点也不珍惜眼前的这些东西了。文成卓有些看不惯表哥家的这种生活态度，有好几次给表哥提出来，要自己出去租房子住。

文成卓的表哥有些不理解文成卓内心里的感受，坚决地不同意，说又不是因为你住在这里我们才打闹的，你多什么心。你到外边去住，我还对得住我那躺在土堆里的舅，和腰都快拱到地里去的姥爷了？梅子丢了，你奔着我来找梅子的，我看不好你，让你再有个好和歹，你还让我回不回老家了？

文成卓的表哥坐在沙发上抽烟，看见文成卓收拾地上的东西，就说："成卓，你别收拾了，让它们在那里漂着去。熊娘们，来了北京别的什么本事没学会，摔摔打打的撒泼倒学得精道。要不是看在三个孩子的份上，我早他妈让她滚蛋了，还留在这里对我指手画脚地碍我的事。我挣下的钱，我他妈想给谁花就给谁花。不是我说你成卓，别再一条胡同走到黑了。那个梅子要不是走丢了，和你过到今天，也是这么个熊样子。女人，哪个刚跟着你的时候，不是新鲜得比花瓣还撩人，说话比蜂蜜还甜腻。一旦日子过久了，就统统变成只会翘着毒刺蜇人不会吐蜜的土蜂了。"

文成卓扫着地上的饭菜渣子，说："过日子就避不了磕磕碰碰的，哪能老是泡在蜜水里。年年都有花开，哪有个看够的时候。"

文成卓的表哥弹着烟灰，笑着说："真看不出来，你小子还能拽两下子。这两句话，乍听起来还算有理。不过，花虽然看不够，但总是多看一朵是一朵。"

文成卓说："在老家的时候，表哥你可没有这样的想法吧？"

文成卓的表哥叹了口气说："你不懂。要不人都说走到哪山砍哪柴，卖什么吆喝什么。等你什么时候混到你哥这个份上，你就知道什么是身不由己了。这跟你找梅子一样，找的日子越久，就越抽不回身来。还有，就是人活着，总得有个事干干。"

文成卓想，你干的那些事，怎么会和我找梅子一样呢？人活着是得有事干，但总得干些正经的事吧。你天天在外面找女人，那叫干什么事。

想到梅子，文成卓的心里忽然想起一个问题，就问道："表哥，你说这世界上有没有长得一模一样的两个人？我是说看起来就像一个人似的。"

文成卓的表哥想了想说："有，也只能是双胞胎。除了双胞胎有可能长得分辨不出谁是谁来，你在哪里见过两个人长得像一个人似的。反正我是没遇上过。"

见表哥的想法和自己这几天分析的一样，文成卓就停下了手里的活，有些走神地看着表哥。这回，文成卓从表哥的话里，找到了更充足的证据：包子铺里的梅子，就是他找了六年的梅子。想到这里，文成卓觉得自己拿着笤帚的手，都有些微微地在发抖了。

　　表哥见文成卓拿着笤帚在走神，就问道："怎么，你看见有和梅子长得一模一样的人了？你要是真看见了，那肯定就是梅子。你在哪里看见的？看见了怎么不把她领回来？我看你这几年找她，都快把你找傻了。"

　　文成卓本来想好了，等梅子想起以前的事情，认出了他，他再和表哥他们说的。但是现在表哥一问，文成卓竟不由得说："可是她说她不是梅子，说她的名字叫胡凤霞，还说她老家是河南伏牛山区的。"

　　文成卓看见表哥惊讶地瞪大了眼，有些吃惊地问他："这么说，你是真的找到梅子了？那她现在在哪里？你还不快带着我和你嫂子去看看。"说着，就冲着卧室里的老婆喊："你还不起来，没听成卓说，他找到梅子了！"

　　文成卓的表嫂子披头散发地从卧室里跑了出来，惊喜地问："成卓，这是真的？看样，老天看你找梅子找得这个苦情，也可怜你了。我就说嘛，这几天，你脸上一直挼着笑，你哥不信，你也不承认。你那些笑，就是好兆头。"

　　文成卓说："我不知道该怎么说。她分明就是梅子，但她一直就说自己不是梅子。"

　　表嫂子说："只要人找到了，别的都不打紧。这些年，梅子在外头肯定吃了不少说不出来的苦。一时拿着劲不肯认你，也在情在理。她现在人在哪里？"

文成卓说："她住在哪里我也不清楚,我只知道她在街口的包子铺里卖包子。刚才我回来的时候,包子铺就已经下班关门了。"

表嫂子说："我的傻兄弟,你哥天天说你傻,你还真傻。你不会送送她,看她住在哪里?"

文成卓一屁股坐在椅子上,说："她说她不是梅子,我也不能逼她吧。我这几天在包子铺里从早坐到晚,就是在等着她认我。可她就是不认我。我今天把她原先给我的一个铜钱拿给她看,故意提醒她好好看看,说这是唐朝时从日本传进来的,梅子说过,这样的铜钱,传下来的不多。她听了竟然说:'这是你那个梅子给你的呀,那你快收起来吧,别把它弄丢了。要不等你找到她的时候,没法交待。'你说梅子这个样子奇怪不奇怪。我猜测,她莫不是走丢后这几年受的刺激忒大,把过去的事情都忘了?以前在她爸爸的厂子里,有个人的妹妹就是骑自行车摔倒了,醒来后什么都记不着了。"

表嫂子说:"我和你哥明天去看看,不管她心里系着什么样的疙瘩,现在认不认你,咱都要把她带回家里来。万一她哪天再走了,再丢了,你还能再找她六年去?"

文成卓说:"嫂子你别吓唬我。她要是再丢了,我可真就剩下死路一条了。"

文成卓的表哥嘲笑着文成卓:"你看你那个没出息的样。一个女人,弄得你这几年成了什么样子!你找了她六年,什么苦没吃,现在她见了你还不认你,看着就是欠收拾。"

文成卓的表嫂子瞥了丈夫一眼，说："你说的什么话！现在找到梅子了，成卓六年的苦就没白吃。梅子和成卓这回团圆了，也算是棒没打散的鸳鸯，苦尽甜又重来。"

文成卓说："嫂子，你们明天去的时候，能不能先别过去认梅子？你们假装去吃包子，先看看梅子见了你们怎么个反应。"

表哥说："为什么？就因为她走丢了六年，你找到了她她又不认你，我们去了就得假装是吃饭的？她走丢了六年，那是她整整害了你六年。人都说一日夫妻百日恩，你们这一日的夫妻做的，还恩情呢，她简直是给你判了六年的苦刑。当初要不是她硬来北京旅什么游，能丢了？你们这趟游旅的，成本可真大发了，差一点没闹出几条人命来。"

文成卓的表哥和表嫂子走进胡凤霞的包子铺里，一眼就认出了忙来忙去卖包子的梅子。文成卓的表嫂子给男人递了个眼色，悄声说："这不是梅子是谁，就是梅子，错不了！"

文成卓的表嫂子去买了票，来到梅子的跟前端包子，发现梅子看也没多看她一眼，就把包子递给了她，好像一点也不认识她。文成卓的表嫂子想了想，就问："我要的是胡萝卜素的包子，你没给我拿错吧？"

胡凤霞笑了笑，说："您放心地吃，错不了的。我们的包子筐里都有码牌。"

文成卓的表嫂子端着包子坐到桌子前，有些纳闷地对男人说："梅子说话的口音怎么变了呢？哪里都是梅子，连笑的模样也是原先那个样子，就是口音不对。看着我，也没有假装不认识我的那个样，好像是根本就不认识我。你说这事是不是有点奇怪？"

文成卓的表哥说："都六年了，世界这么大，谁知道这个中间都发生了什么事。只有这个文成卓，一条路跑到黑也不回头。真是鬼迷心窍了。你想着咱在老家里时，经常到村里拉二胡的那个瞎子，在场园子里说的那段聊斋书没有，说那个书生的心都叫魔鬼给掏去吃了，他那里还把魔鬼当成大美女呢。我看成卓就是那个傻瓜书生。"

文成卓的表嫂子撇了撇嘴说："这话用在你身上，倒是比用在成卓身上更合适。你还不是把那些天天变着法子抠你钱的骚女人，当成了心肝。要不是你手里有俩臭钱，要是你还在老家里跟头驴似的种地，或是现在还黑夜里扫马路，白日里收废品，弄得浑身上下一股子臭气，你看看，会有哪一个狐狸精能扫你一眼。你到她们的门上去收废品，他们都会嫌你递到她们手里的钱脏，别说碰她们的身子了。"

文成卓的表哥说："你别胡扯不行？帮着成卓来认梅子呢，你看你这些闲篇。钱是什么？是好东西。没有的时候它是钱，有了，它更叫钱。整天臭钱臭钱的，不是这些臭钱，你能在北京这样的大地方活得这么滋润？我老爷爷那时候，还娶了三房老婆呢。要是我能娶回去三房，你连洗脚的都有了，你说钱是不是好东西？"

文成卓的表嫂子说："你要是娶回去三房，那我还不得给你舔脚。你这人，就被窝里那点出息，老天怎么就让你这样的人有了钱？"

文成卓端了两个包子坐过来，朝胡凤霞那里望了一眼，见胡凤霞正忙得不可开交，就问表哥两口子："表哥，嫂子，你们看了，是梅子吧？"

文成卓的表哥喝了一口粥，一扬下颌说："让你嫂子说吧，你嫂子火眼金睛。"

文成卓的表嫂子没去理自己的男人，看着文成卓说："哪里都对劲，就连笑的模样也对劲。可有一点，就是说话的口音不对劲。看见我，也不像是故意装作不认识的样子。这事看来看去的是有点怪。"

文成卓说："在外头六年了，哪能一点不变。你和我哥说话，都有些北京的味了。至于现在不认咱们，还是我说的那样，她一定是没了记忆。"

文成卓的表嫂子说："这个事，还得成卓你自己看着办。你自己的老婆，你最清楚。"

文成卓说："我敢肯定她就是梅子，但她就是说自己叫胡凤霞。"

文成卓的表哥说："成卓，我看这事你也先别急，还是按你说的，先慢慢地等等。我是说，万一她真不是梅子，咱可就误了找咱的梅子了。这个世界这么大，什么事都有可能发生。"

九

　　文成卓在床上折腾了半夜，也没想出个好办法，能叫梅子幡然想起他和过去的事来。

　　表哥他们都看过了，表嫂子在吃完包子后，为了更多地打探一些梅子的情况，甚至又过去买了几个包子带回家，借机和梅子多说了一小会儿话。回到家里，表嫂子说自己也被包子铺里的这个梅子弄糊涂了，不知道她唱的是哪一出戏。

　　表哥又把他在包子铺里说的话重复了一遍，说万一这个梅子不是咱们要找的梅子，成卓你天天靠在包子铺里，再错过了咱家的梅子怎么办？

　　文成卓想我怎么会认错了梅子呢！眼下的任务，就是要让梅子尽快地想起过去的事情来，证明梅子就是梅子。世界再大，这个梅子也一定是他文成卓的梅子。因为梅子没有双胞胎的姐妹，就不会存在另一个和梅子长得一模一样的人。文成卓忽然想起来，实在不行，今天就带着梅子去查血型。但是，过了一会儿文成卓才想起来，自己根本就不知道梅子是什么血型。

　　扫完马路，收拾干净身上，文成卓来到包子铺的时候，两只眼睛里都布满了血丝。

　　包子铺里还没有顾客，胡凤霞在给文成卓拿包子时，看见了文成卓的眼睛，就笑着问："你一夜没睡觉吗？好像眼睛里塞了一把红丝线，弄得跟兔子眼睛似的。"

卖票的小女孩看了看文成卓，也说："还真是的，你看你的的眼里，简直就是挂了一层桃花瓣做成的眼帘子。"

文成卓接过包子，侧脸冲着卖票的女孩子笑了笑，又转回脸冲着胡凤霞笑了笑，说："我就盼着早上来吃包子了，所以一夜没睡着觉。"

胡凤霞明白文成卓说这话的意思，就说："你这个人固执得跟块石头似的，横竖听不进去别人的话。我都给你说过多少遍了，我不是你找的那个什么梅子。"

文成卓说："我没说你是梅子。我只是说，我想来吃包子。你不知道，你们铺子里卖的包子，是这个世界上最香最香的包子。"

卖票的女孩子又说："不是包子香，是你的心让你觉得这里的包子香。"

胡凤霞说："你这个人，真是让人没法和你解释。该说的我都和你说了，该看的也给你看了，你怎么就是不信呢？真让人替你着急。"

文成卓看见红色的阳光照在梅子的脸上、身上，梅子的整个人都在霞光里放着光辉。文成卓就笑着说："你不用替我着急。你卖你的包子，我吃我的包子，这总行了吧。"

说着话，文成卓听见身后响起了噼里啪啦砸东西的声音。他扭回头，看见一伙人手里拿着钢管、剔骨刀什么的，正在砸包子铺。

胡凤霞小着声惊慌地说："你拿着包子快走吧。这是我们原先干活的那个包子铺里的人，现在我们包子铺抢了他们的生意，他们这是过来砸铺子了。"

文成卓说："你别害怕，有我在这里，谁也不能欺负你。"

胡凤霞焦急地说："你快走。这里有你什么事，你别在这里瞎掺和！"

包子铺里的人已经和来人打成了一团，文成卓看见来人里一个带头模样的人，指着胡凤霞说，这个臭婊子也别给我放过了，叫她跟着那个王八蛋吃里扒外，抢我的生意。

文成卓把浑身打着哆嗦的胡凤霞拉在自己的身后，用身子护住了胡凤霞说："你别害怕，看他们谁敢动你一根毫毛！"

一个手里握着剔骨刀的人听了，冷笑着说："哪里来的王八羔子，说话这么狂妄！我今天就让你看看我的刀子，敢不敢动她的毫毛。"说着一步蹿了过来，手里的刀子一扬，就朝着文成卓身后的胡凤霞刺去。

文成卓一看他的刀子真的向胡凤霞刺来，就迎着刀子，用身子一挡，那把刀子，就直直地扎进了他的胸脯里。文成卓的胸脯，随着那个人慌慌张张拔出来的刀子，就把衣服洇成了一团红色的彩霞。

胡凤霞惊呆了，她没想到文成卓居然会用身体替她挡住了刀子。她一把抱住了文成卓，伸出手捂住了文成卓胸前的刀口。胡凤霞看见文成卓伤口里流出来的血，漫过了她的手指，像一条汹涌流淌着的小河，流到了冰冷的水泥地上。

胡凤霞看着满手上热热的血，似乎一下子被那条红色的河流吓醒了，开始尖厉地哭叫着救命。胡凤霞骇人的尖叫，让所有打架的人都停止了手里的动作。

冰冷的风从破碎的玻璃窗子外吹进来，吹着文成卓有些乱的头发，文成卓的脸在迅速地变成一张白纸。胡凤霞听见文成卓的口里在微弱地叫着："梅子，梅子。"

胡凤霞已经泣不成声，她攥住文成卓的手，颤抖着说："我是，我是，我是梅子。你坚持着，坚持住了，我马上送你上医院。"

胡凤霞紧紧地搂着文成卓，她看见文成卓的嘴角挂上了一丝不易觉察的笑。然后，文成卓就慢慢地闭上了眼睛。

长篇存目

李存葆《高山下的花环》

尤凤伟《中国一九五七》

莫　言《丰乳肥臀》《生死疲劳》《檀香刑》

赵德发《缱绻与决绝》《经山海》

刘玉堂《乡村温柔》

张　炜《古船》《九月寓言》《刺猬歌》
　　　《艾约堡秘史》

矫　健《河魂》

刘玉栋《年日如草》

王方晨《老实街》《大地与人》

后　记

　　《百年乡愁：中国乡土小说经典大系》是张丽军教授作为首席专家的 2021 年度国家社科基金重大项目"百年中国乡土文学与农村建设运动关系研究"的资料选编成果。项目团队核心成员田振华、李君君等参与了全过程选编工作，张娟、沈萍、彭嘉凝、陈嘉慧、姚若凡、胡跃、林雪柔、徐晓文、宣庭祯等参与了编校工作，在此对他们的辛勤劳动表示感谢！

　　在具体编撰过程中，本套"大系"还得到了张炜、韩少功、周燕芬、王春林、何平、孔会侠、苏北、育邦、刘玉栋、刘青、乔叶、朱山坡、项静等作家与学者的大力支持与帮助，在此深深致谢！

　　需要特别说明的是，因为选入本套"大系"的作品跨越百年之久，在文字、标点等方面，我们在充分尊重作家初版本的基础上，依据现代语言文字规范统一做了修订。

编　者

2023 年 7 月 4 日